そして、生きた

ガダルカナル作戦、
インパール作戦からの帰還

小島正一

海鳥社

序

卒寿の季、私の人生に一つの区切りをつけようと思い発ち、今までの長い自分なりの歴史に、一句点をうってみることにした。それが本書である。

振り返ると、あまりにも長い命であった。卒寿という坂を登っては来たが、何をとりあげて証《とど》めるかに迷い込んだ。

あの青春を抛《なげう》って闘ったことは、やはり私のなかで重いものであった。

かの戦友同僚たちは、今でも生きているだろうか。

大半の友らは国を護るべくして千尋《せんじん》の海に、瘴癘《しょうれい》きわまる山岳原野の真っ只中に姿を滅し大地に消えていった。あの修羅の巷の画像は、数十年後の今もありありと私に迫ってくる今日も地を灼くような日輪が彼の地には注いでいるだろう。

平成二十三年五月二十五日

小島　正一

兵隊蟻の譜

ここに悲の河がある
彼方に悲の山がかすむ
赤い台地は砂塵を天空へと巻き上げ
息吹き闘う
この大地の肌にしがみつき
敵を迎撃した
ビルマに果てた十九万のいのち
摂理というのか
輪廻《りんね》というか
イラワジの大河を屍《しかばね》が
慟哭《どうこく》を秘め　流れる

業火《ごうか》の中に青春を焼きつくした日
巨大な日輪は崩れんばかりに
地平線に落ちていった
昔日の頁《ページ》は
忘却の渦に溶けこむ
人間を捨てた魂の闘争は
呵責《かしゃく》の歴史を編成していった

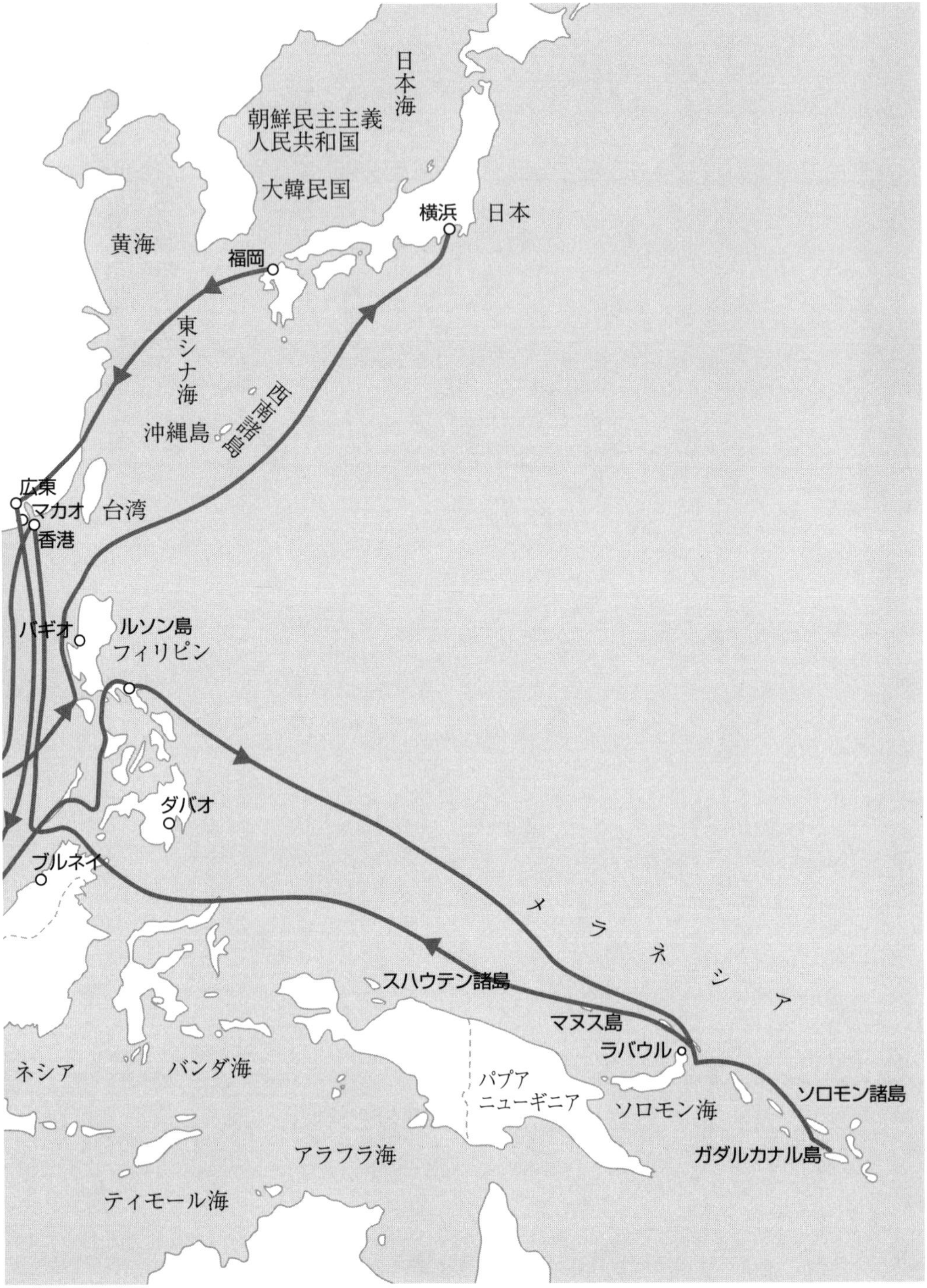

日本海
朝鮮民主主義人民共和国
大韓民国
横浜
日本
黄海
福岡
東シナ海
西南諸島
沖縄島
広東
マカオ
台湾
香港
バギオ
ルソン島
フィリピン
ダバオ
ブルネイ
メラネシア
スハウテン諸島
マヌス島
ラバウル
ソロモン諸島
ネシア
バンダ海
パプアニューギニア
ソロモン海
ガダルカナル島
アラフラ海
ティモール海

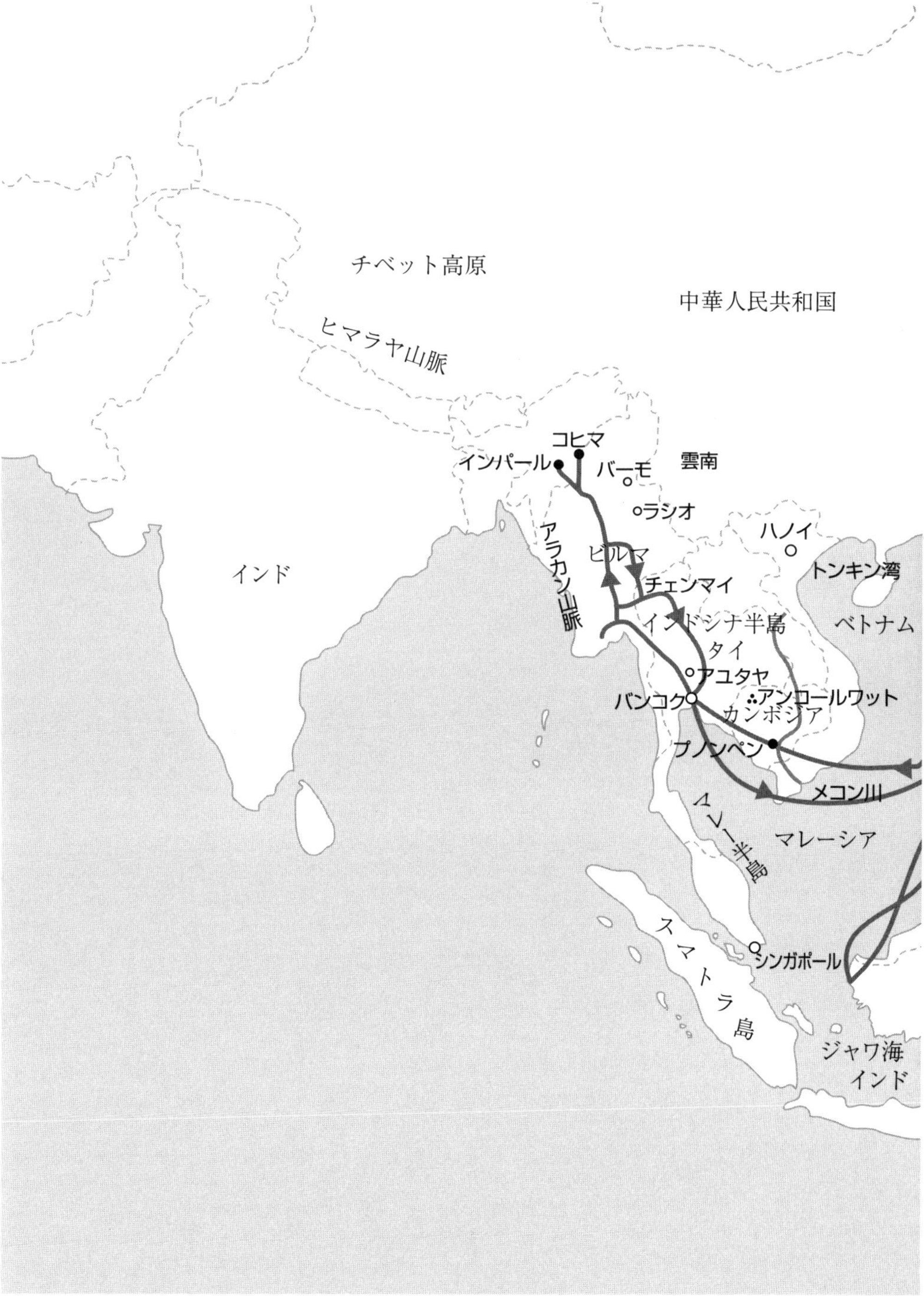
チベット高原
中華人民共和国
ヒマラヤ山脈
コヒマ
インパール
バーモ
雲南
ラシオ
アラカン山脈
ビルマ
ハノイ
インド
トンキン湾
チェンマイ
インドシナ半島
ベトナム
タイ
アユタヤ
バンコク
アンコールワット
カンボジア
プノンペン
メコン川
マレー半島
マレーシア
スマトラ島
シンガポール
ジャワ海
インド

そして、生きた◉目次

序　章

ああ、百二十四聯隊

あまりにも苛酷《かこく》な犠牲を背負わされた我が百二十四聯隊。我々が移動した距離は実に数万キロに及び、コンパスを地図に当てると祖国からアフリカ大陸生誕のモロッコまでの距離にもなる。

昭和十六年　三月　南支那上陸
　　　　　十二月　英領ボルネオクチン敵前上陸、蘭領ボルネオへ進攻
昭和十七年　三月　フィリッピン群島セブ島敵前上陸
　　　　　四月　フィリッピン群島ミンダナオ島敵前上陸
　　　　　九月　ソロモン群島ガダルカナル島敵前上陸
　　　　　　　（私は砲弾で右脚を負傷し、後方へさがる。のち追及）
昭和十八年　六月　仏領インドシナサイゴン上陸
　　　　　八月　ビルマ進攻

昭和十九年　三月　インパール、コヒマへ
　　　　　　四月　攻撃目標インド領コヒマ占領
　　　　　　六月　ビルマへ（撤退）
　　　　　　十月　ビルマ防衛戦のためイラワジ河決戦
昭和二十年　一月中旬～四月中旬　イラワジ河畔戦
　　　　　　二月九日　ビルマ・イラワジ決戦斬り込み隊として敵陣侵入。
　　　　　　　（私はこの時に両脚を負傷し、隊と別れる）
　　　　　　四月以降　戦いは利にあらず、南部ビルマへ戦いながら転進

中でも、祖国の興廃をかけた二大戦場となったのがソロモン諸島ガダルカナル作戦と、ビルマのインパール作戦である。

我が部隊は一戦場を占領後、およそ十日と満たない整備休養で、新兵の我々は高麗鼠《こまねずみ》のように働いた。占領と同時に次の作戦が待っている。兵の消耗は当然であった。しかし誰も不服はなかった。背嚢《はいのう》に米を詰め込み、破れた軍服を補修して次の出発を待った。大本営直属の一部隊でもあったともいう。

死出への第一命令が到着した。今も世界戦史に名をとどめるガダルカナル島奪回命令である。ガダルカナル島進攻のため南洋諸島パラオ島に錨を降ろす。将兵間では次のような会話がやりとりされた。

「次の作戦はとても生きて還れんぞ。ドラム缶のような砲弾が霰《あられ》のように飛んでくるそうだ」

「たまらんのう、故郷のスーチャンが泣くぞ」

古参兵は冗談めいて返したが、これがまさに現実となるのである。

将兵は肉親への遺品として毛髪と爪を切った。当時、邦人が占めるパラオ島では死出への心の清算か、将兵は人を恋い、酒をあおり、最後の祝宴の夜が幾度かあった。パラオ島滞在約一カ月、現地のカナカ族とも親しくなった頃、前進命令が下った。ガダルカナルの戦いである。

完膚なきまでの敗北であった。軍は聖戦と言うが、聖戦に天は弓を、矢を与えてくれなかった。編成四千の隊員中、ガ島作戦にかろうじて生命を得た者、数えるに二百名となってしまった。しかもガ島に散りはてた将兵は、無情にも武人としての戦いの死より、戦病死、餓死の数が遙かに上回る。何という悲劇であろうか。

そして、この戦場で乞食のごとく食を得て生き延びた二百足らずの兵は、再びインパールの戦場で飢餓の道を彷徨《ほうこう》し、多くが白骨街道に身を沈めていったのである。某将軍の勇み足は空転して、インドアラカンの山中に多くの兵が亡骸を晒《さら》した。「貧乏くじの部隊やのう」と言った兵がいた。

ガ島からインパールへ、密林の山岳を五〇キロ近い装具を背に。標高三〇〇〇メートルの畳々《じょうじょう》たる山岳を黙々と歩き、昭和十九年四月初旬、ついに敵陣地コヒマを占領した。

だが一将軍の夢はついに潰《つい》え、食うに糧《かて》なく、我々は雨のアラカンを再びガ島同様の兵となってビルマへと敗走。軍はこれを「転進」と言った。兵はすでに矢折れ力尽き、ただ自分の力の限界を敵にぶつけていた。

二大戦場を回顧して、祖国の楯という誇りが私にあったろうか。強がりは言わない。

我が歩兵第百二十四聯隊における最高指揮官は四代にわたる。

岡明之助聯隊長　（大佐）　戦死　ガダルカナル

宮本　薫　〃　（大佐）　戦死　ビルマ

蛭沼七蔵　〃　（大佐）　戦死　ビルマ
福沢定和　〃　（大佐）　生還　ビルマ
戦死された聯隊長を瞑想する時、面影が彷彿《ほうふつ》とする。

無謀極まりない戦場は軍部上層部のあがきとなり、第一線の兵士の命は盤上《ばんじょう》の歩《ふ》となって、人命を捨て駒のように消耗させていった。

軍は昭和二十年一月、インパールからの退路をとり、部隊は北部ビルマに守備陣を敷いた。ビルマ最大の河イラワジを防塁として追敵阻止の命令であった。

私は昭和二十年二月九日、イラワジ河防衛のため敵の南下を阻止すべく斬り込み隊として突入した際、両脚に機銃三発を被弾し受傷。直後より隊と離別し、同地点にて負傷の初年兵と共に敵中を退いた。タイ国境サルウィン河を越え北部タイへ向かい、北部タイ国境周辺の警備につき終戦となる。

飢えに耐え、傷ついた足を引き摺りながら、険しい道をただひたすら歩いた。死にたくないと願った。なぜかくも苦痛を味わうのか……。母がよく口にした言葉が浮かんできた。「すべて前世の約束事だ」と。

この時期においても、後方における将官達は一部作戦会議の名の下に痛飲の夜であったという記録を見た。何ということであろうか。苛酷《かこく》の下に人生の終わりを遂げる兵がいたというのに。

よくも我々は酷使《こくし》されたものだ。今となっては過ぎ去った人生の一頁であるが、私の傷は冬期に、そして雨期に痛みを訴え、斃《たお》れ果てた友への思いが消えることはない。

ビルマ巡拝の旅

平成三年一月二十八日午後、私はミャンマー（旧ビルマ。以下ビルマという）国内をバスで巡拝の道を辿った。

ミャンマー中部に位置する交通と経済の要衝の街メークテーラに到着。首府ヤンゴンから北へ五四〇キロのこの街は、ビルマ戦線における日本軍最後の拠点ともいえる地点である。一行の中には、この街に戦中駐屯し、今も現地住民に顔見知りがいる人もいるらしい。

メークテーラから西南方へ車で四、五マイル程。我々は今回の目的地の一つ、菊歩兵第五十六聯隊中の一部隊の全滅地点に詣でるため、ランドウ集落に近づいていた。

「あっ、この辺だ」

同行者が大声で知らせる。

私の戦場はビルマ西北のアラカン山脈中のコヒマ戦線であった。この辺りは確か菊部隊の戦場と聞いていた。国道らしい簡易舗装道路から右手へと曲がる。車窓を灌木の枝がしきりと叩く狭い路を、老朽化したバスは激しく振動しながら分け入っていく。

「あそこだ」

広い原野の中に、高さ一メートルくらいの白い碑が祖国方向を望むようにして建立されていた。碑名は「菊五十六之碑」とある。私たちは日本から持参した御供物を捧げ、ロウソクを灯し、線香を焚いた。テープの読経に頭を垂れ、戦没した友の冥福を祈る。

ビルマの乾季の陽が肌に刺さる。この暑い大地に安らかに眠れとは無情であろう。また、祖国より数千キロ離れた荒野の地に一体誰が参るであろうか。

一応の祈りが終わり一息ついた。

「マスター」

後ろに佇《たたず》んでいた現地の男性が私に声をかけ、何やら差し出して見せる。

「あっ、認識票だ」

私は思わずつぶやいた。卵形をした真鍮《しんちゅう》製の薄い板は、紛れもなく将兵一人ひとりが肌に付けていた認識票であった。それぞれに個人の番号が刻印され、たとえ身体が毀傷《きしょう》して身元の判別が不能となっても、この番号により人物が特定できる。これには「歩五六　聯機　一〇二」と刻まれていた。

「どうしてこれを持っているのですか?」

私が現地語で尋ねると、彼は、「私がまだ十四、五歳の頃、ここで日本の兵士達がたくさん死んだ」と言う。おそらくメークテーラ会戦で敵戦車に追われ退いてきた兵士達であろう。別の現地住民の話によれば、ここに逃れた日本軍兵士を、英軍戦車が三方から取り巻くようにして凄まじい砲撃を加え、多くの死屍を築いたという。先の男性はその凄惨な現場の跡を見たのであった。血だらけとなって斃《たお》れ、死んでいった兵士達。彼はそこで一枚の認識票を拾い、家に持ち帰ったのだ。

「ジャパンマスターの物だ、持って帰れ」

私は彼に厚く礼を述べて受け取り、村を後にした。

戦いが終わってすでに四十五年。この寒村に認識票を残して命絶えた兵の無念さが胸に迫ってくる。今こうして私の手に握られたことに、自分を日本に連れて帰ってくれという無言の強い訴えを感じて、私は必ずこれを遺族に届けようと心に決めた。

メークテーラよりはずれの原野に立つパゴダ。認識票発見の近く

十日間の巡礼を終えて帰国した私は、菊五十六部隊の足跡から調査を始めた。一日でも早く遺族の方に返すことができれば、戦死した兵士の霊も安らぐであろう。

まず県の援護課を訪ね身元の確認を願ったが、当時の書類は不備でつかめないという。県から厚生省に問い合わせてもらうことになり、私は許可を得て一旦認識票を持ち帰った。ビルマから還った兵士の魂を、せめて祀ってやりたかった。

後日、厚生省から届いた返信は、私を大きく落胆させた。要約すると、戦死者氏名と認識票番号が照合される書類がない。終戦時に陸軍省から申し送りがなされていないという。まさに泰山鴻毛《たいざんこうもう》、人の命は鴻毛より軽く、命令は泰山より重い時代であったのだ。

しかし、である。あの時代、一人ひとりの兵を求めたのは国家なのだ。一人の死もおそろかであってはならない。どこかにこの原簿があるはずである。ビルマに進攻した日本軍は二十数万人、戦没者は全体で十九万といわれる。あの混沌とした戦場で戦死広報も不備なものが多くあろう。私が預かる一枚の認識票もそれを示す。

県護国神社に祭祀を願うも不明瞭な返答であり、靖国神社からは詳しい入手経路を記入の上持参されたいとの回答であった。「一〇二」の兵士が戦死者であることは、現地の人の話で確かである。私はこのまま調査を続けても身元が分からなければ、春を待って靖国神社に詣で、この兵士の霊を心行くまで眠らせたいと考えた。それが私にできる精一杯の供養である。

その後、この認識票のことが一部新聞に報じられ、多くの方から助言をいただいた。私は戦友会会場に、あるいは菊部隊知人に、あるいは慰霊祭にと足を延ばした。

しかし決定的な情報は得られず、半ばあきらめかけた頃、平成三年六月四日の夕刻に一通の速達を受け取った。差出人は菊五十六会（元「菊兵団」）である。急ぎ開封すると、三枚の便箋に、ついに「一〇二」兵士の身元が判明したと書かれていた。

読むうちに感動が私の全身を叩き、感涙が溢れた。一度読み終え、また読み返す。ああ、何に感謝すればよいのか。私は仏前にいつか合掌していた。関わってくれた全ての人に礼を伝えたかった。懸命の努力をしていただいた菊五十六会の皆さん、そして、もし再びビルマを訪れることがあれば認識票をくれたあの男性にも心から感謝を伝えたい。

「一〇二」の兵士も今きっと微笑んでくれているだろう。どうぞ安らかにお眠り下さい。

六月のビルマは雨季の盛りである。未だ多くの戦友が眠ったままの大地には、烈しい雨が降り注いでいるだろう。日本はもうすぐ盆を迎える。せめて魂だけでも還って下さい。こう願うのは私一人ではないことを、どうかお分かりください。

第一章　兵士として

戦場への道

昭和七年五月、低い家並が続く通りを、号外を知らせる鈴の音が走り去っていった。私が十一、二歳の頃である。

号外の内容は、時の陸海軍青年将校の一部が右翼団体と呼応結合して、軍独裁政権を作るべく暴走した事件を伝えていた。世にいう五・一五事件である。ために時の首相らがその魔手に倒れた。前年九月十八日深夜には関東軍が南満州鉄道爆破事件（柳条溝事件）を誘発し、満州事変が勃発しており、軍部の独断行動は日増しにエスカレートしていた。

昭和十一年二月二十六日には、軍部台頭を狙う一部青年将校が降雪深い帝都において、国家首脳部暗殺の暴挙の旗を上げた。いわゆる二・二六事件である。議会政治は逐次軍部の圧力に押され、ついに軍部独裁体制が確立し、翌年には盧溝橋事件をきっかけに日中戦争が開戦した。反対勢力は治安維持法による弾圧で多くが捕えられ、昭和十三年には国家総動員法が制定されて国民は否応なく戦争に巻き込まれていったのであ

ガ島戦士之碑（福岡市中央区・谷公園内）

る。

導火線は消ゆることなく拡大の道に火を噴き、音を立てて走り続けていく。昭和十六年には太平洋戦争が始まり、止まることのない流れはついに昭和史に敗戦という刻印を記すこととなった。

筆者は一兵士として祖国干城《かんじょう》の人となり、戦場に身を晒《さら》したが、得るべきものはなく、心に暗く苦しい痛手のみが残っただけである。国民三百万の犠牲の魂は、戦争へと導火した過程を鬼籍の中で口惜しく振り返っているだろう。

福岡市中央区谷の谷公園内に、明治維新から大東亜戦に至る間に国に殉じた将兵の慰霊碑が一段高い所に祀られている。数多く並ぶ碑の中に、御影石で作られた直径六〇センチ程の丸い碑があり、「ガ島戦士之碑」と刻まれている。これこそ大東亜戦日本興亡の要となったガダルカナル島争奪戦における福岡郷土部隊の碑であり、私の多くの戦友がここに眠っている。

私は折にふれて碑に立ち寄り、煙草に火を付け、「一口ずつ吸って下さい」と、もの言わぬ友に語りかける。部隊長以下三千数百名の戦士達……。人の生死は誰が下すものであろうか。生き残った私は何をなすべきであるのか。

あの戦場からすでに半世紀を経て、当時を知る者も少なくなった。福岡市民でもここに慰霊碑があることを知る人は限られている。石碑は哀れ悲しみを包み、風化に耐えている。

入　隊

福岡西部四十六部隊は福岡城の城門（福岡市中央区）をくぐり入営

黒田五十万石の居城舞鶴城の城門は、冷ややかに新兵達の入隊を待っていた。昭和十五年十二月一日、私達はこの城壁の中に吸い込まれるように入隊を命じられていった。

「軍隊に行って一人前の男になってこい」という言葉は当時の躾《しつけ》から生まれたものだろう。家の名誉と誇りを背負って入隊した私は数え年二十一歳であった。

世間を全く知らない私は翌日からビンタの雨を食らった。昨日まで全く違った社会で、初年兵は尻に火がついたように毎日を追い回された。要領本分の軍隊は私には全く向かなかった。

毎晩、昼間の軍事教練で軍靴の底に凍り付いた赤土を、小雪舞う暗い石廊下に腰をかがめ、竹べらで丹念にこすり落とし、鬼兵長の検査許可をもらった。今考えると、あんなことがあの熾烈な戦いの中にどれだけの役を果したろうか。

明けて一月、全身が凍るような霜降る夜が続く。どうやら消灯ラッパで蓑虫式ベッドに潜り込む。寒さはこたえるが、この時が唯

一、家を懐かしむことが許される楽しい時間であった。
私が所属する班に、鬼と名のつく古参兵長がいた。彼には夜になると潜んでいた獰猛《どうもう》な獣の習性が出現した。彼の「整列！」の声がかかると、初年兵は顔を見合わせ今晩のシゴキを覚悟した。

「歯を食いしばれ！」

声とともに鉄拳が右に左に頬を打つ。ある時は地下足袋の裏で、また木銃でやられた。

ある日、戦友が虫歯で親知らずが腫れ、飯も噛めない状態でいた。頬も赤く腫れ上がり、熱っぽいのが一目で分かる。事情を聞いた兵長は「そうか、よしよし」と言うや否や立ち上がり、履いている革スリッパを脱いで頬を殴りつけたのだ。戦友は悲鳴を上げてその場に座り込んでしまった。

軍人精神とはこういうことを指すのだろうか。果たしてこの古参兵が最前線の百雷の中に殉ずるという魂《こん》魄《ぱく》の持ち主であったろうか。私怨もなく殴打する戒律で国を守ろうとする教育が祖国の栄光を導いたろうか。大いに疑問が残る。兵長は軍規律と服従の精神を叩き込んでいるつもりであったろうが、私達初年兵は彼に一日も早く出動の命令があることを願っていた。


ここに一つの哀話がある。入隊としておよそ一カ月が経過した頃、寒夜に粉雪が散り飛んでいた。森閑として冷えきった兵舎に突如、「非常呼集、非常呼集」の叫び声が、寝ている私達を飛び起こさせた。

「中隊初年兵全員、営庭集合。服装徒手《としゅ》（兵器を付けない服装）」

当直士官が大声を張り上げながら、薄暗い裸電球の下で突っ立っている。

私は「おい、非常呼集だ」と隣ベッドの戦友を叩き起こした。やっと暖まって深い眠りに入ったばかりの自由の夢路である。初年兵は何か分からぬままに集合した。一月の深夜の寒風は肌を刺す。だが若い強健な体は溌剌《はつらつ》とした力を漲《みなぎ》らせていた。

「整列！」「番号！」の号令が響き渡る。中隊長が非常呼集の理由を伝達した。

「初年兵の一人が我が中隊から今夜逃亡していることが判明、全員手分けして必ず捜し出せ！」

凛とした厳しい調子の命令である。

逃亡を企てた初年兵はYという、体躯もわりに小さく、いつも少し口を開けた知恵遅れの青年であった。何かにつけて動きが遅いため、かの暴力古参兵長の格好の好餌《こうじ》であった。夕食後の学習時間に行なう「軍人勅諭《ちょくゆ》」の暗唱、「歩兵操典《そうてん》」の輪読など、Yは毎夜、失敗の連続であった。彼なりに努力してはいるのだが、結果が伴わない。その代償がビンタであり、足蹴りであり、竹刀《しない》による制裁であった。その耐え難さは想像するにあまりあった。

ついに彼はここからの逃避を選んだのである。彼としては軍から逃亡するというよりも、ただ、この虐待に近い苦しみから安易な離脱を考えたにすぎなかったのだろう。通常社会ならば許されるべきものかもしれない。しかし、祖国干城の集団ではその理屈は通用しなかった。

非常呼集に集まった新兵は二人一組となって営内を捜した。土も凍る夜、軍靴の底がコツコツと谺《こだま》する。たとえ彼がうまく営内より逃走したとしても、おそらく寸時にして捕らえられるだろう。背後には憲兵あり官憲あり、決して追及の手を緩めることはない。

やはり、ついにYは発見された。全員集合の合図が伝わる。私達の整列する隊列の前に、彼は内務班長と並んで立っていた。その眼はさして大事を犯したというふうでなく、いつものように口を少し開けて立っていた。

軍脱走は重罪である。仮にこれが戦地であったならば、敵前逃亡は銃殺刑である。彼は捕らえられ、重営倉（軍の牢獄）ということになった。

しかし、冷酷な軍隊の中にも美しい人間愛があった。時の内部班長O伍長は彼の心情を思い、彼と共に重営倉入りを願い、彼の精神教育に当たった。やがて私達は野戦に赴いたが、その後、YとO伍長に再び会うことはなかった。尋ねるが消息は不明である。

今、私の手許に、この営庭前で撮った初年兵全員四十数名の写真がある。このほとんどが南海の涯《はて》に、ビルマの山野に散華した。私の胸中に交々《こもごも》の思いが交錯する。

戦場へ

昭和十六年三月、私達は南支那の強烈な日差しに出迎えられた。大地も灼ける中で約九カ月間、連日、実戦教育が続いた。一人前の兵士となる過程でもある。すでにこの時から、「お前達の真の敵は中国ではない。その敵こそアングロサクソンだ」と常に教育されていた。目標とする仮想敵をすでに軍は決めていたのだ。

それぞれ配属された中隊へと引き取られ、初年兵の中から指揮班所属者が選ばれ、私と他一名が決まった。私は人事曹長の下で兵長と共に事務助手となった。自分自身の身辺すらこなせない私が、曹長と兵長の面倒まで見ることになったのだ。

この兵長は静かな人で、私をよくかばってくれた。軍隊には珍しいタイプの人であった。確かその後、転戦が続く中、フィリピンのミンダナオ島で満期除隊となって祖国に還られた。戦後、私は同氏を訪ねたが、所在の確認を得なかった。そして、ある戦友会場で消息を知ることが出来た。彼は内地帰還後、再び昭和十八年に召集を受け、輸送船航行中に南シナ海で敵魚雷により沈没、不帰の人となられたのだという。人の命の儚《はかな》さを思う。

事務助手の仕事には衣服の繕い物もあったが、それまで母や姉任せであった私は要領が悪かった。だが弾が飛んでこない警備地区には、夜ともなれば安らぎもある。裸電球が暗くなったり明るくなったりする中で、ふるさとの語らいもあった。

しかし、炎天下での訓練は我々を苦しめた。過労と不衛生の中で、初年兵にはマラリアで倒れる者が出てきた。私もついにマラリアに冒され、広東陸軍病院へ後送となった。約一カ月間の療養を経て退院し、中隊へ復帰することが出来た。

すでに昭和十六年十月、隊には何かざわついた雰囲気が漂っていた。毎日、班長集合がかけられ、新兵の私すら異常な雰囲気を感じていた。完全武装の兵士が支那街の石畳に軍靴の音を響かせて征途へ向かった。だが、方向も目的地も不明のままだ。中隊長すら知らない。行軍の列は集結地へ集結地へと長蛇となって続いた。

昭和十六年十二月四日、我々は軍用船の兵士となった。船艙には軍馬もいて、興奮のあまり暴走する場も見かけられた。軍馬は遠慮なしに船艙で放尿する。汗と軍馬の尿、皮革の臭さ、水浴もない人間集団の生理の匂いで嘔吐を催す臭気である。しかし、若い我々はその中でアルミ飯盒《はんごう》の飯を充分に食っていた。

船は南へと航行して行く。中天に南十字星が伴となってくれた。この星座はその後、私の歩いたどの戦場でも見ることが出来、時に感傷を呼び起こした。

悠々とした大自然の海上に、芥子《けし》粒より小さい人間が野獣の使者となり、向こう見ずの戦いを展開しようと挑んでいた。この船出こそ、我が郷土部隊歩兵百二十四聯隊の将兵を、全滅へと追い込むことになる死の旅路であった。

船上で全将兵集合の命令があった。戦闘帽の下に眼だけが光る兵士の群れが甲板に整列した。時は十二月八日、決して忘れることのない第二次世界大戦勃発の日である。部隊長が高上甲板に立ち、檄《げき》を飛ばした。

「我々の目的は油田占領である。急務だ。成功を祈る。これを成功させなくば、飛行機も艦船もすべてがその行動の制約を受けることになる。勝利するため、我々の任務と責任は重大である」

ついに命令が下達された。当時国内に払底《ふってい》しつつある石油資源の地、ボルネオ基地の占領命令であった。「よーし、やらねば」。若い兵士の間には肩を叩き合う組もあった。私の血もたぎり、「この命、一毛ならん」とする血脈が走った。そら覚えであったが、坂本龍馬の一片の言葉が心をつき、思わずつぶやいていた。「人間畳の上で死ぬも刃の下で死ぬも死に変わりはない」。私はすでに自分が骸《むくろ》となることもよしとしていた。

船は油田に向かい南下してゆく。おそらく敵国の潜水艦も行動を開始したであろう。空天には相変わらず南十字の星が、静かに南下する兵士群を追っていた。

船団は七、八隻はあったろうか。いずれも当時、祖国を代表する大型船と聞いていた。船舶の巨大さは兵士に安心感を与えてくれる。しかし、一万トン級の貨物船も、南海の大海原では小舟と何ら変わらないのも事実である。船はローリングを続け、夜昼、波を蹴って南へと向かう。船首で切る波に、夜は夜光虫が混じって美しく飛び、線香花火を思わせた。

不潔な船内でマラリア患者が熱を出す。飯盒《はんごう》に海水を汲んでタオルで冷やしてやるが、とても間に合わない。床に敷いてある筵《むしろ》には汗が染み込み、人形《ひとがた》が出来た。一方で、健康な兵士達は海に揺られるだけの日々に飽き飽きし、何か変化を熱望した。

十二月十六日、出航以来初めて陸地に接した。他中隊は出撃準備に忙しいが、私達の中隊は船に残留組となり、出発の戦友を見送った。少し広くなった船艙で角力《すもう》をとったり体操などして、いずれ来る上陸戦闘のために体力を養った。

第一陣の出撃隊がいち早く油田を押さえたという情報が入った。しかし、夜が明けてみると陸地では黒煙が高く舞い上がり、空を覆っている。聞けば油田を警備する敵兵が日本軍の進攻前に設備に火をつけ、敗走したものらしい。

私達の船はさらに南へと急ぐ。昭和十六年十二月二十四日の夜半のことであった。船は静かに停止し、不気味な暗海に各船が影を落としている。

「本日、ボルネオ島英国領土首府クチンを攻撃する」の令が届いた。

黎明《れいめい》を迎えた空の下、突然と海上がけたたましくなった。護衛の駆逐艦が甲高い警笛を上げ、眼前を走り回る。今から上陸演習をやるのか？　未だ戦場を知らなかった私はそんなふうに思っていた。

その時、突然の大音響に船は大きな振動を食った。私は非常階段を飛ぶように駆け上がり、甲板へ出た。駆逐艦が艦砲を上空に向けて発射し、砲音が烈しく耳を突く。敵の逆襲であった。救援の友軍機が急降下して爆弾投下を続け、駆逐艦の近くに大水柱が立ちはだかる。周囲に眼を回すと、船団の僚船が傾き、火を噴いていた。海底を揺さぶる魚雷の爆発、艦砲の炸裂……。眼前に展開する戦場の様相に、私は熱い血が身体を稲妻のように走るのを感じた。

もう時間の猶予はない。直ちに上陸戦だ。もはや前後を考える分別はなかった。「おっとり刀」という言葉通り、私は帯剣と小銃を片手に甲板へ飛び出した。ふと足下を見ると、軍靴を履いていない。なんと新兵の間抜けさであった。

上陸用舟艇にて椰子林の浜へ突っ込む。ところが、敵機は機銃でパラパラと掃射してきたものの、すぐに退却していった。興奮が覚めない中で私は、戦争とはこんなものか。白人種とはもろい人間だ。これなら祖国が勝利する日も近い、などと考えていた。しかし、その考えが甘かったと知るのに、そう時間はかからなかった。

悪夢

果てしなく続くゴム林を朝靄《もや》が包み、数十メートル先が磨りガラスのように霞んでいる。雨の林道を大蛇がうねりながら通り、二メートル近い大トカゲがのそりのそりと歩いている。何百という猿の群れがキーキーと喚きながら樹間を飛ぶ。ボルネオの豊かな自然界は人間の闘争を嘲笑していただろう。

私達の部隊は英領ボルネオの首府クチンへと夜襲上陸し、抵抗する敵を追い、蹴散らす日が続いていた。

シンガポール攻撃のための飛行場造りを命じられ、まずゴムの大木を切っての宿舎造りが始まった。毎日

ボルネオでの筆者

の雨、雨……。全身水浸しになって働いた。もちろん電灯もなく、夜はロウソクの明かりで中隊事務の手伝いをした。雨続きで衣服が乾く間もなく、夜も濡れた着衣のまま夢路に入った。

ある朝の点呼の時であった。中隊長が「今日の作業は中止。初年兵は残れ！」と告げた。当時、中隊には五、六十名くらいの新兵がいただろう。そして一同を見つめ、厳粛に命令した。

「今日は皆に実戦訓練をさせる。部隊で多数の捕虜を捕らえてある。中隊にも捕虜数名の割当てが来ている。その捕虜刺突《しとつ》だ。肝を据えてかかれ。各班長が引率指示に当たる」

初年兵は興奮でうなりに近いどよめきの声を上げた。敵兵を突き殺せる。しかも自分の手で、自分の銃剣で突く……。敵という憎しみが理性を失わせていた。

私もすでに戦場で血を見た。弾の下もくぐった。しかし白兵戦で敵を刺した経験はなかった。同僚の興奮と歓喜の横で、私の心にはむしろ怜悧《れいり》な反応が先行していた。「むごい。恐ろしいことだ……」。

この場から逃げたい気持ちに駆られたが、しかし、命令である。軍組織の中の一人として命令は絶対であった。心を鬼にしなければと思うが、身体は恐怖に硬直していた。己の意気地のなさをののしりながら、どうにも出来ず、私は白昼夢に呆然と立ち尽くしていた。

誰かが私を呼んでいる。

「はい」

我に返って声のする方に顔を向けると、中隊本部の古参U軍曹であった。

「小島上等兵は今から自分と共に大隊本部へ命令受領に行く。小銃携行、筆記具携行だ」

私は大きな声で復唱しながら、心の底で安堵した。

軍曹と歩くゴム林の細い径《みち》は、降り続く雨で小さな川となって流れていた。私は黙々と歩きながら、刺突に参加しなかった呵責《かしゃく》と、逃れられたことへの感謝に、思いが交錯していた。

「少し休憩だ」

軍曹の声を受け、倒れているゴムの木に二人で腰を降ろした。軍曹は腰に下げた革鞄から油紙に包んだ煙草とマッチを取り出し、一服する。そして、「ひどいのう……」と、誰に言うでもなく低い声でつぶやいた。ああ、ここにも私と同じ感覚をもつ武人が一人いた。雨に濡れた私の心に青空がのぞく思いであった。この軍曹はすでに妻子ある人だったが、その後、ソロモン群島ガダルカナル戦において亡くなられた。

大隊本部との連絡を終え、私は中隊本部へ戻った。急ぎ軍装を解き、未だ帰隊していない戦友達のため夕食準備にかかった。
五、六個の飯盒の飯が炊きあがる頃、ゴム林の遠くから軍歌練習をやりながら戦友達が引き揚げてきた。私は彼らを迎えるべくゴム林の中に立った。戦友達は出発時とは変わって異様な雰囲気を漂わせていた。私と眼が合った同僚は、「とてもとても」と言わぬばかりに首を小さく横に振った。これらの戦友もほとんどがガダルカナルに散り果ててしまった。
私は出来上がった飯をそれぞれの飯盒の蓋に盛り、配ったが、刺突に参加した戦友はさすがに食が進まず、残していた。

私は戦争の無軌道を呪う。無抵抗の捕虜を惨殺するという狂気が、時の軍部の形相であった。戦争とは常に人を分別無用とする。一個の野獣化した人間同士が、火薬と鉄器によって歴史を塗り替えてゆく。一発の砲弾が炸裂する陰に、号泣の涙を耐え忍んだ人たちが多くあったことも事実である。

あのボルネオのゴム林に消えた捕虜に対して哀悼の情は今も残るが、決して日本の軍隊のみが犯した行為ではない。例えばインパール作戦での次の一場面はそれを物語る。

昭和十九年五月下旬、我が軍は食糧もなく、雨季の山脈の中を敗退する日々が続いていた。飢餓とマラリア、弱り切った兵に死が直面する。

敵は戦車を先頭に追い討ちをかけてくる。後方のジャングルには傷ついた兵士達が多数、医薬もなく捨てられたように横たわっていた。どうしても敵戦車を食い止めねばならない。三〇～四〇トンもある鋼鉄戦車は我々を興奮気味に狙い撃ちしてくる。爆薬を引っさげて戦車に体当たりするが、もちろん勝算はない。

その時、戦車攻撃に出た兵が倒れた。おそらく敵歩兵の狙撃を受けたのであろう。傷ついた兵は這いずり回って、戦車の突進から逃れようとした。だが戦車は容赦もない。私は稜線から早く谷に落ちろと叫んだが、どうする術もない。戦車は無情にもそのまま通過し、あとに兵の姿はなかった。山のようなキャタピラの下で潰されたのである。

あのボルネオのゴム林と同様に、相手に人間を見ず、非情になることが、敵も味方も自らを守る手段であったのか。戦場では理性も道徳もなかった。

私はこの悪夢を忘れることはない。

第二章　ガダルカナル戦

決死の上陸

幾万の戦友が果てた島、ガダルカナル。昭和十七年夏から十二月三十一日の大本営御前会議における撤退命令までの半年間に、実に将兵の死者数は二万あまり。鬼も顔を背ける累々の屍、その多くが餓死と疫病死であった。あの骸の眼が、時に今も私を見つめる。

ガダルカナル島奪回の命を受け、パラオ島にて装備を整えた我が聯隊は、次期作戦の命令遅しと待機の姿勢であった。

ガダルカナルは南緯一〇度、東経一六〇度に位置し、面積は四国の三分の一程の島である。昭和十七年初めには陸海軍首脳部内でも耳慣れない島であり、一部の幹部を除いてその位置を知る者もなかったという。ここで敗戦への序幕となる戦いが繰り広げられるとは誰が思ったであろう。

ミッドウェー海戦で完膚なきまでに痛めつけられた我が軍は、米豪共同戦線の寸断を計画し、南に向けた基地をここに置こうとした。我々百二十四聯隊は先にガ島攻撃で全滅した北海道編成一木支隊の後を受けて、勇躍赤道以南の孤島へと前進したのである。

戦えば勝つの驕《おご》り。「よし、一木支隊の仇討ちだ」、「なんのアメリカ兵くらい」と豪語したが、哀れ三八式歩兵銃と大和魂の突撃は、敵の誇る科学兵器の前に泡沫となって消えていくのであるが、知る由もない。

聯隊は隊を二分し、基地ショートランド島から約一〇〇〇キロのガダルカナル島へと迫った。私は船艇隊員として小型舟艇に乗り込み、名に負うソロモン海の波濤に木の葉のように翻弄されながら前進した。小さな鉄舟には兵器や弾薬、食糧が積み込まれ、狭い中に兵は体を縮こまらせている。

艇数約五十、制空権はすでに敵の手中にある。白昼は島影に隠れて敵機の哨戒から逃れ、夜のみの四日間の行程であった。しかし、夜は夜で自然界が圧倒的な力で襲いかかった。

北海道一木支隊約900名が
全滅した地点（ガ島東方）

夜の海洋に暴風が襲来。眼前に見上げるような波の壁が立ちはだかり、艇は波の頂点に押し上げられ、スクリューがカラカラと空しく空を切る。猛り狂う海洋を船舶工兵の艇長は死にものぐるいで操舵する。時速五、六ノットであろう。漆黒の空に頼るべき星一つない。古ぼけた羅針盤と、波をかぶった海図を頼りに南へと進んだ。

兵の心の支えとなるような島影も一切見えず、まるで無の世界へ放り出された心細さが襲う。死神が暗い海で見つめているようだ。疲労も限界に達していた。海を知らない私は、転覆して波の底に落ちてゆく自分を想像した。舷の低い艇は大波ごとに海水をかぶり、軍服はずぶ濡れ。南の海とて夜は寒い。風に波にさらわれまいと隣同士腕を組んで、荒れ狂う自然と戦った。

夜明けが迫る。艇は一刻も早く島影に隠れねばならない。名も知らぬ島に近づいたが、適当な隠れ場所がないまま夜が明けてしまった。直ちにマングローブ林の入り江に艇を突っ込む。一、二隻はまだ砂浜近くにいた。偽装のため木を切って艇を覆う。

敵機の哨戒のないうちに飯盒炊爨《はんごうすいさん》の用意にかかる。飯盒が煮沸を始めた時、突然爆音とともに敵機が我々を襲ってきた。全くの不意打ちであった。五、六機の軽爆撃機が艇を第一爆撃目標として、かなり低空で攻撃してくる。命中弾で艇は吹き飛んだ。私は生煮えの飯盒四、五個を抱えて藪の中に逃げ込んだ。艇が浸水して沈むのが見えるが、どうすることも出来ない。

敵機は入り乱れて機銃掃射を繰り返す。一度去って別編隊が入れ替わり、執拗な攻撃が続く。私達は樹間から小銃で敵機を狙うが、形勢は完全に敵の手中にあった。爆撃により艇は半数近くに減ってしまった。

夕暮れ、敵機が去った後の浜に死体を収容した。多くの兵士が傷ついた。残った艇に兵員をそれぞれ割当てし直すが、過剰に乗員させても艇が足りない。沈没の危険を避けるため三十名近くを島に残すことになった。

この時の惜別は今も瞼《まぶた》に残る。彼らはその後、敵の発見するところとなり、全員名も知らぬ島に玉砕したと聞いた。島の名は後にセントジョージと判明。人も住まぬ幽界の島に置き去りにされた兵の心中は察するにあまりある。

海は再び天候が悪化し、暴風雨が艇を襲う。闇から闇へと進むうち、誰かが叫んだ。

「あっ、島だ！」

土が恋しい。土を踏みたい。しかし、島と見えたのは、薄闇の大海原の水平線に浮かぶ黒い雲であった。島でさえあればどこでもよかった。島を見たい。心が島を呼んでいた。

大粒の雨をはらみ、天候はますます悪化する。艇は進路を妨げられ、いたずらに海上を転回する。黒く猛《たけ》る波が、今にも艇を呑み砕かんと覆いかかる。乗員過剰もあって海水が腰近くまで浸水してきた。全員必死で掻き出しにかかる。飯盒と鉄帽が役に立った。

軍旗が乗艇する船は信号灯を付けている。他の船はそれに続行するのだが、波濤に消され、小さな薄紫の灯が波間に時折覗く。

「目指すガダルカナル島よ、いずこ！」

風雨と波の喧噪の中に、艇長の雄叫びが空を切る。

「南へ一〇度だ！」と叱咤が凛乎《りんこ》として響く。

水平線がうっすらと乳白色に色を変えていく。あれほどに猛り狂った海原も元の静けさに戻り、艇は早暁の霧に包まれた。

斜め前方に黒いものが低く横たわっている。雲か、島か……。エンジン全回転の号令が響く。

「ガ島だ！」

船舶工兵の艇長が腹底から怒鳴り声を上げた。ああ、よくぞあの狂う海原を渡り切ったものだ。我々の舟艇に前後して僚艇が四、五隻、遙かな所を航行しているのが見え、私は力が百倍に増すのを感じる。海岸線に真白い砂浜と椰子林が長く続いている。すでに夜は明け、海鳥が椰子林の上を舞っている。

島まであと五〇〇メートルか。突如として「戦闘機！」と叫ぶ声がする。敵機だ。哨戒機二機が頭上を旋回して去っていった。島まであと三〇〇メートル、二〇〇メートル……。艇は爆発せんばかりにエンジンを回転させ島へ突っ込んでゆく。しかし、何と舟足の遅いことか。

空を押して爆音が迫った。敵機が編隊で来襲する。我々の武器は三八式小銃も軽機関銃も海水でずぶ濡れである。編隊は頭上で解かれ、それぞれの角度で突っ込んでくる。爆撃だ。パラッパラッと黒い爆弾が落下する。艇の近くで水柱高く上がり炸裂。海底の岩盤の振動が身体を揺する。

「応戦だ！」

兵は硬直した顔でがむしゃらに軽機関銃を放つ。敵機一機が煙をひいて海に墜落した。しかし、敵機は舟首から舟尾へ、真正面から銃撃し、他機が側面から掃射を浴びせてくる。卍巴《まんじともえ》となり敵機銃弾が水柱線を引いて海面を走る。

陸まであと一〇〇メートルか。艇中の海水が血で朱く染まっている。四、五名の兵が息絶えていた。

横の戦友が銃撃を食らった。見る見るうちに腹が膨張し、破裂して内臓が吹き出す。と同時に腸が一面に広がり、生ぬるい湯気を立てて動いていた。瞬間の出来事であった。友はすでにこと切れていた。

恐怖のあまり海に飛び込む兵もいる。しかし、まだ深い。艇長は勇敢だった。舵を握ったまま仁王立ちで島を睨んでいる。艇長の伍長の胸章は今も私をとらえている。

敵機の舞い狂う中を艇は突っ込んでゆく。あと七〇メートル、突然、艇がググッと停止した。澄み切った海底に、白い珊瑚礁が翼を広げている。艇は珊瑚礁に乗り上げていた。

歩兵百二十四聯隊第二大隊舟艇隊が敵前上陸したカミンボ付近

「全員、飛び込め！」

艇長の怒声が鬼の叫びのように響く。

私は銃と雑嚢、水筒だけの姿で飛び込んだ。艇から見ると浅いと思われた海底は、思いのほか深かった。美しく透明な水が水深を惑わせた。私達は棒立ちのままの姿勢でズブズブと海底まで落ち、足が海底についた。私は軍靴で海底を蹴り、やっと浮上。海水を呑み、もがきながら珊瑚につかまり、何とか首を出せる深さの所まで移動した。

敵機は頭上を飛び回り、銃撃を絶やさない。私は敵機を見ながら何度か海に潜った。楯にもならない水中に隠れるほど救いを求め、あがいていた。多くの戦友が海中で被弾し助けを求めるが、どうにもならない。私は無我夢中で珊瑚礁を伝い、島へ逃れようとした。自分のことで精一杯だった。

敵機が一時去った隙を見て島を目指す。海水で軍服が重い。軍靴がまるで鉛塊のようだ。珊瑚につまずき転びして、やっと砂浜に辿り着いた。

海中で傷ついた兵士は島を目前に命を落としていった。この上陸戦で大隊は実に三分の一の兵力を失ったのである。

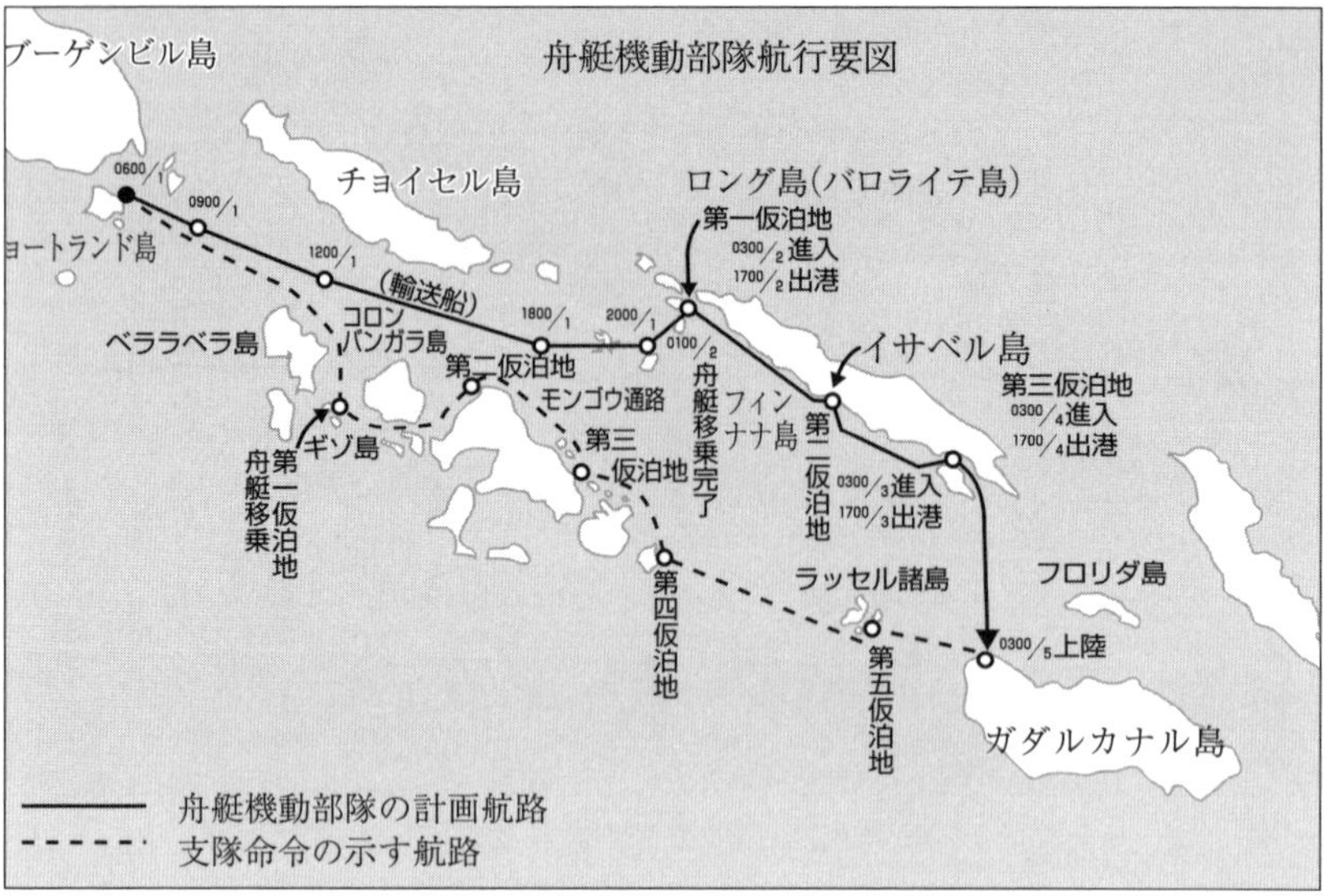

舟艇機動部隊航行要図

砂の白さが目に痛い。汚れを知らない砂浜は光を反射して白磁のように美しく輝いている。遮蔽物となる椰子林に走り込むと、すでに十名ばかりの将兵が集まり、頭を垂れていた。そこを通過しようとして、ふと椰子の根元に寝かされている遺体に気付いた。重油でべっとりとした将校マントがかぶせてあり、頭部に血が滲んでいる。誰の遺体か尋ねると、我が第二大隊長鷹松少佐であった。銃弾が頭部を貫通したという。大隊長自ら小舟で拳銃を持って敵機に応戦し、斃れたのだ。将を失った兵の心は暗い。

鷹松大隊長は豪傑な人物であった。フィリピン群島中のミンダナオ作戦の時である。一日の行程五〇〜六〇キロ。太った身体でスタスタと歩く大隊長の後ろを、私は歩いた。途中、敵の反撃に遭い、交戦となった。敵弾はピシピシと至近を掠ねる。兵が地に伏せて弾を避ける中、大隊長は悠然として突っ立ち、攻撃目標を指呼していた。

初戦で勇敢な大隊長を失ったことは、孤島戦に一層の悲痛感を与えた。私は礼を正し、瞑目を終えてジャングルの奥へと走った。海と敵機との戦いで弱り傷ついた兵の群れが、声もなくバラバラと横たわっている。皆、汚れて放心していた。

我々が攻撃占領を目的としたルンガ飛行場の跡。現在は使用されていない

総攻撃

しばらく前まで幕僚のほとんどが名前さえ知らなかった小さなガ島に、日本海軍は去る昭和十七年六月に設営隊を送り込み、前進飛行基地の建設を着工。米本土と豪州の連絡遮断を急いだ。作業隊員及び海軍整備隊合わせて三千名。約二カ月の突貫工事により一応の急造基地が完成した。

ところが「飛来待つ」の電報が発せられた直後の八月七日、米軍陸海空大編隊による飛行場奪取作戦が展開され、あえなく敵の手中に落ちてしまう。これを奪還すべしの命を受けて北海道旭川一ケ聯隊の一部九百名がガ島上陸。およそ二日間の戦闘で悲運を辿ったのであった。

そして送り込まれたのが、当時パラオ島にいた我々百二十四聯隊。そもそもが急場しのぎの命令であった。「戦いに勝利するはまず敵を知る」から始まると言うに、時の上層部の無策ぶりによって我々は捨て駒となって命を晒していったのである。

九月十日、地形も敵戦力の分析も充分でないままに行なった第一回の総攻撃は、完全な敗北であった。近代戦法の前に、我々は明治三十八年式小銃と牛蒡剣《ごぼうけん》一本である。銃剣は牛蒡の形に似ていて、そう呼ばれていた。もはや科学と肉弾の戦いであり、勝算があるとは思えなかった。

さらに私達は到着直後から飢えと悪疫に苦しめられていた。体力を維持する食糧は全く支給されず、兵はただ消耗していった。若い兵士の腹は老人に似て、しわでたるみ、あとは精神力のみが身体を支えていた。灼熱の太陽の下に、時には山肌を削る豪雨の中に、弱り切った兵が斃れていった。

後方支援の友軍がポツンポツンとなけなしの弾を撃つと、数百倍する敵の砲撃が返ってきた。将兵の肉体が切断され、飛び散っていく。我々は完膚なきまでに叩かれ、かつ飢えながら、なお死力を尽くして闘争を挑んだ。しかし、敵は何十倍、いや何百倍もの物量の戦力をもって抵抗する。圧倒的な差であった。

敵機は常に一兵の命すら許さぬ警戒で去来する。制空権のない闘い、食糧のない闘い。どうしてこれに勝利するというのか。頼みと願う我が空軍は海を渡ってこない。退くことも出来ない島での戦いは、突撃による死だけが許されるような狂気の戦場であった。

十月二十三日の第二回総攻撃より、悲惨さはさらに度を増していく。我が部隊はマタニカウ川の左岸に陣をなしていた。私の所属する第二大隊に、敵基地手前の「虎の高地」夜襲攻撃の命が下された。すでに兵は半減し、空腹を木の芽を食って耐えていた。

「敵の陣地を陥し、敵の給与で腹を満たせ！」

常に勝利のみを誇る軍の傲慢不遜《ごうまんふそん》に、兵は血の涙を流した。

日本軍独特の夜襲命令。前日の雨で足元が滑る。密林の暗夜は一寸先も見えない。実に墨壷の中を行く如くである。兵士達は戦友の肩に触れ合いながら、径のない山を上り下りして、虎の高地へと近づいていった。自然の要塞は前進を阻み、兵を苦しめる。木の根につまずき、転び、谷に落ちそうになりながら周囲に神経を尖らせる。兵器の触れ合う音さえ我々を苛立たせた。

空が山霧の中に白んできた。夜襲戦にかけた戦いが払暁戦《ふつぎょう》となる。

突如、どこからか五、六発の煙弾（弾着確認）が撃ち込まれてきた。煙は草原に尾を引いて流れ、密林内の樹間にも煙道を広げた。我々は発見されてしまった。

敵砲陣地から凄まじい砲撃が開始され、弾雨が百雷となって迫ってくる。今まで遭遇したことのない砲撃幕。どこから撃ってくるのかさえ分からなかった。ドロドンドロドンと腹底に発射音が響く。地底を揺さぶり炸裂する砲弾は、完全に我々を包囲しつつあった。まさに虎口《こぐち》に入る小兎《こうさぎ》の如く、我々は身動きも出来ず伏せるのみであった。「衛生兵！　衛生兵！」と叫ぶ声。避ける死角もなく、たちまち修羅場と化した。

敵は高い陣地から草原斜面の我々を狙い撃ちしている。突撃どころか応戦も出来ず、草むらに伏せたまま動けない。砲撃の手は緩まず、ますます烈しくなる。前方を見ようにも頭が上げられない。夜明けから、あっという間の展開だった。「アメリカ軍ぐらい鎧袖一触《がいしゅういっしょく》」とうそぶいていた参謀が憎かった。

前方の密林に向けて必死の脱走を図る。ここそこから断末魔の悲鳴が聞こえるが、振り向くことも出来ない。敵兵の影すら見ないうちに、仲間の肉体が次々と飛び散っていった。すでに統率も命令もなかった。兵も将校もない。一個の人間となり、それぞれが自分の生命をつなぐことだけにあがいていた。

弾着の少ない地点を求めて伏せ、また走る。だがその先々に砲弾が追い撃ちしてきた。どうして敵に分かるのか不思議だった。後で判明したが、敵はこの密林内にピアノ線を張り巡らせ、マイクロフォンを設置して我が軍の動向を監視。日本兵同士のささやきすら敵には筒抜けになり、正確な位置が捉えられていたという。ここにも科学と肉弾の戦いの差が歴然であった。

百雷の砲撃は密林を鳴動し、大樹を吹き飛ばした。引きちぎられた樹木が宙に飛び舞い、落下する。密林内は怒声と叫喚《きょうかん》の巷《ちまた》であった。

伏せていた私の眼前に、誰かの手首が飛んできた。砲弾の炸裂で腕や足をもぎ取られた兵士が這いずり回り、やがて動かなくなる。胴体が裂け、飛び散った臓物が灌木に垂れ下がっている。顔面を半分もぎ取られた兵が血潮を吹いて横たわる。惨劇の坩堝《るつぼ》の中に念仏の唱えが聞こえる。

私の前に掌の倍もある破片がヒューッと音を立て、ぐさりと突き刺さった。銀紫色に化学変化した破片が、積もった落ち葉をプスプスとくすぶらせる。これが当たれば身体は真っ二つにちぎれ飛ぶ。ぞっとする瞬間の連続が私を硬直させ、密林内に釘づけにした。

抵抗する力を失った我々は、地に伏せ、祈るだけである。恐怖のどん底で心は真空となっていった。ポン、ドン、ポン、ドンとリズミカルな発射音が密林に谺する。「もう止めてくれ」と叫びたかった。

密林の惨劇の場に、太陽の光が細く筋を引いてこぼれ、無情を浮き彫りにしていた。鬼神も顔を背ける修羅場である。我々はすでに攻撃目標すら失っていた。重砲弾は前後左右から、迫撃弾は頭上から一直線に落下し爆発する。

この狂乱の中で、私もついに砲弾の破片を食った。私にとって戦場で初めての負傷である。被弾の瞬間は異常な感覚で固く烈しく殴打された感じがした。最初はしびれ感で痛さを覚えなかったが、すぐに烈しい痛みが襲ってきた。軍袴《ぐんこ》の表面の血は凝固し、中は血糊となりヌルヌルとしている。だが意識はしっかりとしていた。私は砲弾を避けようと、木の根元から根元へと這いずり回った。まだ両腕と片足は健全である。いずれここで命果てると思いつつも、何としても生きたいとあがいた。

弾着は四角点を縫うように正確に炸裂した。ここにいれば全滅は免れない。ふと頭に閃《ひらめ》いた。「そうだ、弾丸は同じ地点には二度と落下しない」。そのことを思い出し、炸裂する穴から穴へと這いずり逃げた。巨木の腐食した空洞の中に、二、三名の兵が頭を突っ込んでいた。しかし、この空洞ぐらい簡単に吹き飛ばすだろう。敵の砲弾は人員殺傷用榴弾のようだ。小さい枝に当たっても炸裂し、尖った破片が四散して周囲の樹木にグサリと突き刺さる。頼りになるのは鉄帽一つである。両手でしかと鉄帽を押さえ込み、穴に伏せた。

この弾雨の中を、一人の兵が大木から大木へと逃れ走っている。「危ない!」と思った瞬間、砲弾が兵の足元で炸裂した。兵は地上から跳ね上げられて大地に叩き付けられ、そのまま動かなかった。

私は自由を失った右脚を引きずって這い進んだ。脚は丸太棒のように腫れ、軍袴が窮屈になって余計に痛む。体全体が熱っぽかった。牛蒡剣を抜いて軍衣を切り裂くと、真紅の血がドロドロと落葉の上に流れ、剣には血糊がぺっとりと付着した。太い血管を切断されたらしい。身体中の血が流れ出しているかのような、おびただしい出血である。止血したいが半身が自由にならない。衛生兵を呼ぶが姿もなかった。人間の機能とは弱いものだ。虫は半切の体で動くものを。

ふと気付くと、あれほど猛り狂っていた砲撃が停止し、不気味なほど静かな時が流れている。その時、密林上空にかすかなプロペラ音が聞こえてきた。相当な高度で飛んでいる。

敵は上空へ向けて砲撃を開始。パンパンと炸裂音のみが密林に谺する。樹間から芥子粒くらいに見える飛行機が二機、日差しを受けて銀色をちらつかせていた。友軍の複葉機《ふくようき》であった。

「友軍機だ!」

第二回総攻撃の成果を偵察に来たのだろうか。このわずか二機に、敵は地上戦を休止したのである。もし大編隊の我が空軍が地上部隊と連係して叩いておれば、戦の神は我々に軍配を上げていたかも分からない。

砲撃が休止した静寂の中、緊張した神経がふっと緩む。出血多量のためか、私は意識が遠のくのを感じた。「死んでゆくというのは、こんなものだろうか」と考えていた。死は案外楽なものかもしれないとも思った。

「おい、おい！」

私は誰かに平手で頬を叩かれ、はっと我に返った。三、四人の戦友が「急げ急げ！」と木を切り、担架を作っている。

「しっかりしろ！　頑張るんだ。さがるぞ！」

私は砲撃の穴の中から引っ張り上げられ、樽転がしの樽のように転がされて担架に乗せられた。敵砲撃の間断の出来事であった。

私は担架上の兵となった。意識が戻ると傷の痛みにまた襲われ、苦痛が襲ってきた。退く山径は尾根あり渓谷あり川ありで、平らな径ではない。私は担架から振り落とされまいと全力で両脇の棒を握った。わずかな振動でも傷が痛むが、うなり声を殺して耐え、戦友の情けに心で泣いた。

私を担ぐ戦友達も、やはり飢えて弱った者同士である。疲労困憊の中でさぞ苦しかったであろう。誰が私を運んでくれたのか今もって分からない。もしかしたら次に来る聯隊全滅の山アフステンの土となって昇天したのではないか。今も心の奥であの場面が去来する。担架上の私が生き残り、担いでくれた戦友達があの人跡未踏の山野で風雨に屍を晒しているのではと思うと、申し訳なく心が重い。

私の傷は動脈切断をまぬがれたらしく、出血は止まった。生き残りが集合している地点に担架が降ろされたが、数は少ない。多くの戦友はあの密林内に果てたのか。あるいは脱出も出来ず負傷のまま残されたのか。もしくは凄まじい砲撃に逃げ惑い、磁石も狂うほどの樹海で行方不明となったか。

次の戦闘に備えるため急造陣地をつくる。沛然《はいぜん》として雨が担架の私を叩く。乾麵包《かんめんぽう》が少し残っているのに気がついた。乾パンは雨に濡れてぐしゃぐしゃ。指先でつまんで口に入れたが、味もなく少し腐敗しかけていた。

負傷から二日もすると、痛いながらも杖で立ち上がることが出来た。兵の中には銃を手にしていない者もいた。おそらく砲撃で飛ばされたのだろう。私は敵の兵器である自動小銃を使用していたが、やはり紛失してしまった。

ガ島での六カ月の闘いで編成四千名が二百名足らずの兵員となり、五体満足な兵は皆無に近くなった。

支えの杖

杖用に背丈くらいの木を切ってもらった。これにしがみつき、少し脚が運べるまでになった。歩くというより引き摺る格好だ。

隊長が「後方にさがって手当をしろ。隊は今から移動が烈しくなる。連れては行けない」と言う。私は中隊から離れたくなかった。ここで別れてどうすると言うのか。東西も分からぬ敵陣地である。負傷のため少々弱気となっていた私は、戦場の片隅に一人残されるなど考えたくなかった。

「死ぬ時は一緒に死にたい」と訴えた。いずれ全員、戦死か餓死の運命と思われた。なお「さがれ」と言

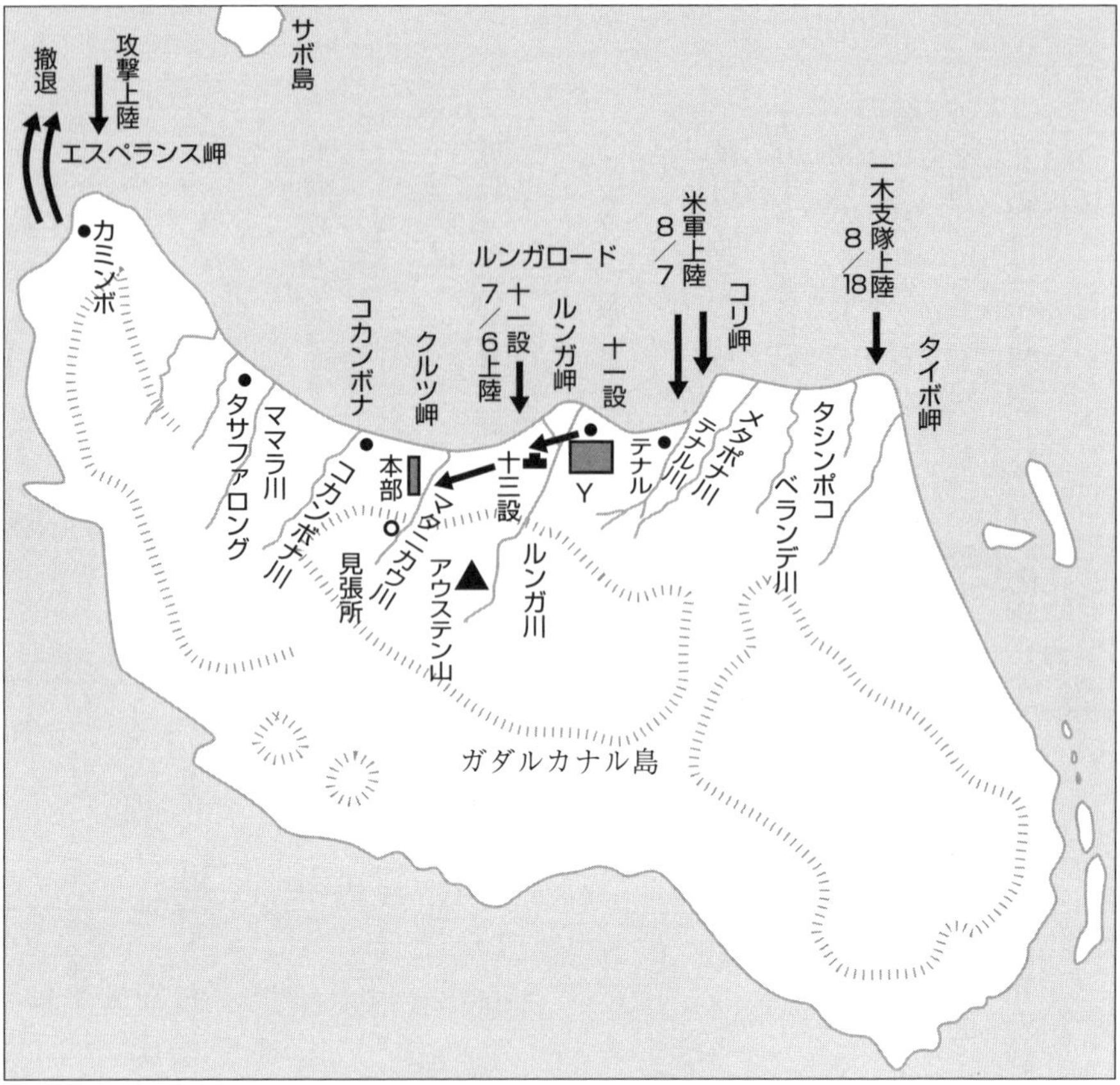

ガダルカナル島戦闘要図

う隊長に、「さがらない、付いて行きます」と抵抗した。

しかし、「命令だ、さがれ」と烈しく叱責され、「その代わり、マラリア患者を連れて行ってくれ」と頼まれた。なんということか。径不明の山の中、負傷のため我が身すら持て余しているのに、熱病で喘ぐ兵士を同行してさがれとの命令とは。しかし他の戦友達も「おい、さがれさがれ。今のうちだ。この先どうなるか分からんぞ」と私を案じてくれる。

そこに隊長から呼ばれた兵が一人、破れ天幕を頭からかぶってガタガタと震えながら近寄ってきた。マラリア特有の悪寒が始まっている。見るとパラオ島で我が部隊に追及してきた初年兵の佐野だった。南の戦場に来てまだ数カ月であり、緒戦が悲劇のこの島であった。北九州小倉の出身で、家は広く農業をしていると後で聞いた。負傷はないようであるが、顔は土気色。降り出した雨のため余計に寒いのだろう、歯がカチカチと音を立てていた。銃も持っていない。

十月も終わりに近い雨の夕暮れ。雨脚は一段と強さを増してきた。空腹がさらに寒さを加える。私と佐野は中隊と決別し、敵機を警戒しながら泥んこの山径を下っていった。

私は脚が鉛のように重く、小さな木の根さえもすんなりとは跨《また》げない。杖にすがって、痛い脚を守りながら跨ぐ。我ながら哀れで情けない。そして佐野は私の遅々とした歩みにもついて来られないほど弱っていた。「しっかり歩け」と叱るが、五、六歩進んでは腰を降ろし、息を弾ませている。その苦しさは十分想像出来たが、しかしこのままでは二人とも死ぬことになる。隊と別れた地点からまだいくらも歩いていない。後方からは敵の砲弾がシュルシュルと頭上高く飛んでゆく。

周囲は完全に暗くなって、すべてが静寂の中に入っていた。今夜はここで野宿だ。しかし火が焚けるわけでなく、夕食の用意をするわけでもない。食うものもすでにない。私達は悄然と木の根に腰を降ろし、携帯天幕をかぶって荒い息をついた。空腹のあまり考えることすらない。水筒に少し残っていた水を一口ずつ飲む。生ぬるく味気ない水が、生理の音を喉に与える。何もいらない、ただ一合の米が欲しい。

夜のしじまに小銃音が一発聞き取れた。あるいは兵が苦悩からの脱出を求めたのか、再び静寂が戻って来る。空腹は眠りを与えてくれない。それでも疲労が体を重く沈ませ、うとうとと寝入っていった。

夜が明け、谷間に深い霧が尾を引いている。隊と別離し、これからどうするというのか。再び悲痛感が襲う。こんな身体で逃げさまよい、いずれ餓死するのであれば、あの時の砲弾で瞬時に飛び散ったほうが楽であったかもしれないとも思う。

佐野は高熱から脱し、ぐっすりと眠り込んでいる。しかし熱病との戦いはしばらく続く。この戦場では数多くの兵が、マラリアの高熱で発狂したり衰弱して死んだ。

ガダルカナル島戦における日米の兵員の損害についての記録がある。ただし、適格な数字はおそらく掌握されていないだろう。それぞれの発表で相違がある。

［日　本　軍］　昭和十七年八月以降上陸総兵数　三万一四〇四名
　交戦中に後送した患者　七四〇名
　戦死者数推定　五〇〇〇～六〇〇〇名
　戦病死者（栄養失調、マラリア、赤痢、脚気等）　一万五〇〇〇名
［アメリカ軍］　上陸戦闘員　六万名
　戦　死　約一〇〇〇名
　負　傷　四二四五名

なんという無策無謀の戦いであったろうか。

生き残った将兵一万弱も幽鬼の人間と成り果て、いつ絶えるとも分からぬ己を必死に守っていた。夜は眠りが浅く、夢を見ることもない。伸びた毛髪が赤くなり、毛が抜けてくる。脳の遅滞が始まったのかと恐ろしくなる。小便も赤みを帯びてきた。

南海の夜明けは早い。時計はないが三時頃だろう。敵の一番機が哨戒のため山裾の海上を飛んでゆく。

ぐっすり眠りこんでいる佐野を揺り起こす。泥と垢にまみれた顔の中で、光を失った眼が視点を失い生気が

戦友との話題によく出てくる水無し川。歩いてさがった思い出の川である

ない。陽があるうちに少しでも山径を歩いておかねばならない。一人は杖にすがりながら、一人はマラリアに喘ぎながら、滑る雨の山径を蹌踉《そうろう》として夢遊者のようにさまよい歩いた。

雨雲が上空を支配し、疲れ果てた兵士達を無情にも苦しめる。時に豪雨ともなり、涸れ果てていた水無し川に濁流となって巨岩を流し、将兵を押し流していった。ここにも想像されない天敵があった。

退路の径は飢餓街道となり、極度の栄養失調とマラリア、アメーバ赤痢、脚気患者が次々と続いていた。私もアメーバ赤痢に冒された。下腹を絞るような痛みに耐えて歩くが、五分ごとに便意を催す。細い椰子林道に腹を押さえて座り込む。すでに恥も外聞もない。骨盤の尖った尻を出し、排便しようとするが、もはや出る物はない。わずかにトロリとした液汁が二、三滴。これが赤痢の特徴である。もちろん後始末の紙すらなく、形ばかり草をちぎって拭く。

負傷した私の右脚には砲弾の破片が入ったままである。傷の手当をする場所などなく、内部にはすでに蛆《うじ》が巣食っていた。体を横たえると蛆虫の活動が始まる。蛆は新しい肉へと迫り、食いつつく。これがたまらなく痛い。指を入れて摑み出したいが、出来ることではない。せめて傷口を叩いて蛆虫の活動を停止させるくらいである。この五尺の体を、五分に満たない昆虫の子にさいなまれている。

佐野もマラリアと赤痢で症状は重く、歩行がやっとの思いのようであった。

「頑張れ、しっかりしろ！　死んでしまうぞ！　馬鹿野郎！」

なんという鞭《むち》であろうか。しかし、私に出来るのはこう叫び励ますことだけであった。

雨はやむことなく降り続く。

「あと何日の命だろう……」

佐野がつぶやく。呼吸は荒れ、意識も朦朧《もうろう》としている。まだ若い彼が可哀想でならなかった。このまま、この草むらに屍を晒すのか。青春を謳歌することなく、夢もなく、この孤島の土に命を吸われてゆくのか……。

食糧と医薬を早く空から落としてくれ。友軍機はどうしているのか。地上の地獄を見てくれと、祖国の空に向かって祈っていた。

今まで小さな息をしていた兵が、汚れ切ったまま眠ったように息絶えてゆく。死に水をとる者もいない。生と死の狭間を椰子の樹が見下ろしている。

飢えて息絶えた兵の腐敗が始まってゆく。いや、まだ息があるというのに蠅は敏感にたかり始める。蠅を追う力さえない。口にたかり、眼にたかり、鼻の奥まで侵入し、息ある人間に卵を産みつけてゆく。二、三日で蛆が発生し成長してゆく。蛆は兵の体を温床としてあらゆる肉を食いつくし、無限に増え、骸骨へと変えてゆく。眼球までも食いつくされた兵の骸が私を見ていた。私は思った。自分の最後もこの様かと。二十三年の命をこの島で終えるのか。せめて己の死に場所は父母に分かってほしい。

空腹で眠れぬ夜が続く。翼を持つ自分の夢を見た。大海原を悠々と飛び、母のもとで白い飯を食っている夢だった。湯気の立つ飯であった。

凄惨の島

夜が明けると体を持ち上げ、気力だけで立ち上がる。五〇メートルも行かないうちにうずくまり、何を考えるでなく吐息をついて呆然とする。やがて立ち上がり、重い足取りで歩き始める。この繰り返しが毎日続く。立ち上がることの出来ない者は、その場で人生の終わりが告げられる。

食糧とも防御の楯ともなってくれていた椰子林も、毎日続く爆撃、艦砲射撃によって疎林化しつつあり、身を隠す場所も狭められてきた。自分の身体を支えるのさえ精一杯の兵に、敵機は椰子林すれすれに飛行して、機上から顔をのぞかせ銃撃を加えてゆく。生命への執着であろう、座り込んでいた兵士も椰子の根元に這い逃げる。

私達の横を、よたよたの兵の群れがばらつきながら退いてゆく。血で染まった軍服は黒く凝固し、膠状《こうじょう》にカチカチとなっている。骨が皮膚を突っ張り、筋だけが伸縮している。血管はもろに皮膚の上を筋張り、浮いて走っていた。

このような兵士とは名ばかりの群れが、ここあそこと歩いてゆく。垢と泥にまみれ豪雨に叩かれ、軍衣は裂け、ボタンもちぎれ飛んでいる。上衣の隙間からは数条のあばら骨が彫刻像のようにのぞいている。脚には脚絆《きゃはん》もなく、中にはボロ布を足に桑蔓で縛り、軍靴の代わりにしている兵もいた。必須の小銃さえも携行しない兵がほとんどであった。

後方へ後方へと退路を求める群れに、勇姿の姿はなかった。すでに戦闘意識は失われている。飯盒を手に下げ、牛蒡剣一本のみ。何か食えそうなものがあると拾い、飯盒に投げ込む。空虚な眼だけが薄気味悪く、鈍く光っている。二人、三人が無言の塊となってさまよい、幽鬼がその周辺を乱舞しているようだ。

今日は何を食うか。頭の中でわずかに働く思考はそれのみに支配されている。強者が弱者の糧を強奪する非人間的行為も数々あった。己が生きるために野性に還ってゆく。この朽ち果てた聖戦兵士達の姿を、当時の軍報道部は国民に知らせることはなかった。


隊を離れて山中をさまよい歩き、食わぬこと今日で四、五日となる。何とか立ち上がるが、眼の奥に黒い幕がちらつく。栄養失調から来る衰弱が私を襲う。寧丸はふくれ上がり青白くなり、透明となってきた。

今日の佐野はわりと体調がいいらしく、時々私に肩を貸してくれる。滑ったり転んだりしながら退路行脚は続く。密林を抜けて細い径に出た。穴だらけの軍靴に雨水が溜まっている。

行き倒れの兵が虚空をつかんで果てていた。全裸でもがきあがいた姿もある。何日も前に息絶えた兵であろう、屍に蝿が群れをなして死臭の中に飛んでいる。身体は張り裂けんばかりに腫れ上がり、皮膚は黒紫となって光っていた。蝿が私達の動きに一斉に音を立てて飛び散り、また集まってきた。私はかつてのボルネオやフィリピンの戦場を思い出していた。敵の死も同じであった、と。

なんという酸鼻《さんび》の島であろう。弾に砕ける凄惨、食絶たれの餓死、悪疫に苛まれての死。悲惨が重なり合い、島に阿修羅の魔神がほくそ笑んでいた。

日本軍最後の防御線となっていたマタニカウ川

とぼとぼと歩いてどうやら川に辿り着いた。前進の際に渡ったマタニカウ川である。ここで突如、「人間」の姿を見た。健康そうな兵の姿。懐かしさで死の世界から生還した感激に胸が詰まった。何でもよい、声をかけてみたいという衝動にかられた。

一日一日、少しずつ歩いたが、一体どの辺りまで来たのだろう。川岸の椰子が黒い影を川面に映していた。早く海へ出たいという一念で、どうやら平地に、しかも海の見える地点に着いたのである。海水を腹一杯飲みたい。塩気との長い別れが海をしきりと恋う。

平地に辿りついたものの、弱り切った兵二人に食糧を与えてくれる兵站はなかった。あの山径で見たこの世の怪奇が、ここにもあった。兵隊同士の食糧強奪は頻繁となり、屍となった兵の軍靴は盗まれ、水筒まで剝ぎ取られている。ぎりぎりの線で生きる人間戦場。道徳も倫理もなかった。

篠《しの》つく雨が嘘のように止まった。厚い雲を押しのけて太陽が強い光を灌木林の中に投げる。

「休憩しよう」

私は首の付け根あたりが痛く、異様を感じた。雨を含んだ雑草の上に腰を降ろし、その部分に手をやると、何かヌルヌルしたものに触れた。取ろうとするが取れない。山蛭《やまひる》だ。

佐野に取ってくれと首を伸ばすが、蛭は皮膚深く食い込み、離れようとしない。佐野は錆《さ》びた牛蒡剣でこそぎ落としてくれた。山蛭は私の血をたっぷりと吸い、真ん丸にふくれ、勝ち誇っているように見える。この栄養失調で薄くなった血を蛭までもが貪《むさぼ》る。蛭は半分にちぎれた体で泥土の上をうごめき、私の血が濡れた土に滲んでいった。

私と佐野は海の見える椰子林の細径を歩いていた。一人がやっと通過出来るほどの狭い径に、一体どれほどの兵の命が吸い込まれたことだろう。無残な兵の屍が何体も終焉の姿を晒していた。兵の命よりも尊重された小銃も無造作に捨てられ、軍の崩壊を語っていた。

雨に濡れた地下足袋が、歩くたびにジュクジュクと哀れな音を立てる。足裏も蒸れてふやけた豆の皮のようになっていた。私の傷の化膿した臭いに、アメーバ赤痢で下痢を続ける佐野の糞の臭いが混じり合い、二人の間には異臭が漂っている。

灌木林の中で何日か休む。「歩けない」と言う佐野を、「元気を出せ、頑張るんだ」と叱咤して出発する。果たしてこの先、頑張ってどうなるというのか。しかし、この哀れな初年兵の面倒を見ることを最大の責任と思い、私は心に鞭打って進んだ。

健康な人間集団と遭遇した。新しい軍服を身に付け、てきぱきと動き、張りのある皮膚が弾んでいる。おそらく昨夜あたり上陸した部隊であろう。生き生きとした人間の放つ生気が私達を圧倒する。私は茫然自失して彼らを見つめていた。自らもあのような時があったと振り返り、今の姿が人間界から見放された捨て人のように思えた。

林の中から紫煙が糸を引いて流れてきた。煙草だ。芳香が嗅覚を刺激する。世の中に煙草というものがあったと思い出す。軍服も破れ裂け、垢と脱糞のしみの付いた佐野に「さあ行くぞ」と声をかける。力なく後方へ向かおうとする私達に、その隊の兵士が「おい頑張れよ、気をつけろよ」と励ましてくれた。新鮮な張りのある日本語だ。こんなに精気ある日本語を聞いたのは久しぶりであった。

一人の兵士が私に近づき、丸くふくれた雑嚢の紐を解いて、美しい色彩の銀紙包装の煙草を一箱くれた。続いて他の兵士が、黙って佐野に乾パン一袋を差し出す。そして牛缶（軍専用の品）も一つ。新しいメッキがきらりと光を放った。礼の言葉もなかった。このような場合、何と言うべきであろう。喉が詰まり、ただ頭を下げた。佐野も横で頭を下げている。涙に涙が重なり落ちた。

ここに一つの戦場の思い出がある。確かフィリピン群島セブ島作戦の時である。多数の有色人種兵を捕虜とした。今の先まで我々に対して銃弾を放ち、戦友の多くを痛めた憎い敵兵である。彼らは手を後ろに針金で縛られ、数珠《じゅず》つなぎにされた。日中気温四〇度を超える炎天下の広場には影さえない。彼らは喉の渇きに、泣いて水を求めた。しかし誰とて水を与えない。要求は哀願となり、号泣となっていった。

私は夕暮れを待って、やかましい鬼准尉の眼をかすめ、一杯のバケツの水を集団に与えた。捕虜の黒い瞳が、私を戦場から離れた優しい人間に呼び戻してくれた。私は幼い頃から武士道についてよく父から聞かされていた。私は鬼准尉の制裁を覚悟していたが、それを優越するものが胸に光っていた。幸い制裁はなかった。

私も佐野も、「地獄で仏」のたとえのように心が泣けた。隊の出発を真心を込めた挙手の礼で見送った。

確か東北訛りのある部隊だったと思う。この部隊も敵の熾烈な砲撃の前に斃れ傷つき、どれほどの兵が祖国に帰り着いたことであろう。聞けば、この隊の統率者であった老少尉は、再び生還なきを知り、部隊の先頭に立って「突撃、突撃」と叫び続け、ついに頭部を砕かれて島の土になられたという。

山ではあれほどに渇していた水が、下界では至る所にある。美しい透明の小川、どんよりして動かない沼の水、ガラス壺の中を見るような澄み切った小さい沼。しかし不思議なことに小魚も見えない。池の底には赤茶けた泥と、腐食した古木が不気味に沈殿している。何千年も前に、この島が形を整えた時から動かない水であろう。溜まりには土蟹が穴をつくり泡を吹いていた。

島には兵の生きることを許さない外敵も多く隠れている。一見透明で美しく見える水すら、決して生水のままでは飲めない。そこには恐ろしいマラリア病原を媒介するハマダラ蚊の幼虫が兵を待っている。生水を口にする兵のことごとくがマラリアに冒され倒れた。

敵機に発見されぬよう、煙を立てずに水筒一本の水を煮沸。それが一日分の水である。自由に火を焚けない哀れさがあった。一人の欲望を満たそうと煙を出すことは、敵機を誘い、友を死へと導くことになる。

「水を下さい」

「お願いです、水を……」

すでに水さえ自給出来なくなった兵が、垢で汚れてカサカサになった手で飯盒の蓋を差し出してくる。死に追い詰められた人間の刹那《せつな》の声は今も耳から離れない。貴重な水を少しずつ分けてやった兵士達も、おそらくあの地で世を去っていっただろう。

私の汗もすでに塩分を失いかけていた。身体が極端にだるい。生理が塩分を求めていた。海に取り巻かれ

ガ島の海岸線に見られる椰子林

た島では、海はすぐそこに見えている。椰子林を越せば二〇〇メートル程先は海だ。しかし、海水の恩恵にはあずかれない。沖合には常に敵の高速艇が機関砲を岸に向けて走駆していた。

塩が欲しい。いや海水でもよい、がぶがぶと飲みたい。白昼太陽の下では動けず、私達は必然的に夜の海を待った。

ある日の白昼、一人の兵が裸体にボロ天幕をまとい、灼ける砂浜を海へ向かい歩いてゆく。飯盒一つを手にして、海水が欲しいのだ。

「危ない、帰ってこい!」

私は椰子の陰から怒鳴ったが、兵は振り返りもしない。高速艇が白波を蹴って疾走してきた。兵は恐れるでなく海へ歩く。突如、ダダダーンと二、三発の砲が耳を突いた。砲弾は砂を跳ね上げて炸裂し、砂煙の跡には兵の姿は消えていた。一兵も許さない敵の防御であった。おそらくこの兵は熱病により脳神経を冒され、残る本能が海に向かわせたのだろう。塩が生きるための必須物質であるということも、私達はこの島の経験で叩き込まれた。

蟻汁

私の負傷はまだ杖が必要である。脚を麻痺させている砲弾破片を恨みながら、一歩一歩後方にさがっていた。未だ戦友達はアフステン山に残り、食うに物なく、撃つに弾なく、恨みの飛行場を睨み続けて籠城し命絶える者がいるというに、申し訳ない思いも強かった。

その後、佐野の高熱が続いた。体力も限界のようであり、灌木の林の中にしばらく居座ることにした。誰も叱る者もない。その代わり、ここで死んでも記録にはただ病死と記入されるだけであろう。一枚の破れ天幕を屋根代わりに張り、雑草を敷いて佐野を寝かせてやる。

「私は大丈夫です。先に行って下さい。ここに残ります」

力なく訴える彼を、私は厳しく叱った。

「しっかりしろ、後方には必ず薬もある。もう少し、もう少し頑張れ。死んでしまうぞ」

置いていくことは、すなわち彼の死を意味する。ふと佐野にこう言った。

「おい、お前、小便をしてみろ。俺がマラリアの検査をしてやる」

彼を立ち上がらせ、支えてやりながら放尿させた。弱く少量の尿は、薄暗い藪の中に飴色であった。

「大丈夫だ。お前のマラリアは必ず良くなる。小便に血が混じっていない。大丈夫、大丈夫」

と力づけた。マラリアによる黒水病で死ぬ兵達の尿は赤黒い色をしている。安心したのか、佐野は小さな笑顔を見せて雑草の上に眠った。顔はまだあどけない少年だ。マラリアの特効薬キニーネが欲しい。バグノン注射が欲しい。しかし、それは叶わない。

今はまず食糧である。毎日、得体の知れない物をわずかばかり拾って口にするのみである。何か腹一杯食える物を探さねば、私自身も体力が持たない。佐野も四、五日休ませて何か腹一杯食わしてれば、元気を取り戻すだろう。

ふと気が付いた。蟻《あり》だ。以前読んだアフリカ見聞記の中に、蟻の卵を食う記述があったのを思い出した。島では何度も蟻塚を見ている。私は翌日から早速、蟻探しに出かけることに決めた。

海岸線が白々と明け、敵機が北へ北へと飛んでゆくのが見える。また友軍基地への爆撃であろう。この島に上陸して以来、日の出を穏やかに迎えられた日はなかった。

佐野を置いて私は杖に身体を預け、空飯盒一つ、牛蒡剣一本を下げて藪を出た。蟻の卵が食えるものなら腹一杯食いたい。本能が杖の脚を運んでゆく。

しかし、いざ探すとなると、なかなか見つからない。行軍中は物珍しげに再三眺めていたものを。痩せこけて汚れた兵が虫の巣を探しまわる悲惨。だがこれも生きるための真剣な勝負であった。

「あった！」

蟻が粒々辛苦して作った高さ七〇～八〇センチの円錐形の塚があった。自然界の芸術品は叩き崩すのに少しためらいもあるが、この中に子孫の群れがうごめいているはずだ。

手で叩いてみると、かちかちと堅固な城壁である。牛蒡剣で突くが受け付けない。私は塚の壁を剣の背で力強く二、三度叩きつけ、砦を崩壊させた。根拠地には無数の親蟻がうごめき、四散する。空洞となった内部は凹凸が無数に段を作り、そこに白い粒状の塊があった。これが卵だろう。

巣にこびりつく親蟻を草で払う。数匹が軍服の中に入り込んで皮膚を刺す。未だ多数の蟻が付く白い塊を、手づかみで飯盒につまみ入れた。豆腐よりやや固い。果たしてこれが食えるだろうか。しかし、いくらなんでもこのまま食える代物ではない。これをどうやって食うかだ。

私は海水で洗って煮てみることにした。夜を待って海水を汲みに行くこととし、佐野の元に戻った。寝ているところに声をかけるが、彼は何か一言つぶやいてまた眠りこんだ。藪の中に寝て三、四日になる。眠りだけが薬であった。

夜、水筒を下げて海辺へ向かう。何度もつまずき、やっと海へ出た。転ぶたびに脚の傷の痛さに唇を噛む。夜のソロモンの海は、ここが戦場であることを忘れてしまうくらいの静寂そのものである。考えるでもなく、この漆黒の海にも多くの兵が沈んでいる。誰かが冥福を祈るでなく、肉体は海の生物どもに食いちぎられ、骨までも嚙み砕かれる。

私は母と弟のことを思った。叱ることがなかった優しい母は、今どうしているだろう。私の傷を「痛いだろう、痛いだろう」と案じてくれる姿が思い浮かぶ。そして弟は今、どこの戦場の空を飛び回っているだろうか……。

弟の戦死広報が届いたのは、私が戦後復員した後のことである。帰還した木箱には、昭和二十一年一月二十三日、南太平洋上にて敵艦隊と交戦中に戦死と記載された一片の紙が入っていた。勲章授与式があったが、母は出席を渋った。二十歳の命は一片の紙と小さな金属の勲章と引き換えとなったのだ。

私は弟の悲運に、その後、鹿児島鹿屋航空隊後を訪れ、基地跡の土をすくい、哭いた。青春は散り、国は敗れた。

暗い海に時々ピカリピカリと青白い光が走る。鉄と鉄との戦いが繰り広げられていた。現実に戻った私は急いで水を汲むと、佐野の待つ藪の方に戻って行った。

生い茂った藪に場所を見失い、「おーいおーい」と何度か呼ぶと、「ここです」と佐野の力弱い返事が返ってきた。「明日は腹一杯食うものがあるからな」と声をかけ、私も横になる。ひやりとした雑草の上で、藪の隙間から薄い月光を見るうちに眠ってしまった。

早い夜明けが私を目覚めさせる。今日は晴天だ。有難い。身体の虱《しらみ》を取りたい。虱つぶしも堂に入り、一時間もすると二、三十匹の親虱をつぶした。私の血はまだ赤かった。

誰かが炊飯の煙を上げたのだろう。敵機が上空を旋回し続け、南へと去って行った。煙が命とりになる島でもあった。

私は火縄を吹き、乾燥コプラに点火。コプラはパチパチと脂肪をはじいてよく燃える。煙の出方を用心深く見守りながら、飯盒の海水を薄め、蟻の卵をまぶしこんだ。塊がなかなか崩れてくれない。そのうち飯盒はグツグツと沸騰してきた。果たして食えるのか。ボルネオ作戦中に拾った大きな銀スプーンで少し試食してみる。ドブロクに煮た汁は少し苦くて酸っぱい。喉を通過したが胃袋は抵抗を示さない。

「大丈夫だ、食える」

また敵機が上空を旋回してきた。私達は息を殺して動かない。機音が遠ざかるまで、五体の全神経が猛《たけ》っていた。

汁の中に岩ごけを加え、蟻汁が出来た。決して旨くはないが、少しでも腹がふくれればそれでよい。二人とも乞食のような汚れた手で貪った。以後の退却行でも、この蟻汁に随分救われた。

アフステン山（写真中央。アリゲータクリークより撮影）

ある日、私達の独占物と思っていた蟻塚が何者かに破壊されていた。誰か目を付けた者が現れたのだ。しかし、この飢えの島では当然であろう。誰もが食い物を求めていた。確か昭和十七年十一月半ばと記憶する。

この頃、我が母隊の歩兵百二十四聯隊は完全に食糧を絶たれ、撃つべき弾もなく、餓死か戦死かと迫られていた。戦史に残る九州男児の決戦場、アフステン山。山肌は血しぶきを吸い込み、全滅の日は明らかに近づいていた。

佐野の熱もどうやら治まり、後退の日が続いた。連日、栄養失調の身体に雨が降り注ぐ。至る所の椰子の下に、痩せ衰えた兵がまるで眠り込んでいるように身体を横たえ死んでいた。飢え、赤痢、マラリア、脚気によるものだった。軍上層部の無謀無策な戦いが、こうして幾万の将兵の命を果てさせた。地形も敵勢力の分析もなく兵員を投入していったのである。

友軍の劣勢は判断出来た。この狭い島で敗れ、今ここで野垂れ死にしても、屍に落葉すら掛けてくれる者はない。屍は蛆虫の食い荒らすに任すだけである。その日生きて夜が来て、また朝を迎えてその日を生きる。その繰り返しだけが人間の証であった。

月日を考えることもなくなり、また必要もなかった。掟も喪失し、二人を拘束するものは何もない。何も食わぬ日は歩かないことに決め、草の芽でも食っていた。胃の腑はすでに働きを忘れているようだ。

時々甘みの恵みにありつくこともあった。兵士はそれを「椰子リンゴ」と呼んでいた。椰子の実が落ち、次の芽を出すまでの養分が実の中に保存される。その水分が固形になり根を出してゆく。殻を割ると丸く白っぽい、ぱすぱすとしたリンゴ状の物が採れる。薄甘い、リンゴ味の郷愁を誘う。この島で恩恵を受けなかった将兵はいないだろう。

今思っても、この島では食べ物とは思えないものも多く食った。地球とはまさに神秘である。神はそれなりに慈愛を与えてくれていた。命をつないでくれた自然の贈り物に礼を述べる。

ここで食い物について不気味な思い出がある。私が食ったものは果たして何であったのか……。私は長い間、疑念を持っていた。

それは昭和十七年九月五日の夜明けであった。すなわちガダルカナル島敵前上陸直後のことである。敵機蹂躪《じゅうりん》の中、疲労困憊の兵達は食糧も捨てて海からジャングルへと逃げ込んだ。そこへ島の林の奥深くから、髪も髭も伸び放題で着衣もボロボロの男が二、三人歩いてきた。この世の人間とは思えない風体であった。「ご苦労様です」と頭を下げている。兵隊には見えないが、しかし同胞である。彼らは汚い帽子の中から、拳《こぶし》大くらいの団子状の物をつかんで差し出し、「兵隊さん、これを食べて元気を出して下さい」と言って我々に配った。ぶった切りの肉塊であった。私も二つもらった。

彼らはガ島に最初に上陸した飛行基地建設の隊員たちであり、基地完成と同時に敵大集団の攻撃を受け、戦う術もなく敗走。追われて密林を彷徨して海岸線に辿り着き、生き長らえて我々を迎えていたのである。

疑念とは、彼らがくれた肉塊のことである。味付けはなく、ただ湯で煮た物であった。私達は空腹のため齧《かじ》りついて食べた。その時は牛肉としか思わなかったが、しかし、その後、島で牛の姿を見ることはなかった。本当に牛の肉であったのか。彼らに対する恩は恩として感じているが、その後もわだかまりが残った。私が肉の正体を疑うのには理由がある。ガ島より生還したのち、インド進攻作戦に参加し、再び敗退の道を辿る結果となったコヒマで、命絶えた同胞の兵の肉を切り注ぎ、飢えた兵士に売りつける者がいたという事実を入手したからである。肉塊をくれたガ島軍属の人々を疑うのは心苦しいが、慚愧《ざんき》の念にかられる日もあった。私はその後、老いた生還者にも牛の存在を確かめたが、見なかったという返事であった。

しかし、あれから四十数年を過ぎた頃、島にわずかな牧牛がいたということが分かった。私は胸につかえたものが解けて、軍属の方々に心から詫びたのであった。

退路の途上も背後に砲音が追ってくる。あと数キロで目指すカミンボに到着すると、連絡に急ぐ将校から聞いていた。「もう少しだぞ」と佐野を励ます。

早く彼にマラリアの薬を与えたい。早く傷の手当をしたい。直径三センチ足らずの杖が昼夜私を支えてくれている。持ち手のあたりが手垢で黒光りしていた。

幽鬼の群れ

前方の海岸に、真っ黒い煙が轟々と渦を呼んで舞い上がり、天に達さぬばかりである。敵機が五、六機、入り乱れて竜巻に突っ込み、銃撃を繰り返している。我が軍の輸送船が襲われていた。一日も早く前線の飢餓を救うべく、捨身戦法で挺身した輸送船団であろう。何百キロと離れた基地から潜水艦の攻撃をかわし、敵機の牙を逃れてここまで来たというのに、ついに敵の手中に落ちていた。

敵の好餌となった船舶が、海岸線に残骸を晒している。黒煙が中天に届き、恐怖の乱舞を広げている。船の重油に引火したのだろう。烈しい炸裂音、紅蓮《ぐれん》の炎の甲板上を人影が走り回っている。一粒の米でも、弾丸の少しでもと、命を賭けての船員魂が上陸作戦を続けていた。国家総動員の中、我々兵士は別として、民間人である船舶関係者の死は実に無量の痛みを訴える。

炸裂する船舶をめがけ、敵機は執拗に攻撃を続ける。一船は沈没を避けんと、最後の力でその巨体を砂浜に突っ込ませた。

夜の到来とともに敵機は去り、燃えさかる船が残された。すると椰子林の闇のここそこから兵士達がぽつりぽつりと集まり、残骸の船を目指して歩いてゆく。三角布で手を吊った兵や、頭にボロ布を巻いた兵。空飯盒を下げ、ぺしゃんこの雑嚢を肩によたよたと進む。舞い上がる黒煙の中で、めらめらと上がる真紅の炎に照らし出される兵の姿は、地獄を行く亡者であった。

兵隊達が危険を犯して船に集まる理由、それは砂上に投げ出された食糧を手に入れるためであった。

「行きましょう」

佐野が誘う。私達もこの幽鬼の群れに加わった。少しでもよい、米粒が手に入れば……。

「危ない、船に近寄るな、爆発するぞ!」

「近寄るな、危ないぞ!」

怒声が暗をつくが、浮浪の群れは停止しない。危険は分かっている。しかし、それよりも米が、食い物が欲しい。

砂浜に乗り上げたのは六〇〇〇〜七〇〇〇トンの船舶であった。その山を思わす巨体に、私は慄然として身体がすくみ、毛根が荒々しく隆起するのを覚える。船名を示す日本語の文字が火で読める。船は後部を深く海中に沈め、船首を空転に突き上げていた。僚船も沈みかけている。

燃え尽きんとする船から積荷が投げ出され、砂上に乱雑に積まれている。狼と化した兵達が我先にと群がってゆく。統率を失った兵の集団には善悪の区別もない。船から投げ出された木箱を破る兵、麻袋を剣で引き裂く兵。雑嚢いっぱいに食糧を詰め込み、次に天幕を広げて包み込む者。集団は一仕事を終えると荷を引き摺って引き揚げてゆく。火事場泥棒と成り果てた皇軍の兵の姿であった。

しかし、誰がこの姿を浅ましいと言えようか。奇麗ごとを言っているときではなかった。私達も戒を破り、人の後に続いた。すでに引き裂かれている麻袋に近づき、腕を突っ込む。ほのかに温かい感触が指先に伝わる。米だ。海水に浸り少々蒸れていた。呵責を背に感じつつ、私達は手づかみで雑嚢に詰め込んでゆく。時々、船が轟音を立てて爆発するが、そのくらいでは引き下がらない。船員達ももう何も言わなかった。

この米は前線に送るはずだったものであろう。重い後ろめたさを抱えつつ、飢えというもう一つの敵に良心は負けた。私達は雑嚢いっぱいの米を盗み、露営の位置に戻った。船はまだ小さい炎を上げていた。砂上に米が糸を引いてこぼれている。佐野が砂ごと手ですくい、私のポケットに入れた。

天幕の上で一粒一粒拾い、重湯にして飲んだ。祖国の白い米を手にして、軍人らしからぬ感傷が湧く。皮肉なことに、ガ島上陸以来初めての官物給与であった。

ジャングルの奥の小川で米を洗う。郷里の台所に立つ母の後ろ姿が浮かんできて目頭が熱くなった。コプ

海に沈んだ日本軍輸送船の残骸

ラがよく燃え、佐野も私も顔が油煙で煤けている。忘れかけていた飯の匂いが鼻をつく。再び味わうことはあるまいと覚悟していたものを……。

元の藪に戻り、二人で分け合って食う。何カ月かぶりの飯の芳香に心も弾み、私達は故郷や家族の懐かしい思い出話に花を咲かせた。

いつの間にか、また雨が降り出し、屋根代わりにした大きな葉っぱを叩く。なごやかな会話と豪華な食事が満足感を与え、心地良い眠気に身をゆだねる。佐野も少し体調を戻しつつある。死に至ることはあるまい。私は眠る彼の横顔を見つめ、祖国には帰りを待つ人がいるのだ。帰さなければと思った。

藪の中に朝陽が差し込み、今日の始まりを知らせてくれる。突然佐野が、「雑嚢がない」と大声を出した。昨夜は確かに雑嚢袋を枕にして寝たはずである。飯盒も一つ盗まれていた。どうするすべもない。米を盗んだ罰が一夜にしてはね返ってきたのだ。それからは一つの飯盒を枕にして、草蔓で腕に巻き付けて寝ることにした。

傷口に巻いた包帯代わりの三角巾も破れちぎれて、使用に耐えなくなってきた。私は母が贈ってくれた千人針の腹帯を傷口に当て巻き付けた。脚には未だ砲弾片が残り、傷口には蛆がうごめいていた。

兵站病院

目的地カミンボ岬が近いのか、整然とした服装の兵士に会うようになってきた。

この頃のことである。密林内に大型無線機で後方基地と連絡を交えている場所があった。送信のためかダイナモの音が林内に響く。私達も腰を降ろして休憩をとった。その時、予期せず敵機が急降下し、無線機近くに数発の爆弾を投下した。

私と佐野は驚愕のあまり、その場にぶっ伏せた。爆弾は雷光を思わせる青白い光を走らせ、周囲の物を吹き飛ばした。土煙が高く舞い上がり、負傷した将兵の叫びが乱れ飛ぶ。

私は何かに背を叩きのめされた。と同時に呼吸が困難になって、ただ唸り、這うことも出来ない。横に引き裂かれた椰子の葉っぱの芯が落ちていた。外傷はなかったが、しばらくは背中が痛んだ。

この後も私と佐野は毎日少しずつ歩き、いよいよカミンボ兵站病院に近づいた。私達が歩く道の藪から、汚れ切った兵士が一人出てきた。牛蒡剣一本を手にし、一見して食糧探しと分かる。病院の位置を尋ねると、「あと一キロだ」と教えてくれた。

母より贈られた千人針の腹帯

彼は小さいタピオカ芋を一つくれた。彼の眼には私達が自分以上に哀れに映ったのだろう。

辿る道の左山手側に、確か小さな立札が立っていた。「○○兵站病院」と書かれていたと思う。ついに砂漠のオアシスに辿り着いた。安堵感と脱力感が交錯し、私達は薄い涙を流した。佐野も元気を得て、私より先になって山手へ向かう。私を振り返って叫ぶ声も弾んでいる。

ところが、立札の場所から緩やかな坂を登って病院事務所を訪ねるものの、それらしい建物はない。周囲は灌木が鬱蒼《うっそう》と繁り、天を突くばかりの巨木が南国の自然を誇って二人を見下ろす。

ガダルカナル島西端に当たるこの病院は、山あいを利用して両斜面に患者を収容していた。海岸に迫る山裾から奥深く小さな浅い流れに沿って、傷病者が二、三人の組を作り、思い思いに草小屋を掛けていた。

奥へ入って行くうちに、谷全体が異様な臭気を漂わせていることに気が付いた。赤痢患者の、場所を厭《いと》わない脱糞と、傷ついた兵士達の肉の腐敗からくる臭いである。私達が登る斜面の径で一人の兵が排便をしていた。兵は液汁をポトリポトリと落とし、便に音を立

この山の谷間に患者収容所があった

てて蝿が群がっている。これがさらに赤痢菌を媒介する温床となっていた。

ここが我々が一縷《いちる》の希望を抱いた収容所であった。湿った山肌に沿って天幕を敷き、力尽きた兵士が尻を丸出しで横たわり、排便の跡が筋を引いて乾燥している。すでに立つ力も失っているようだ。ここかしこ、見るに耐えない現場であった。

ここは病院のはずだ。与える薬はないのか……。佐野の注射も私の治療薬もないのだろう。病院に着けば何とかなるという思いは、たちまち消し飛ばされていた。入院申告も届け出の必要もないこの場所に、私達も留まることになった。適当な場所で天幕を頭からかぶり、絶望的な思いを抱えながら眠りについた。

密林の夜明けを知らせる鳥が、巨木の高い梢で啼いている。白い鳥、赤青混じった鳥など、祖国で見ることはない大きい鳥達だ。あれを食ったら一食分はあるだろう。しかし、すでに銃がない。何を見てもそれが食えるがどうかが先に立つ己が悲しい。陽を浴びながら嬉々として自由に飛び渡る鳥がうらやましかった。朝を迎えても顔を洗うでなく、締まりがないまま一日が始まる。考えるのは食うことだけだ。

「食うことについては一切自己負担、生きるか死ぬかは時の運任せ」

表示こそないが、そんな世界にいた。甘い根性は捨てねばならぬ。糞の垂れ流しでは死にたくない。

私は今考える。日本軍隊では戦術については叩かれ蹴られしてしごかれた。しかし、食わずして戦う戦法については授かっていなかった。

時に肩で風切り大見得を切り、高言した方々よ、貴殿達はいつの間に食わずして戦う戦法を練られたか！今となってその罪を問う術はないが、斃れた兵士への追悼の美句や儀礼で魂が昇天するだろうか……。私の叫びは体制に反するだろうか。昭和十五年入隊の若者は青春も半ばで、ほとんどが恨みの島に消えていったのである。中隊の早駆けで私を追いかけたHよ、軽機の名射手であったKよ、死にたくなかっただろう。そうした亡き友に代わって私は言いたい。

南溟《なんめい》の果ての島に、屍は安らぎを得ていないだろう。風化した骨は今も祖国を向いて哭いているのだ。あの悪霊の島ガダルカナルには、今も痩せ衰えた兵の亡者が、食を求め蹌踉《そうろう》としているに違いない。死霊が叫んでいる。「祖国よ傲《おご》るなかれ」と。

今日は昭和十八年の元旦だ。この島ですでに四カ月目に入った。正月とは暦の上にあるのみだ。遙か北の祖国に向かったが、何も祈らない。祈れない。無想であった。

ついに死に場所となるかも分からないジャングルの中で、雨よけの小屋造りに入る。畳二枚ほどの小屋が出来た。食うものはなく、小川の水を沸かして飲むのみ。佐野がしきりに郷里の雑煮の話をするが、相槌《あいづち》をうちながら眠ってしまった。

また騒々しい鳥の鳴き声で朝を迎える。何か食える物を探さねば。よし、今日から杖なしで動いてみようと決め、立ち上がる。

農村育ちの佐野は体力も挽回し、毎日のように山深く入って山芋や木の芽を採ってきた。夕刻になると空水筒を提げ、谷を下り、夜の海から海水を汲んできてくれる。田舎の青年らしく、律儀に私をかばってくれた。私も先輩として甘えていられない。知恵を出して煙の出ない「かまど」を造った。上手い出来映えだった。

山芋を切り、木片で叩き潰し、海水に浮べてよく食べた。名も知らぬ柔らかい雑草の種類も混ぜて腹を満たす。

今日一日、脚の不自由と痛みをこらえて動いてみた。早く元の脚になれと脚をなでた。明日からは杖にお別れしよう。前線からずっと助けられてきた細い杖。捨てがたいが、心から礼を述べ、横に置いて寝た。

翌日、山に登って雑草を摘み、脚を休ませた。まだ化膿している。誰もいない山の中で、杖に向かって独り言をつぶやく。「ありがとう、ありがとう」。万感を込めて礼を述べ、私は杖を静かに、大木に寄り添うように立てかけてやった。再び根を下ろすこともないだろうが、土に還してやった。

竜さん

細々と命をつなぐ日が続く。前線の情報を聞くが、どれも判然としない。たとえ負傷とはいえ後方で野良猫のように生きたくはない。早く原隊に帰りたいが、すでにそのような戦況ではなかった。

ある日、思いきり山深く入ってみた所に、かつて現地住民が耕した狭い畑を発見した。畑には小さい甘藷が芽をのぞかせている。小指くらいの赤い芋が十個ばかり採れた。

私は毎日のようにこの畑に通った。静寂な空気。人間も敵機も現れない場所である。芋は毎日あちこちと芽を出している。細い長い芋であった。

山からの帰路、下り坂で突然、「シーさん」と支那語で呼び止められた。私のことである。懐かしげに立っている人物は竜さんであった。南支那以来、我が中隊に寄宿していた中国人である。私は驚きの声を上げた。彼もこの島に来ていたのだ。彼は支那大陸で戦闘中に負傷し、日本軍の捕虜となって中隊で働いていた。こまめに働き、気立ての優しい人だった。

私には彼について忘れ得ぬ思い出がある。私が南支那初年兵時代、中隊に初年兵泣かせの古参上等兵がいた。ある日呼び出され、理由も分からぬまま地下足袋で叩きのめされたことがあった。私がたまりかねて理由を尋ねると、古参兵はさらに激高し、通りかかった衛生上等兵が救ってくれるまで私を殴り続けた。

私の唇は地下足袋の裏ゴムで引き裂かれ、顔面は熱で腫れ上がり、口の内部も裂かれて血が止まらない。横暴な古参兵は肩をいからせ、私を横目で睨みつけながら去っていった。あまりに無謀、理不尽な仕打ちに、私は古参兵を殺して自分も死んでやろうとさえ思った。

その時、どこで見ていたのか竜さんが冷たいタオルを持ってきて顔に当ててくれた。怒りに打ち震えていた心に、その優しさが深くしみたのであった。

その彼とこのジャングルで会うとは。私は目頭が熱くなった。彼も涙を浮かべていた。この島には台湾高砂族の青年も狩り出され、私達以上の辛酸を舐めたと思われる。彼らも島で果てたであろう。今でも詫びる心が残る。

しばらく話した後、彼が「来い」と言う。どこか分からぬまま彼に従うと、山の中腹辺りに大きな蚊帳が吊るされた宿舎があった。彼が中に向かって声をかけると、右腕を副木で支えたM班長がいざりながら出て来た。M班長は上陸戦で敵機の掃射弾を浴び、右腕を負傷した。あれからすでに三カ月、未だ後方にさがれず島にいたのだ。腕には膿が染み出ている。おそらく手当もないままだろう。

「君もやられたか」

M班長が低くつぶやいた。優しい偉丈夫な人である。続いてKとHが現れた。両名とも私の後輩で、佐野と同年兵である。「ご苦労様です」と声をかけてくれる。二人ともマラリアに冒され、土色の顔をしていた。私が第二回総攻撃に至るまでの経緯を簡単に説明すると、M班長は「中隊もあまり生きていないだろうなあ」と独り言のようにつぶやいた。

その夜は蚊帳の中で遅くまで話が続いた。帰りは暗い密林の谷径を、勘のよい竜さんの案内で、佐野の待つ塒《ねぐら》に帰り着いた。佐野は心配して寝ずに待っていてくれた。M班長の話をすると驚いて「負傷者さえも後方に輸送されないのか」と憤懣をぶつけた。

翌朝、私は佐野を連れてM班長の宿舎を訪ねた。竜さんは甲斐甲斐しくよく働いている。班長らの面倒まで見てくれているらしい。竜さんにとっては、かつての敵である。しかも誰もが自分のことで精一杯のこの島で……。私は竜さんの献身ぶりに心の奥で掌を合わせた。彼はその後、部隊生存者と共にビルマ戦線に従い、命絶えたという。

翌日も佐野を連れてM班長の宿舎を訪ね、私はM班長と時間を忘れて話し込んだ。竜さんが湯気の立ち上がる大鍋を下げて宿舎に戻って来た。私達にも食べろと言う。M班長も「少しずつ分けて食べよう。心配せんでもよい」と言ってくれる。ほとんど水気の雑炊であったが、親切が身にしみた。

M班長が「ここに宿舎を移動してこい」と言ってくれるが、すぐに食糧の迷惑が頭に浮かぶ。

「心配いらん、心配いらん」

M班長の好意を受けて、私達は翌日移動した。荷といえば天幕と飯盒、牛蒡剣くらいのものである。この日から宿舎は六人所帯となり、食い物探しはより差し迫った。私も足を引き摺って毎日のように山を歩き、汚い雑嚢に何でも拾って入れた。料理は竜さんが主役で、彼が南支那出発以来ずっと担いで回った大鍋が大活躍した。

時々、夜の海にも出た。爆撃や海戦のあおりを食った魚が、白い腹を見せて打ち上げられていることもあった。

ある日、海岸沿いの道の草むらで二発の手榴弾を拾った。後続部隊の物だろう。この手榴弾で魚捕りが出来る！　皆の喜ぶ顔が浮かんで胸が高鳴った。

翌日、班長を一人置いて全員で海へ。敵機から発見されぬよう岩陰に隠れる。深さ二メートルくらいの入り江に小魚が群れをなしているのが見えた。危険は伴うが、魚の姿がちらつく。私は木片に手榴弾二発を縛り付け着火。

「投げるぞー」

みんなを岩陰に隠れさせ、海へと投げ込んだ。

ズズズドーン。大音響を立てて爆発。海底を揺るがす振動が伝わり、しばらくすると小魚がプカリプカリと浮いてきた。大きいので二〇センチくらいある。幸い敵機も来ず、竜さんが服を来たまま飛び込み、袋につまみ込んだ。そこへどこからか若い将校が飛んで来た。

「どこの部隊だ」

私は「百二十四だ」と顔を向けた。

部隊全滅のアフステン山全景

「こういうことはしてくれるな」

将校はそれだけ言うと引き揚げていった。ガ島戦先輩の兵士であるとして見逃したのだろう。

さあ、M班長に早く食べさせたい。手榴弾二発の収穫はずっしりと重かったが、皆の脚どりは軽かった。


こうして何とか命をつないでいるうちに、昭和十八年一月も下旬に入った。

この時期、母隊である百二十四聯隊は、孤守する陣地アフステン山をすでに包囲され、玉砕か餓死かの淵に立たされていた。そこへ移動命令が下った。聯隊長は一時的な陣地移動と判断し、再び帰り来るであろうアフステンの山腹に軍旗を土深く埋めた。

しかし、その後、ガ島撤退であることを知った聯隊長は、軍旗発掘のため十余名の将兵と共に山に戻り、軍旗を掘り出し、敵中を突破中、渇を谷川に求めたところを背後三〇メートルくらいから敵の一斉射撃を受けた。味方が跳ね飛ばされるように次々と倒れる中、旗手は機を見て密林に飛び込み、軍旗を腹に巻いて、ひたすら聯隊の待つ方向へと逃れた。他に戻ったのは二将校のみ。将兵は命を賭けて軍旗を守り続けたのである。

出撃準備

昭和十八年一月三十日は忘れることのできない日である。密林の「病院」に伝達が届いた。

「歩行可能患者は武器を持って今夜集合せよ。病院後方に敵が上陸の情報がある」

いよいよ最後の時が来た。潔く死のうと腹は即座に決まった。私はジャングル内に捨ててある小銃と弾を拾い、命令を待った。右手が動かないM班長も出撃するという。

夕闇が迫ると、命令もないのに密林病院内の傷病兵のざわめきが起こった。傷病兵士の集合である。勝敗は言わずとも知れたことだが、しかし戦わねばならない。「死場所を見つけたり」と葉隠れにあった。まさにその心境であった。もう頭の中には何もない。

断食僧のように骨ばかりの兵の群れが最後の力を振り絞り、谷の径を海へと向かう。立ち上がることの出来ない兵が、湿った土の上に寝て我々を見送っていた。

竜さんがここに残ると言い出した。彼の心情はよく分かった。私達六名は彼と別れた。竜さんは赤い瞼からポロポロと涙を流した。

異臭を漂わせた兵の群れがぞろぞろと海へ下ってゆき、締まりのない隊列で闇の砂浜に集合した。皆すでに死を覚悟したためか、声一つない。私はM班長と腰を下ろし、来るべき命令を待った。

ふと手にしている小銃の空撃の試しをと、引金を引いてみたが動かない。内部が錆び付いているのだ。それならと牛蒡剣を銃に付けて五、六度叩くうちに、カチッと着剣出来た。接近戦しかない、この暗夜ならやれると自分の脚の傷も忘れていた。

随分と待つが命令が来ない。第一、どこから命令が届くのかさえも分からない。傷病兵は各部隊のバラバラの集まりで組織はない。敵が接近しつつあることは確かだった。時々砲撃が暗闇に響く。風に乗って腐敗と脱糞の臭気が鼻をつき、負け戦の重苦しい空気が浜に漂う。次に来るものは死だ。しかし、思いは祖国に殉ずるという観念からずれて、死んだほうが楽だという心境だったろう
波の音を聞いていると、藤村の詩を思い出した。漂流してでもよい、祖国に辿り着く手段はないものか。心の片隅に様々な思いが連なってきた。

砂浜の風が霧のように顔に飛沫を投げかける。耳に入るのは潮騒の音だけ。遙か前線のアフステン山は、原始時代の如く殺戮の場と化しているだろう。人が人を無限に痛めつけ、力がすべてを支配する。神は許し給うであろうか。

出撃の命令が来ないことに私は苛立ってきた。指揮官は何を考えているのか。

そこへ誰かが小走りで連絡に来た。そして、「今晩は状況が変わった。明日また集合せよ」との指示が下る。肩すかしを食い、兵たちは気が抜けたようにして密林に引き揚げる。一日永らえた命を冷たい土に横たえるが、感情が高ぶり、なかなか寝つけない。同じような思いの者がいるのだろう、大きな声も聞こえてくる。

時々、脚の傷がキューと引きつって痛む。肉を蛆がついているのだろう。空腹も眠りを妨げた。何か食べねば、ろくに戦うことは出来ない。海に出て何か食い物を探そうと、私はぐっすり寝ている佐野を起こし、二人で空飯盒を下げて再び海浜に出た。土は露で湿り、脚をさらわれる。転んだ拍子に傷口が裂け、新しい

血が生ぬるい感触を伝えた。

前方の遙かな黒い海上に、ツラギの島が影を落としている。台風に打ち上げられた珊瑚の屑が足下にグズグズと崩れ、音を立てる。

浜に流木が二本打ち上げられていた。「きっと蟹がいる」。二人で流木を転がすと、小さな蟹がうろたえ逃げてゆく。砂ごとつかんで飯盒に投げ込んだ。飯盒に半分くらいの収穫があった。

海洋の果てが白みはじめ、敵飛行機基地からエンジン音が風に乗って伝わってくる。宿舎に戻った頃はすっかり夜が明けていた。谷川に上って冷たい水で久しぶりに顔を洗う。気も引き締まった感だ。蟹を小川で洗い、皆と貝汁をすする。薄い蟹の味が匂う海水汁であった。

突如、「飛行機!」と叫びが上がった。爆音が近い。

「伏せろ!」

機影が密林すれすれに尾を引いて走る。ズズズドドーンと爆弾が近くで炸裂し、谷を振動させた。空中に枝が舞い、木の葉が吹雪のように散る。また一機が来た。皆、息をひそめ動かない。誰か被弾したのか、救いを求める声が谺する。この谷が爆撃されたのは初めてだった。後で知ったことだが、敵はこの頃、我々収容所後方に上陸し、挟撃作戦を展開していたという。

もはや猶予はない。いよいよ今晩は出撃である。私は昨日の失敗を踏まないように小銃を分解して錆びを落とし、牛蒡剣を岩角で研いだ。貧弱な出撃準備を整えると、海水汁で腹が満ちたせいもあり、いつの間にか眠っていた。

「さあ行こう」

M班長の声に目覚め、銃と剣を手に取る。竜さんは残りの食糧を穴を掘って埋めていた。しかし、おそらくそれを口にする命はないだろう。

昨夜と同じく、死への列が谷を下ってゆく。密林の奥で手榴弾の炸裂音がした。出撃に参加出来ない兵が自決したのだろう。しかし、これまであまりにも多くの死者を見てきたためか、特別の感情も起きなくなっている。

そこへ担架に乗せられて行く者の姿が眼に入った。将校マントが架けられている。「出撃になぜ？」と腑に落ちなかった。そういえば昨夜より兵の数も多い。

「まさか、撤退……」

そうなると前線は壊滅か。我が母隊は……。次々と悪い連想が閃く。今まで味わったことのない深刻な感情が突き上げてきた。

M班長が低い声で私に伝えた。

「今夜、負傷病兵は島を撤退するらしい」

やはりそうであったか。偽装の出撃であったのだ。力んでいた全身から力が抜けるような空しさを覚えた。

輸送指揮官であろうか、「持っている物は全部捨てろ。小銃も兵器も捨てろ、捨ててしまえ」と言っている。私は銃を捧げ、群れから外れた砂地に穴を掘り、銃と拾った二十発の弾、今まで私の命をつないでくれた牛蒡剣を埋めた。ああ、何という惨敗であろう。武器までも捨てろとは。涙が独りでに伝わる。

撤退といっても必ず成功するとは限らない。もし察知されたら、この砂浜に群がる傷病兵は艦砲の下に一瞬のうちに飛んでしまうだろう。

ふと、周囲に佐野がいないことに気が付いた。今まで砂浜に腰を下ろしていたはずだ。低く彼を呼ぶが、捜しまわる時間もなくなり、結局彼とは会うことが出来なかった。後で聞いた話によれば、彼は台湾陸軍病院へ直送され、マラリア治療後に再び部隊を追ってビルマ戦線に参加。雨季のビルマ大地で命果てたという。ご人の命は約束事か、可哀想で、折にふれて彼の顔を思い出す。復員後、彼の郷里を訪ね、心から弔った。ご両親が子供を失った苦しみをしんみり話されたのが今も心に残る。

撤退

ここエスペランス岬の闇の砂浜に、空腹に喘ぎ衰えた兵の群れが秩序なく集まっていた。指揮官の指示が下る。

「今夜撤退する。軍艦が迎えに来る予定だ。命令を守って静かに行動してくれ。弱った者から乗船させるように」

海浜に兵士たちの低い囁きが伝わる。救われる喜びか、己が生き延びて去ることへの後ろめたさか。あの密林の中に置き去りにされた屍、死守のアフステン山に立てこもる戦友達……。

やがて砂浜を噛む波音が速くなり、高まってきた。迎えの軍艦が来たのだ。思わず涙が溢れ、カサカサの拳で頬を拭う。M班長の顔もグシャグシャだ。生きてこの島を出ることはないと、今夜この浜で二十三歳の生涯を敵と刺し違えて終わるものとばかり思っていたのに。

海洋の遙かで青白い光が黒い海に走っている。撤退を援護する我が海軍の殴り込み戦法が繰り広げられて

エスペランス岬附近。私たちはこの海岸から撤退していった（昭和18年２月１日）。現在は小さいホテルもある

いた。日本船隊の無事を祈る。

闇の中をここあそこと小舟艇が近づいてきた。舳先が砂に食い込む。元気な船舶工兵が怒鳴る。

「早く、早く乗れ！」

兵士が我先にと胸近い海へ突入してゆく。早くこの魔の島から逃れたい。誰しもが同じ思いであった。

私も右腕の効かないM班長の服をつかみながら、海の中に入ってゆく。一、二度波に転びながら小舟に接近。脚の痛さも忘れていた。艇の舳先《へさき》が随分と高い。兵が泣いて艇上の工兵に助けを求めている。艇の周囲では獣同様の争いが起こっていた。友を踏み台にして艇にすがりつく者、それを引き摺り我が身に替えようとする者、怒鳴り上げる工兵の声。

私はM班長を最も低い中央部に引っ張ってゆき、「お願いします、お願いします」と工兵に声をかけた。二人の工兵がうまく艇に引き上げてくれる。痩せた班長の身体は海中から軽々と上った。私は幸い両手が利く。艇のへりに手をかけ、満身の力で這い上がることが出来た。竜さんもそこにいた。その間、わずかな時間であったと思うが、艇上は疲れ切った兵士でいっぱいとなっていた。

「出るぞー」

工兵が怒鳴る。スクリューが回転し、艇が始動した。未だ海中には、波に揉まれながら救いを求める兵が点々と残っていた。

「おーい、待ってくれ！　乗せてくれー」

懸命に艇を追う姿が漆黒の暗の中に消えてゆく。

一人の兵が艇のへりに捕まって海を引き摺られていた。「もう少しだ、頑張れ」と声をかけてやるが、どうすることも出来ない。いつか力尽きた兵の手は艇から離れ、姿が見えなくなった。

艇を追ったあの兵士達は、その後も毎晩、浜に立ったであろう。断腸の場であった。沖の軍艦に向かう艇の上で皆、声もなかった。波の中の彼らの姿は今も忘れることは出来ない。

迎えの軍艦が遠くでチカチカと所在を知らせている。前後左右、空、海と、敵の真っ只中の海洋を、よくぞ切り抜けて救いに来てくれた。波のうねりの中に駆逐艦の黒い影が浮かんでいる。小舟は軍艦の横腹についた。甲板に手が届きそうだ。タラップ、縄梯子が下ろされる。海兵の白い戦闘帽が眼にしみる。久しぶりに見る皇軍の勇姿であった。感動が五感を伝わってゆく。

「陸兵は船艙《せんそう》に入れ」

軍艦は始動した。艦まで運んでくれた小艇が低い音を立てて島へ帰ってゆく。私はありがとうと黙礼して見送った。

ガ島の影が闇の中に消えてゆく。ああ、苦しみ抜いた島よ。時に昭和十八年二月一日零時であった。

艦は名前を「時津風」という。速力を一挙に上げて突っ走る。船体がメリメリ、ギシギシと軋み、裂けんばかりである。艦の性能を知らぬ私は、沈没するのではないかとおののいていた。

ソロモン海の夜が明けはじめ、私は上甲板に出た。海兵が艦上を走り回っている。身体が吹き飛ばされそうな強風で、呼吸が出来ないくらいである。海軍士官に速度を尋ねると「三三ノット」という応答があった。私は艦底に下りて少し眠った。

「飯だ、起きろ」と突かれて目覚める。海兵が箱に詰めた真っ白い握り飯を配っていた。忘れかけていた白い温かい飯の匂いが郷愁を誘う。美しいまでの黄色い沢庵に、じんと胸を締め付けられた。これを第一線死守のアフステン山の母隊へ、空から撒いてやりたい。昨日までの戦場からは想像もつかない現実であった。

黎明から覚めたソロモン海に、太陽が母のように優しく慈しみの光を投げかけてくれる。艦首で切られる波が七色の虹を散らして飛ぶ様が美しい。久しぶりに抱く感情であった。心は同時に、出来ることならこのまま祖国に帰りたいと願っていた。

海兵の動きが急に慌ただしくなった。「陸兵は甲板に出るな」という注意が伝わる。私はこっそりタラップを伝い、甲板に上がって周囲を見渡した。「時津風」は先頭を疾走している。後続の艦艇が縦一列に並び、最後尾の艦は豆粒くらいに小さい。後方艦がバンバンと空を射撃している。弾幕が蒼空に散り広がり、艦はジグザグに走って敵機から逃れていた。爆撃にさらされる姿を目のあたりにして、全身に力が入った。

しばらくして敵機が去り、再び元の体形に戻って目的地に驀進《ばくしん》した。どうやら敵制空圏内から逃れ、ショートランドに着く。我が国の西南太平洋上の海軍前線基地であるが、この海底に敵潜水艦が虎視しているのではないかと思うと、一刻も早く上陸したかった。

「上陸用意」の声がかかる。持つべき荷とてない。武器を捨てた兵の姿は、とらわれた囚人に見える。

下艦の時、私は艦の鉄肌を撫でた。哀惜の念でいっぱいであった。

この駆逐艦「時津風」はその後、南太平洋戦場を走駆転戦し、武勲の誉れ高く戦功を尽くしたが、昭和二十年二月二十八日、ニューギニア北部ランピール海峡において敵猛爆の下に沈没し、その海兵の多くが艦と運命を共にしたという。心して瞑目する。

矢野集成部隊（ガ島将兵緊急救出部隊）

この撤退作戦のために囮《おとり》となった部隊があったことを忘れてはならない。矢野桂二少佐率いる矢野集成部隊である。私は復員後、記録によって初めてこの事実を知らされた。その働きは崇高であり、あの暗澹《あんたん》たる孤島での敗残兵にとって、同部隊の支援なくば、私もふくめ骸と成り果てていただろう。

記録によれば、この部隊は昭和十八年一月頃、ソロモン軍島ラバウル基地においてガ島に潜水艦輸送のための特殊輸送作業にあたっていたようである。その一部隊に突如としてガ島攻撃前進令が下された。軍は大部隊をガ島へ出撃させ、一挙にして奪回を計ったのだ。

兵力六、七百名の同部隊は、年齢も三十歳以上を大半が占める補充二等兵の集団で、やっと三カ月教育が終了したばかりであった。軍命の総攻撃、ガ島奪回作戦とは裏腹に、この未熟集団は知らぬうちに救出のための挺身隊となっていたのである。つまり、「お前達は気の毒なことであるが、ガ島生存者を救うために前線交代して死んでくれ」ということである。

矢野大隊長指揮の下、昭和十八年一月十四日、ガ島西北にあたるエスペランス岬に上陸を敢行。命令のま

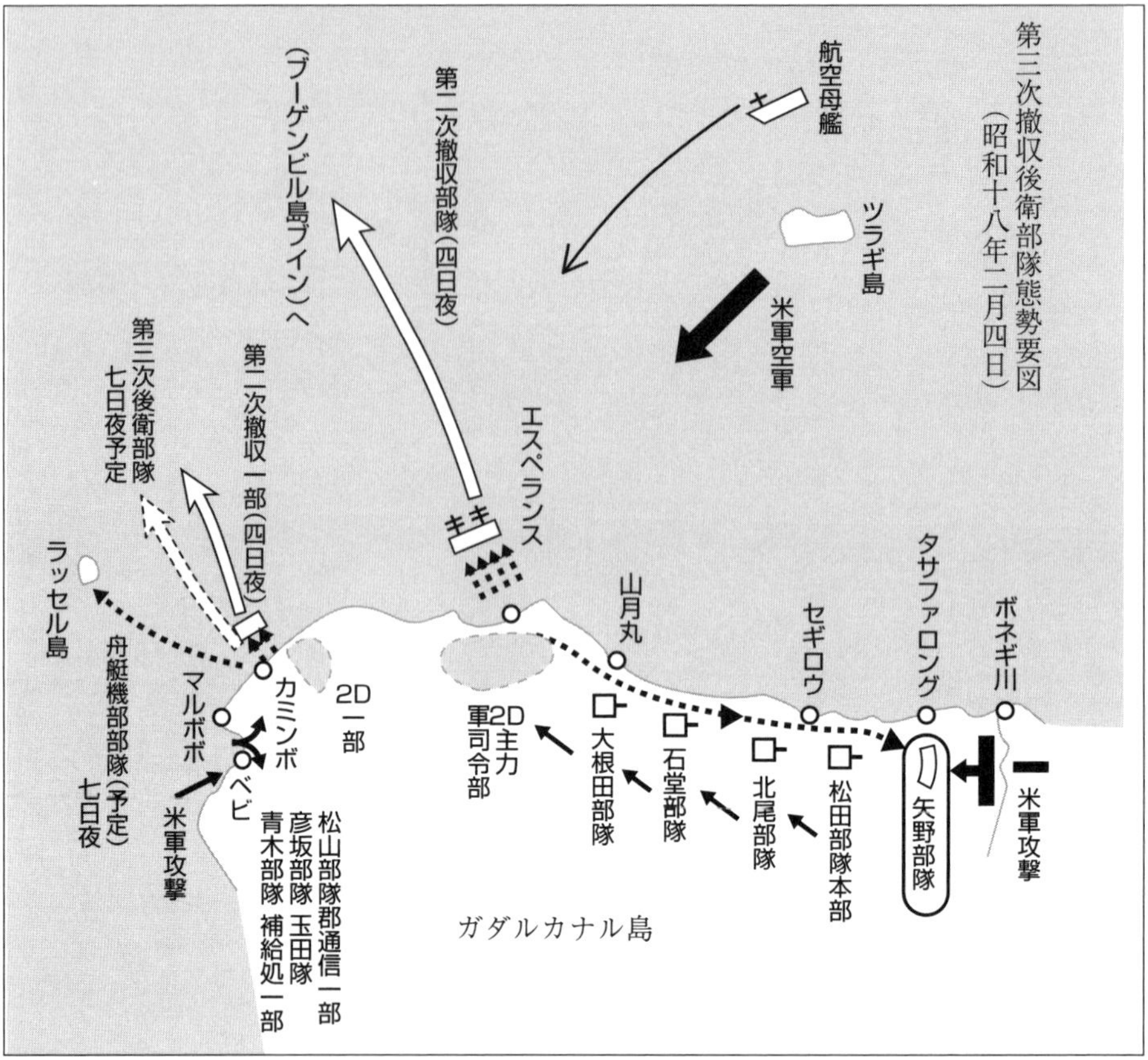

ま二五キロの道を、敵砲撃に晒されながら進んでいった。行進途中には、傷を負い飢えた兵のうめき声が部隊兵士の耳を突いたろう。

前線を交代後は肉迫してくる敵兵団と機銃を交え、数日間よく防備した。その間に部隊の三分の一の兵力を失いながら、使命を完遂したのである。

この援護によって、ガ島撤退作戦は敵に事前に察知されることなく第三次にわたって遂行された。

第一次撤退　昭和十八年二月一日
第二次撤退　〃　二月四日
第三次撤退　〃　二月七日

矢野部隊の撤退援護が得られなければ、おそらく日本軍兵員一万三千の生命は全滅の悲運を辿ったであろう。撤退寸前、日本軍はあの狭い島の西北端に追い込まれていた。敵は挟撃作戦をもって西北地区に大部隊を上陸させ、日本軍壊滅の企図を計画行動していたのである。多くの戦史の中に、この矢野部隊の記録を見ないのが私は申し訳ない。

ショートランド港

湾内には小さな駆逐艦が玩具のように並び、中心辺りに巡洋艦の勇姿があった。

「ああ、夕張だ」

兵の喚声が聞こえる。威風堂々と出撃の態勢に見える。祖国にはまだ底力があるのだと思った。基地には大きく日章旗がひらめき、あの島で敗れたとは思えぬ勢いが感じられた。陸上にこのみすぼらしい姿で降り立つことにためらいがあり、足取りも重い。この島に残っていた歩兵百二十四聯隊の兵が迎えに来ていたが、私達の姿を見て何の言葉もなかった。

宿舎と名の付く家に入る。椰子の葉っぱの屋根もあり、竹を割って組んだ床もある。雨にただれた脚が久しぶりに酸素を吸った。私は喜びと安堵感からか、翌日から烈しいマラリア熱に冒された。熱にうなされる脳裏に、あの島の断片が次々と舞台となって現れ、私を苦しめた。

M班長と竜さんとは上陸地点で別れたままとなってしまった。上陸した生存者は約二百人。明日絶えるか分からない重傷者を加えての数である。四千人の精鋭も力尽きたのである。

残留組の人事曹長はこの生き残りの兵士達に対し、毎日ガミガミと叱り、容赦なくビンタを食らわしていた。私は傷口も日増しに小さくなり、体力がつくにしたがって気力もまた漲《みなぎ》ってきた。功績助手として毎日励んだ。

　ある夜半、三人の戦友と竹を並べた床に寝ていると、敵コンソリー機の猛攻撃を食った。爆弾はヒューッと笛のような音を立てて落下してくる。近い！　至近弾だ。敵機からの照明弾に大木の影が恐竜のように立ちはだかる。昼間のように照らし出され、逃げることも出来ない。

　来た！　間近に落ちた一発が光線と同時に宿舎の屋根を吹き飛ばした。キューンシューッと破片が耳元をかすめる。そして元の暗闇に戻った。

「おい、大丈夫か！」

　横に寝ていたＭ一等兵に声をかける。動かないＭの身体から、ブクブクと血が吹き出す音が分かる。頸動脈を切られ、すでにこと切れていた。竹の寝台には血糊がべっとりと付いていた。

　夜明けを待って、遺体を遠くの森へ埋めに行く。捧げる花とてない。再び来ることのないであろう島に、また一人、戦友を埋める。土を掘るスコップの柄に涙がこぼれた。

　この頃、ある話がささやかれていた。「歩兵百二十四聯隊の将兵は、もう使用に耐えない。生存者を内地へ帰還させる」というものである。出所の分からない単なる噂話であった。一説によれば、時の某高級将官は次のように言ったという。「名に負う黒田武士の兵団が、ガ島の汚名を背負って郷土に帰れると思うか。ビルマ戦線に出動しガ島の屈辱を晴らせ」と。

　その将官はガ島生存者をビルマに送って壊滅を謀り、ガ島戦敗退の秘匿を謀ったとも言われるが、真偽の程はつかめない。いずれにしても我々はその後、再び激戦地ビルマ進攻の道を辿ることになる。

　戦後発表によると、ガ島での戦死傷病者数は約一万五千人。そして撤退当時、軍司令官より次のような指令があったという。

「歩行不可能な兵は絶対に処置すること。また敵至近に至れば、各人に昇汞錠《しょうこう》を与える」

なんと兵一人の命の軽さよ。私のガ島での戦傷は記録さえない。生きて証言する人も今はいない。これも私が負うべき宿命であろう。

巡拝

昭和五十七年、ガダルカナル巡拝の一行に加わり、この地を訪れた。遙か祖国より六〇〇〇キロ。空はあくまでも蒼く無限に続き、紺碧の空の果てに巨大の白い雲が南氷洋の氷山を思わせる。荘厳な自然の造形であった。

飛行機はかつて全部隊が攻撃したヘンダーソン飛行場に着陸態勢に入る。常夏の地には濃緑の樹木が生い茂っている。降り立つと、人の良さそうなミクロネシアマンがレイを持って迎えてくれた。私達は四十年前、この基地を陥さんと尺取り虫のように地に這い、進撃したのだ。

まず部隊全滅の山アフステンに向かい黙礼。直線距離で五、六キロのあの山に、未だ骨を風化させながら友が眠っている。タイムカプセルの口が開き、悲愴な足跡がよみがえってきた。

アフステン山頂の慰霊碑を訪れる。碑は白く灼熱の太陽を反射し、神々しく厳かであった。ついに訪ねることが出来た。私は感無量で涙が止まらない。泣けるだけ泣き、心は真空となっていた。

灼熱の太陽の下、手向けのロウソクが飴の棒のように曲がり倒れた。弔詞を読むが声にならない。嗚咽を

巡拝の機上から望むガ島。かつての激戦の地に田園が広がっている

アフステン山頂近くより、かつての攻撃目標ルンガ飛行場を望む

山肌が吸う。酒、米、塩、醤油、味噌、煙草、菓子、供花、遺族からの手紙など、それぞれの人が心を込めて持参した品々を供える。

「どうか静かにお眠り下さい」

線香の煙が山頂の空に揺らめき、高く舞う。

遺族の婦人が声を出して泣いていた。誰がために夫は逝ったのだろう。夫は石碑に眠り語ってくれない。この婦人が過ごした四十年を思うと、かける言葉が見つからなかった。出陣に向かう兵士に、母は、妻は、偽りの微笑をもって送った。心は泣いて涙痕を残したのだ。

生き残った申し訳なさ、悔恨が私の胸を刺す。空は嘆いてくれない。海は声をかけてくれない。

慰霊碑に手向けられた品々。
日差しにロウソクが曲がり倒れる

ガ島慰霊碑の前にて

ガ島の戦没者英霊碑。鉄帽や飯盒など、戦後数十年にして集められたものが並ぶ

第三章　インパール、コヒマ作戦

樹海に祈る

平成三年五月、飛行機はミャンマーの首府ヤンゴンを目指し、紺碧の大空へと飛び出した。間もなく眼下にタイとビルマの国境地帯となる密林隊が広がってきた。

四十数年前、あの密林内を松葉杖を頼りに初年兵一人を連れ、庇《かば》い合いながらビルマを去って行ったのだ。雨に打たれ、食を断たれて斃《たお》れていった兵士達の姿が甦る。おそらく数千もの兵の骨が、拾われることなく眼下の樹海のどこかに眠っている。

機下にサルイン大河が黄色く横たわる。ああ、サルイン河の流れよ。私の記憶は雨のサルイン渡河点で別れた友の姿を呼び戻す。あれ以来、音信のない友は、果たして生還し得ただろうか。

機はぐんぐんと高度を下げ、乾燥した大地の上空を飛んでいた。シッタン大河の流れが見える。この河で幾万の日本兵、インド兵、英国兵が血を流し、沈んでいったと聞く。

ヤンゴン校外のミンガラドン空港に降り立った途端、身体は熱風に包まれた。ああ、ミャンマーに着いたのだ。私の心に何かが語りかけてくるようだ。気温は三五度はあるようだ。この熱気に、安らぎを知るのはなぜだろうか。

ロンジー（腰巻き）姿の若者たちが微笑で迎えてくれる。あの戦争で私達は彼らに何を贈ったろうか。村を荒らし、土を荒らし、家を破壊して恐怖の底に陥れたのではなかったか。

彼らは言っていた。

「日本の兵隊さんはいい、負けても行く所があるから。自分達はどこに逃げればよいのか」

抵抗する術もなく凄惨な戦いに巻き込まれた彼らの素直な言葉であったろう。にもかかわらず、今こうして優しい眼で迎えてくれる。ホテルへ向かうバスの彼方に、金色に輝く心の仏塔パコダが七色の彩りを放っていた。

第三十一師団編入

昭和十九年三月、無謀極まりないインド進攻作戦が展開された。将兵はインド領インパールに向け、チンドウィン大河を渡河し、進撃に移った。

ガダルカナル戦の生残り兵は一握りにも満たない兵力となってアラカン山脈へと向かう。なんという無情であろうか。

未だガ島の傷癒えぬ中に、新師団編成と次期作戦指令に基づき、我々は仏領インドシナのサイゴン（現在のホーチミン）へと集結を命じられた。昭和十八年五月、私達はソロモンを後に、ラバウル湾を出航、船上の兵となった。

魔のソロモン海、戦友の霊が呼びかけてくるような蒼黒い千尋《せんじん》の海を、駆逐艦に護衛されながら日を次いで急行。途中、敵潜水艦出現の情報にフィリピンのマニラに寄港し、幾日か待機した。ラバウル出帆以来、陸兵にとっては毎日が恐怖の海の十日間であった。

マニラ市街は日本軍一色であった。夜は煌々《こうこう》と灯がともり、まさに不夜城である。どこで血と血、肉と肉との戦闘が繰り広げられているかと疑うばかりの賑わいであった。蒸すような暑さの町に色彩粗野な看板が立ち並び、南国特有の呼吸をしている。華僑の根強く逞《たくま》しい勢力がここでも見られた。将官の黒光りした車が旗をなびかせて疾走していく。あの死の島の悪夢と目の前の現実が交錯して、私は自分がどこに立っているのか分からなくなった。ここにはこれだけの物が溢れている。一方で飢えながら力尽きるまで戦う兵がいる。容易に受け入れがたい思いが先立つ。

つかの間の休養をとり、平和な港を後にして再び船上の兵となる。兵を満載した一万トン級の鉄の怪物は、一〇ノットの遅い船足で南シナ海を進航。飛魚が船団を追うように飛んでいる。海蛇であろうか、海底から何千もが体をくねらせて海面に現れ、また沈んでゆくのが不気味である。

突如、潜水艦警報が響き渡った。急いで救命胴衣を着用。幅一メートル程の急造梯子に兵が殺到し、船内は騒然となって醜態をさらけ出す。幸い駆逐艦の活躍でことなきを得た。

船上では水は自由に使えない。洗顔も海水で、もとより入浴など許されない。汗と油、蒸し風呂同然の船艙である。自分の身体から甘酸っぱい悪臭が発しているのが分かる。時々スコールがあると、恵みの雨とばかり皆タオルと石鹸を握って甲板に跳び上がり、清潔な白い泡を味わった。

二、三回の潜水艦警報におびえながら海上一カ月、ようやくサイゴンに着いた。昭和十八年六月十五日と記憶する。港には拿捕《だほ》されたフランス軍船が数隻、繋留されていた。メコンの大河が茶褐色の水をたたえている。

私達は直ちに校外のツドム友軍飛行場跡のバラック兵舎に入り、次期インド進攻のため第三十一師団に編入された。

インドまでの遙かなる道程には、世界の屋根に続くアラカン山系とジュピー山系が聳えている。釈迦誕生の地である仏の国に、我々は攻撃を仕掛けようとしていた。その後の悲劇を誰が予想したであろうか。

進攻準備の中、サイゴンの街まで時々外出も許された。街は合歓《ねむ》の並木が続き、白亜の建物と調和して詩情溢れる佇《たたず》まいを見せる。街の中央に大きな丸屋根造りの、この国最大の中央マーケットがある。安南人の露店には笑い声が溢れ、のんびりと平和な空気が流れている。黒い上下服の行商女が荷を担ぎ、リズミカルに身体を揺すって道を行き交う。あまりののどかさに眠りに誘われそうになる。

部隊は飛行場跡で毎日強力な訓練を続けた。私は同年兵のYと、功績助手としてガ島戦死・病没者の残務整理にあたっていた。暑いバラック兵舎のアンペラで机に向かう。事務のため仕事は夜も続き、薄暗い裸電球が呼吸するように瞬いていた。

ガダルカナル戦死・戦病死者名簿。

「歩兵第百二十四聯隊第六中隊　故　陸軍〇〇・〇〇〇〇〇……」

紙に書けばそれだけだ。あの狭い悲劇の島で二万に近い将兵が、親を、子を思いながら斃れ、果てていった。遺骨の入るべき白木の箱にはひとつまみの砂と紙片が納められ、祖国へ無言の帰還をしていった。

戦場の常とはいえ筆をとる私の心は重い。紙片に一人ひとりの氏名を書き、戦死あるいは戦病死と記す。「〇〇上等兵　ソロモン軍島ガダルカナル島〇方面で交戦中戦死」

果たして誰が一人ひとりの死の状況を確認したのだろう。死者への礼儀であろうが、私の知る限りでも事実とやや異なる報告もあった。しかし、これも無理からぬ戦場の摂理であったろう。

紙一片が青年一人の一生に終止符をうつ。名簿をめくる私の眼には、彼らとの出会いや彼らの言葉遣い、仕草などが筆の前に現れ、一筆ごとに声をかけてくるような気がした。

入院

私にとって歯ぎしりする無念な思い出がある。生きている限り決してこの悔しさは消えないであろう。毎日暗い裸電球の下で書類作成に追われていたが、ついにガ島以来全治しなかったマラリアが再発し、毎日四〇度を超す高熱が続いた。足腰が立たなくなり、便所へも戦友の介添えが必要となった。烈しい悪寒が全身を襲い、戦友が毛布や蚊帳までも掛けてくれるが震えが止まらない。

衛生兵がサイゴン陸軍病院へ入院手続きをしてくれて、ふらつく体を衛生兵の肩を借り、歩いて向かった。看護婦の真っ白い服が南国の陽差しを受けて眼に痛い。

病室には多数の兵士がいた。どの兵も顔色がよい。私の青黒くむくれて艶のない顔と比べると、彼らがどうして入院しているのか疑わしく感じてしまう。次期作戦に備えて強行訓練を続けている母隊兵士のほうが遙かに病人に近かった。

私は全く食欲がなく、水筒の生ぬるい水ばかりを飲み完全に参っていた。軍医の簡単な診断でマラリアと言われる。分かっていたことだ。

三、四日経過しても高熱が出て苦しい。床にうずくまり耐えるより他ない。うとうとすると急降下射撃をする敵機の夢を見た。私は「氷枕が欲しい」と看護婦に訴えたが、素知らぬ顔で通り過ぎてゆく。特に重病人のいない病室だからであろうか。ついに私の腹の虫が癇癪《かんしゃく》玉を破裂させた。

「この病院に氷枕はないのか。熱で苦しいから頼んでいるのだ！」

大声に看護婦が一人、何事かと飛んで来たが、私の形相を見て走り去った。次に衛生曹長が真新しい医務服を来て、革スリッパの音も高くやってきた。牛革の匂いがぷんぷんする。ああ、あの凄惨の島で履く靴もなく彷徨する兵士達の姿が私の脳裏に浮かんできた。

色白の優男型の曹長は「何と言っているのだ。静かに寝ていろ」と言い、私の部隊の記号をちらっと見た。

「ガ島の生残りか」

その吐き捨てるような物言いに、私の血は逆流した。私に対するののしりの言葉であろうが、私はあの酸鼻の島で斃れた多くの戦友達が罵倒されたような気がした。

「うちの部隊を冒瀆したな！」

私は無意識のうちに身体を曹長にぶつけていた。

「貴様達に何が分かるか」

私から見れば上級の下士官だが、どうしても切ない衝動がそうさせた。曹長は驚き、私を睨んで去っていった。ベッドの兵達が心配そうに私を見ているが、私はどうにでもなれという気持ちであった。

今度は軍医が看護婦二、三名を従えてやって来た。すでに事の次第を聞いていたらしく、熱で苦しむ私に向かい「気をつけ」と命じると同時に、続けざまに頬を殴りつけてきた。

負けてたまるか！　私は歯を食いしばり耐えていたが、ついに眼前が暗くなり倒れた。気が付いた時はベッドの上であった。

軍隊では、階級という権力を楯にした、倫理にそわぬ暴力があった。

翌日、再び軍医が来た。私の眼は腫れ上がり、下あごは変形している。軍医は私のカルテを見ながらこう命令した。

「お前は重病のため内地後送名簿に記載されているが、取消だ。直ちに香港訓練所に行き、原隊を追及しろ！」

「原隊を追究する」とは、移動した所属部隊を追いかけて合流することである。

私は心の霧がすーっと晴れる思いで復唱した。自分は何も内地送還を願っているのではない。戦場に来ている兵士だ。早く良くなり母隊へ復帰したい。心からそう感じていた。

翌々日、未だ発熱が続く中、私は香港へと向かった。二十三歳を少し越えた頃のことであった。貨物船を改造した病院船に乗船。香港に寄港後、内地へ向かうという船内では、白衣の兵士達が内地帰還の話題に花を咲かせていたが、私の心中はさっぱりと晴れやかであった。

紺碧の空と海の中に、美しい山が見えてきた。到着した香港は全く平和そのものに見える。ビクトリアピーク中腹にある訓練所に行くと、係官達が親切に迎えてくれた。軍医は私のカルテに記入された赤字部分について説明を求めた。あの病院での忌々しい出来事である。私は素直に事の成り行きを話した。

「ひどいことするなあー」

軍医はこう一言もらしただけだが、私は自分の思いが十分に伝わったと感じ晴々とした。この軍医はその後もガ島の状況をよく聞いてくれ、私のマラリアを精力的に癒してくれて、約一カ月で全治した。あのサイゴン病院の軍医と比べ、人の心とはこのようにも違うものかと思い、感謝した。

日曜日ごとに訓練外出が許され、訓練所から香港の街まで歩いて下った。途中、南シナ海が眺望され、水平線がくっきりと糸を引く。この海の北に故郷があるのだと感傷を与えてくれる。

香港は山が海まで迫り、猫の額くらいの平地のあちこちが坂道である。暮らしぶりは裕福とは縁遠く、街は人が群れ溢れて決して清潔ではなかった。若い娘が兵士を物陰から招いている。仕事のない男が眼で合図を送ってくる。路地が多く、阿片窟《あへんくつ》があると聞いた。あちこちに軍人立入禁止の立札が立っていた。

約二カ月程で母隊追及の許可が出た。訓練所には我が部隊からも五、六人の兵士が来ていた。全員、ガ島の生残りである。私は背嚢の底に、母隊戦友への土産としてシナ煙草の「ルビークイン」を詰めた。

母隊追及

S曹長を引率長として、兵士六名が目標のビルマへと道を行く。確かこの曹長は、我が部隊機関銃中隊の方であった。体軀の大きい逞しい人で、提げた軍刀が短く感じられる。長崎弁丸出しで好感の持てる人であった。一群の引率者となって、すべての交渉事に当たってくれ、私も曹長とともに交渉に当たった。この曹長もその後、インド領インパール、コヒマ道上の戦闘で最期を遂げられ、私にとっても断腸の別れとなる。おそらく遺骨も祖国には戻っていないだろう。

我が母隊はすでに発ち、北ビルマへと進んでいた。我々もサイゴンよりメコン大河を遡行して、カンボジア国プノンペンに到着。メコンの流れが、暑い大地に涼を送っている。

カンボジアの夕焼けは実に雄大で素晴らしい。アンコール王朝の遺跡は粛然としてクメール文明を伝え、私は兵士であることも忘れ立ち尽くした。涼気の中に南十字星が光っている。ガダルカナルもあの星の下にある。壮大な自然と、人間が長い年月をかけて培ってきた歴史。あの島の生残りとして真剣に命を考えた。

プノンペン市内はビルマへ向かう兵士で溢れ、山積みされた物資が街の一部を占めていた。S曹長は移動のたびに多忙である。プノンペンからビルマへは列車便となる。ビルマ国境へと向かう祖国の機関車を見て、熱いものがこみ上げる。我々六人は天蓋《てんがい》のある貨車に物資とともに乗り込んだ。

汽車は山路に息をつき上ってゆく。所々で給水停車があり、そのたびにどこからともなく現地住民が現れ、果物や手作りの菓子、ゆで卵などを頭に乗せて売りはじめる。私はボルネオで食い覚えたドリアンを一つ買った。美味しいと言って食うのは曹長と私だけ。他の者は「臭い」と言って手を出さない。

汽車はタイ領へと入る。今度は山岳民族らしき者達が鶏の唐揚げや黒砂糖板などを売りに来る。彼らは軍票より品物との交換をねだっていた。

ビルマ領に入ると現地住民の容貌が一変して内地人を思わせる。ほとんどの者が裸足で、英国属領の姿がそのまま哀れさを留めていた。統治政策が子供達の足先まで支配しているかと、被支配国の惨めさを知る。インド進攻にはビルマのこうした現実も知らねばならない。

我々の列車はマルタバン湾を南に見るモールメンに入った。ビルマ三大河の一つサルイン河下流に位置する南部一、二の都市である。夕陽が遠くベンガル湾に落ち、市内を染める。その荘厳な美しさに言葉もなく圧倒される。許されることならこの地に留まり、あの沈む太陽を仰ぎたいとも思った。地球を包み込む赤い太陽、一粒の私の命……何するものぞ。ここに私の青春があった。

モールメンからビルマ首庁所在地ラングーン行きの列車に乗り換える。我々の母隊はすでに北部ビルマへと転進していた。北部ビルマへ向かう分岐点ペグーに到着し、ここで北部行きの列車待ちとなる。

確か四、五日間の滞在であったろうが、私はすっかりビルマの空気になじんでいた。それは仏を同じくする民族同士の、見えない繋がりゆえであったろうか。小乗仏教を信仰するビルマ民族は心が優しく、我々兵士に対しても不信感を持たず人懐っこく接してくれた。私達は彼らの家に招待されたり、日本茶そっくりの茶を飲ませてもらうなどした。

ある日、六人で世界でも名ある涅槃《ねはん》像の見学に向かった。釈尊入滅の像が見られる。何か祖先に接するという感触が私を包んでいた。

私達は強い太陽が照りつける砂埃の道を、牛車とともに並んで歩き、馬鹿でかい大屋根の家に着いた。人の群れが家の中から次々と出てくる。それぞれ釈尊に詣った人々で、さっぱりとした衣裳を身に付け、娘達は髪に種々の花を挿している。

家の中でゆったりと横たわる涅槃像は五〇メートルはあろう。実にあでやかな色彩で飾られていた。日本の古刹にあるような仏像を想像していた私は、何だか裏切られたような思いで見上げた。人間が生よりの苦悩から脱する時、即ち入滅の釈迦像を美しく飾ったものであろう。これもこの民族の優しさであろうか。正直なところ感動はしなかったが、しかし、それでよい。ここはビルマである。

やっと北上する汽車をとらえた。目指す母隊の位置が未だつかめず、曹長と二人で連絡所を尋ね回り、所在が判明した。北部ビルマのシュエボ周辺に集結待機準備中であるという。ついに戦友達との再会が果せる。申し訳なさと懐かしさが交錯する。

シュエボの姉妹

再びペグーから貨車上の兵士となり、北へ向かう。列車は何もない原野の中を走る。軌条に沿って所々に薪が高く積んである。列車は停止して燃料となる薪を積んで給水した。

ある地点で機関車が続けざまに烈しく警笛を鳴らした。現地の使用人夫が四散する。敵機の襲来だ。二機の戦闘機が進行方向から銃撃。私は貨車の下に潜り、車輪の影に身を伏せた。パ、バシバシと機銃弾が列車に当たる。貨車の天蓋に弾痕の穴が並び、光線が漏れた。

機は旋回を繰り返して去っていく。いよいよ前線に来た。マニラ、サイゴン、香港の穏やかさから一足飛びに死の世界に来たと覚悟した。

汽車は敵機の襲撃を避けて夜間のみ運行となる。機関車の火の粉が闇の空に向かって、打ち上げ花火のようだ。昼間は原野の中に停止し、常務兵や同乗兵は夕刻までばらばらと散って草の陰に隠れる。乾季のビルマの土は赤くカラカラに乾いている。人家も見えないのに水牛が二、三匹、わずかの泥沼の中に入っていた。

夜間ばかりを何日走っただろう。遥かな大地に夜が白んでくる。集落も点々と見えてきた。特有のパコダが朝霧に浮かび、墨絵を見る思いがする。次第に街の規模が大きくなってくる。汽車はビルマ第二の都市マンダレーに入り、駅を避けて停車した。荷物が雑然として積まれ、現地人がわめきながら働き、インド進攻の前線基地だ。

兵站を訪ねて宿舎の申請をした。ドラム缶風呂で久しぶりの入浴。石鹸の泡を存分に堪能して、六人の顔も青年らしさを取り戻す。曹長も髭を落として若々しくなった。

マンダレーの街はビルマ最後の王朝の城壁が崩れかけ、歴史の変遷を偲ばせる。私は城壁下の池に腰を下ろし、王朝時代の栄華を想像した。マンダレー王朝は一八八五年に英国に滅ぼされ、首都は現在のラングーンに移された。旧首都マンダレー街はその後、海路一本による英国通商で繁栄の道に幕を下ろしたのである。

市街のはずれにビルマ第一の大河イラワジが歴史を秘めて流れている。街を見下ろす丘には無数のパコダが林立し、いかに民衆の仏への帰依がいかに厚いか分かる。

列車はマンダレーを出発したが、空爆によって遅滞が続く。昭和十一年一月頃であったろう。我が母隊はこの地より北へ三〇〇キロの地点と聞く。

私は列車の停止を利用して、小川の木陰で腹に巻いている千人針を解き、流れで洗った。この千人針の腹帯は、初年兵として門司港出帆の折、母が贈ってくれたものだ。もうすでに五年近く腹に巻いている。私の何よりの宝であり、母の切ない願いが秘められている。先の戦場で破れ、色褪せているが、私を守ってくれた。私は止血用の三角巾を解いて丁寧に包み、再び腹に巻いた。

列車の運行が始まった。大地は焦げ付くように熱く、夕暮れには太陽が原野を染め、白い牛がその中を歩

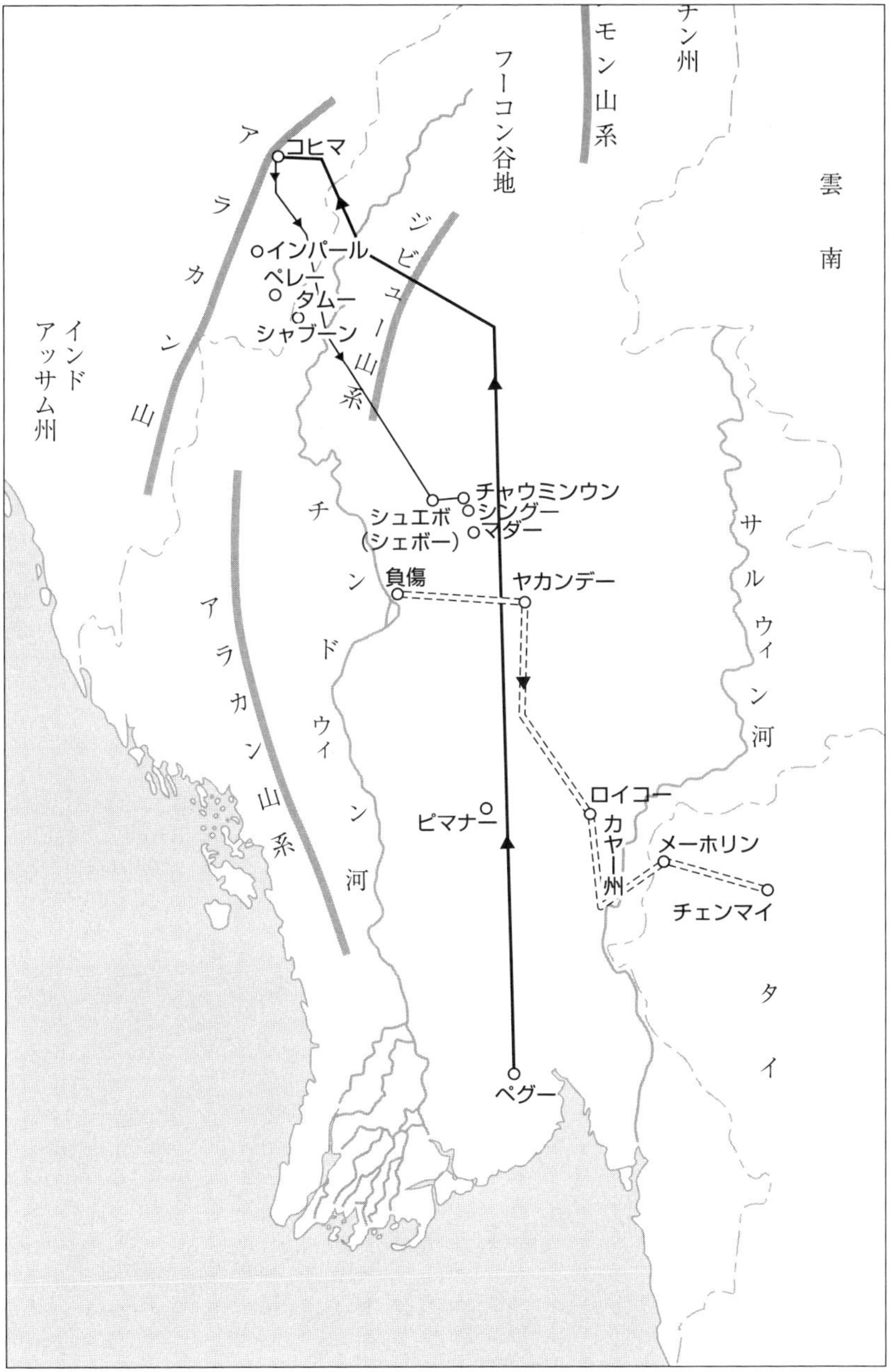

インパールへの道と敗走の道

いている。戦場の一部とは思えないのどけさである。

ビルマ北部のシュエボ駅に着いた。わりあいに静かで落ち着きのある街である。日本兵士の姿も多く見受ける。街の住民は日本軍の勝利を信じ、非常に好意的であった。托鉢僧が家ごとに立ち寄り、寄進を受けている。僧の黄色い法衣が樹間を行く風景は一編の詩を思わせた。

目的地シュエボに着いたが、母隊はすでに出発していた。この時、香港から同行の初年兵Yがテング熱にかかり高熱を出した。出発の時間が迫る。部隊追及は無理のようだ。

S曹長が私に、残留してYの面倒を見てやってくれと言う。Yの力尽きた顔を見て、私は一人、出発を延期した。兵站宿舎で冷やしてやるが熱は下がらない。軍医に相談すると、早速入院となった。Yは私の部隊復帰の遅れを気にして何度も詫びたが、一人の弱り切った初年兵を見捨てて発つことは出来ない。「どうにかなるさ」が私の信条である。今なお、この人生観でどうにかなっている。

入院の日、牛車を雇いYを乗せて同道した。テッケ（椰子類の葉）張りの小屋に蚊帳が吊られた野戦病院である。Yの熱はなかなか下がらず、私は毎日、兵站から病院に通った。

病院の入口近くの木陰でビルマ娘が二人、「セレー」（現地煙草）と「モウ」という飴餅《あめもち》を板に並べて売っていた。兵隊相手のささやかな商売である。姉妹らしい二人は、売れようが売れまいがいつも嬉々としていた。清楚で娘特有の花を髪に挿している。二、三度挨拶を交わすうちにすっかり仲良くなり、私のビルマ語の誤りも教えてくれた。

ある日、娘が「家に遊びに来い。父も母もいる。心配ない」と言う。私は一人残された空しさもあって、病院の帰途、二人に同道して家を訪ねた。家はこの街では上級の構えであり、木造の堅固な造りである。庭も広々として、椰子とマンゴー（果物）の木が鬱蒼と蔭をつくっていた。高床の階段を上りながら、私はすっかり心がほぐれていた。

座敷らしい中央に、父母がアンペラ（筵《むしろ》）に座って煙草を吸い、笑顔で私を迎えてくれた。私のビルマ語の挨拶が嬉しかったらしく「ホクテ、ホクテ」（そうか、そうか）と茶を進めてくれる。祖母となる人も同座し、どことなく家族に気品がある。

祖母なる人が油で炒めた菓子を運んでくれた。私は祖母の味を知らない。胸に熱いものを感じる。父親なる人は雄弁で、日本軍が進駐してきたことを讃えてくれた。冷飯であったがナピー（小魚の塩漬）と一緒に出され、食べよ食べよと進めてくれる。私はこの礼儀正しく温かい人たちと、いつまでも話を続けた。

北上列車の出発の日が決まり、私は朝早くYを訪ね、別れを告げた。Yはアンペラに正座して礼を繰り返した。広いビルマに新兵を一人残してゆくことに、私は胸の痛みを覚えた。彼もその後、部隊に追及し、コヒマ陣地で雨の中、ついに還らぬ兵となってしまった。

姉妹の家にも別れの挨拶に立ち寄り、厚く礼を述べた。父母は「インドへ行くな、ここに残れ」と言ってくれる。そして「どうしても行くのなら、これを持って行ってくれ」と、ビルマの刀一振りをくれた。先祖が英国と戦った時のものだという。柄は飴色に光り、見事な象牙造りで竜と孔雀の彫刻がほどこされている。さらに、姉妹はバナナの葉に包んだ強飯《こわめし》をくれた。

私は厚く礼を述べ、姉妹の家を後にして、軍用列車に乗り込んだ。わずかな滞在であったが、この家族の思い出は、姉妹の清純さとともに私の青春の一頁にしっかり刻み付けられている。

コヒマ戦で敗れた後のことであるが、再びビルマ領に戻り、隊はシュエボの街に辿り着いた。私は町外れの寺で残務整理に入り、暇を見て一家を訪ねたが空家同然となっており、家族の姿は見つけれられなかった。その後、シュエボは戦場と化し、戦火のため灰燼《かいじん》に帰した。

母隊に合流

シュエボの街を後に列車は北上を続ける。他部隊の将兵も同乗で、どれも軍装が新しい。私から見て年齢も大分上のようだ。今から戦場に向かうという血気が伝わってこない。しかし彼ら新兵の胸中も分かる。シュエボより二〇〇キロ北の地点にインドウという駅がある。そこで下車せよと兵站で聞いていた。夜の列車は烈しい振動を振りまいて走る。夜明けの敵機に脅えているように感じられた。

まだ暗い中にインドウに到着。一人の旅であり、何も気遣うことはない。私は重い背嚢を背負い、列車から飛び降りた。半ば崩壊した駅舎に腰を下ろし、空が白むのを待つ。時折兵士が通り過ぎてゆく。

夜が明けてきた。寒い朝であった。さて、どちらに行くか全く分からない。私はあの姉妹がくれた強飯を頬張る。薄い塩味が優しい味となって感傷を呼ぶ。駅前には確か小さな店が一、二軒あった。付近の住民は夜明けとともに敵機を恐れてどこかに退避するのだろう。元来一人旅の好きな私は、ここでも「どうにかなるさ」の構えであった。

時々、軍用トラックが走ってゆく。一台が駅近くで停車。私は自分の部隊名を告げ、所在を確かめようとした。すると偶然にも我が部隊へ米を運ぶという。ああ、やっと母隊へ帰れる。香港を出発して約二カ月、遠い道のりであった。

トラックは赤い土埃を上げて全力で疾走する。荷台の上で私は対空警戒兵となっていた。

到着したのはビルマ北部、バンモーク地点のチーク林の中であったと記憶している。チーク林の中に拓かれた道は緩やかな勾配であった。向こうから飯盒《はんごう》を手にした二人の兵が歩いてくる。「二中隊の者だが隊の場所を知らないか」と尋ねると、「自分達も二中隊であります」と返事をした。見覚えはないが、軍服の新しさを見ると部隊の補充で近ごろ到着した者達だろう。二人の案内でチーク林の中の中隊宿舎に着いた。

中隊復帰の申告に、隊長は「よく追及出来た」とねぎらってくれた。古い兵が一人でも欲しかったのだろう。中隊には知らぬ顔の兵士が多くなっており、他中隊に帰着した感がする。ガ島生残り組も喜んで迎えてくれた。ようやく戻れたと感慨が胸を打つ。私は香港で求めた煙草「ルビークイン」を皆に分けたが、すでにカビ臭くなっていた。

その日からインド進攻のための準備にかかり、毎日演習が続いていった。テッケ造りの草小屋同然の宿舎は、夜半過ぎると非常に寒い。小屋中央に穴を掘り、不寝番兵が交代で薪を焚いていた。考えてみればジュピー山系の裾野である。

毎晩、深夜になると何かザーという音が耳に伝わってくる。雨ではない。私はある夜、確かめようとチーク林の中に剣を抜いて入ってみた。一メートル先も見えない霧に、全身が濡れてゆくのを感じる。ザーザーという音の正体が分かった。それは霧の粒子がチークの大きな葉に降りかかる管弦楽であった。霧の降る音を聞いたのも初めてであった。

チンドウィン渡河作戦

さあ、インド進攻への第一歩である。第一の難関チンドウィン大河への渡河点を目指す。一〇〇キロと聞く行程は、ほとんどが夜行軍。明るい月影が隊列を冷たく捉えている。赤い泥土が軍靴の底に食いついて歩きづらい。

深夜というのに現地住民が人懐っこく集まってくる。私は日常に不自由しないくらいのビルマ語を習得しており、彼らと話すのが楽しみであった。ビルマ語を覚えたことで、後に私は命を救われることにもなる。

行軍途上の集落ごとにパコダがある。何百年も経たであろうと思えるパコダは瓦解し、雑草が背高く伸びていた。パコダにおりてゆく月は詩であり絵でもある。この広い大地の片隅に生きる人々は、明日があることを信じ悠々と生きて、物事を焦らない。文明から隔離されたようなこの小さな集落にも幸せがあった。

戦場へ向かう道で私は自らに問う。戦争とは一体何だ。人が人を殺すことで自国が繁栄するというのはどうしてなのか……。若い私には解答は浮かばない。支那大陸から戦争は続き、文字通り阿修羅道で、兵はただ死と直面し、これを避けるために、相手に対する野獣と化していた。この戦争の終止符はどこであろうか。

行軍の隊列の夜空に星が流れた。新兵達には未だ悲愴感はないようだ。この新しい兵士達を、あの島でのように殺してはならない。

澄んだ夜明けの冷たい空気の中を、牛車がゆっくりと歩いて行く。このままのビルマであって欲しい……。次に来る戦場の人間地獄を想像出来る者はなかった。

「インパールが何だ。ものの三週間もあれば陥落させてみせる」

時の軍司令官某中将はこう豪語したというが、アラカンの峻険はあまりにも厳しく、兵に冷酷であった。

目標のインド領への渡河点チンドウィン大河ホマリンが近くなってきた。夥《おびただ》しい兵の群れが屯《たむろ》し、敵拠点コヒマへと進攻する軍団が暗闇の中にうごめいていた。馬部隊あり、牛部隊あり、また象までも狩り出されている。カンテラの灯に動く集団のシルエットは、まさにその昔ジンギスカンの征途を眺める思いである。制空権のない我々は移動が夜間に限られるのだ。

我が隊は近くの密林の中ｓｗ渡河指令を待っていた。私は指揮班長とともに渡河点調査に同行する。暗黒の中に黒く光る大河は生き物のように見える。来たりなば呑まんの形相である。

突如、ダダダダ……と機銃音がした。近い！　私は銃声がした方に走った。兵が集まり騒いでいる。大きな象が血を噴き、河岸に倒れていた。たるんだ皮膚が未だピクピクと痙攣している。聞けば、あまりの酷使に耐えかねた象が兵を一人踏みつけ、兵は砕けたという。軍ばかりでなく使役の象までが常軌を逸し、心まで荒みきっていた。

昭和十九年三月十五日、佐藤幸徳中将率いる第三十一師団は渡河作戦を決行。軍馬は黒く広い河を前に恐怖におののき立ちすくみ、兵の怒声が川面に伝わってゆく。この大河を渡ればインド領は近い。仏の国から仏の国への進攻だ。

牛部隊が渡河を開始。河を目前に後方へ退こうとする牛も数ある。五、六頭を一組に、筏《いかだ》舟につながれ泳いでゆくが、力尽きて水流の渦に沈む牛も多く見られた。白い駄馬が荷を背に振り分けられ、のろのろと進む。白い牛が暗い闇の流れの中に、断末魔の声を上げながら溺れてゆく。その呻きが今も耳底に残る。

この時、大河の上空を大編成の飛行機群が東へ、即ちビルマへと飛んでいった。西へ向かう我々に対し、敵は我が軍の後方攪乱《かくらん》と寸断のため、約二万の空挺部隊を降下させていた。このグライダー部隊は日本軍敗退の要因ともなった。

ついに大河を渡河した。対岸の船舶工兵の振る赤いランプが、水流に切れ切れとなって流れていた。我々はインド領へ足を踏み入れる。五〇キロ近い背嚢が肩に食い込み、指先がしびれた。

急峻たる山陵

渡河終了の夜を密林で待機し、深い霧の中に朝を迎えた。山裾を持たない急傾斜の山が眼前に迫っている。仰ぎ見る先は遙か標高二〇〇〇～三〇〇〇メートルの山々が独立した形で南北に連なり、重畳《ちょうじょう》たる嶺は雲を突いていた。私はかつて地誌で記憶したアラカン山脈の一部に向かうのかと身が引き締まる。そこが、あるいは自分の死に場所となるかも分からないのだ。

前進が始まった。アラカンに続くナガ山系を行く。二十五日分の食糧と兵器弾薬を抱え、胸を突く急斜面の坂を喘ぎ喘ぎ登る。小休止の号令ごとに、兵は背嚢ごと山肌に倒れ込む。己の心臓の音が耳を叩く。

「出発！」

重荷のため自分で立ち上がれない。戦友交互に腕を引っ張り、助け合う。獣道の五〇度近い傾斜に隊列もまばらになり、落伍者も出た。急坂に足が前に進まない。汗が戦闘帽のつばからしたたり、眼の中まで流れ込む。大木とてない草原の坂から遠く松林が見え、その樹間に桜の花が咲いていた。

アラカン山脈は北に雄大を誇るヒマラヤ山脈と同じく、三世紀の地殻変動によって起きた褶曲《しゅうきょく》山脈であり、夏のインド洋から襲い来るモンスーンを真正面に受けるため、世界でも最たる降雨地帯である。人跡未踏の密林で覆われ、作戦地図にさえ詳細をつかめない山系であった。

時は三月末。五月に入ると豪雨が全山を包み込む。それまでにはどうしてもインパールへの途上コヒマを陥れねばならない。作戦は急を要していた。

山系は山の一つ一つが独立に近い様相で、一山を極めれば谷に下り、再び三〇〇〇メートル近い嶺を目指す。兵の疲労は極限で、戦闘力も次第に低下。食糧の補いとして連れてきた牛も、骨と皮になり谷底に転げ落ちてゆく。それでも歩くという人間の精神力の偉大さを知ったが、一方で兵も次々と山に倒れた。

南の国とはいえ夜営の山頂は雪が降り、身体を凍えさせる。しかし谷へ下れば四〇度を超す熱気が苦しめ、軍服の背は汗が乾いて地図を描いていた。

渡河以来およそ二十日、峻嶮との闘争が続く。私は少しでも荷を軽くするため、背嚢の私物を全部捨てた。ガ島生残りは「米はあるか」が合言葉となっていた。早くコヒマを落とさねば食糧が尽きる。この山中に何を求めるか。後方から某将軍と師団長の確約の米も、全く補給されない。生命の活源である塩もなくなった。少ない粉醤油を舐め舐め、急坂に耐えて進む。早く敵地に入りたい。食い物を手に入れたい。ガダルカナルの苦痛が甦ってくる。夜気の寒さにガ島の傷が痛む。

山頂近くに山間民族ナガの村落があった。ぞろぞろと部落民が出てくる。幼児まで竹筒を手に管で何やら飲んでいた。私ももらって口にすると、酸っぱく発酵した唐きび酒である。寒さをこれで耐えるのであろう。その時、若いナガ族の男が向こうの山頂の村落へ何か叫んだ。異国人の侵入を伝える合図であろうか。先方部落からも叫びが聞こえ、深い谷に谺して樹林を揺するようであった。後で考えれば、おそらくこれは敵への通報手段であったのだろう。

牛や水牛の頭蓋骨をトーテムポールよろしく部落の入口に立てている。一村が城となるのであろうか。

私は村落の一軒に入り、籾《もみ》を見つけ出した。四、五人分ある。家の中は暗く、何か身体がチカチカと痒くなってきた。表に出てみて驚いた。何百、何千に近い蚤《のみ》や虱《しらみ》が巻脚絆や軍服に飛びついていた。蚤はそのうち退散したが、虱は私の身体をあくまで本拠としていた。

隊長が「コヒマはもう近い」と兵達を元気づけている。私は高い地点からコヒマ陣地方向を見た。何だろう、マッチ箱型のものがしきりと走り回っている。ジープであった。驚くことに、この大山脈の中腹部に白い舗装道路が蛇行して南北を縦走している。我々の地点から道路まで約三、四キロであった。かのコヒマ三叉路地点を私は見ていたのである。

突如、ダダダダと友軍の銃機関銃の射音がした。コヒマ方向だ。体内の血が一斉に沸き立った。敵陣に迫ったのだ。隊は斜面を駆け下り、コヒマ陣地へと向かう。すぐそこにコヒマの街が見える。

コヒマの陣地と街は先頭部隊がすでに攻略していた。あちこちに火の手が上がり、煙が街を這っている。街には白い瀟洒《しょうしゃ》な建物がいくつかあり、テニスコートもあった。すべて英人所有の物であろう。文明が一足先に山脈の中に到着している。この峻嶮のアラカンに、英国は日本が喘いだ山すら屈服させていた。

我々は何よりもまず食糧探しだ。兵達はそれぞれ勝手に家に入ってゆく。突然、一軒で凄まじい炸裂音がした。敵砲弾ではない。爆発した家の中から二人の友軍兵士がよろけ這い出してきた。

「敵か」

私は知らぬ間に手榴弾を手にしていたが、負傷兵は「違う、違う」と手を振る。一人は腕から、一人は顔面から血が噴き出している。

また近くの人家で爆発が起こった。

「家に近づくな！　地雷が仕掛けてある」

大隊本部の将校が煙の街を走り回って大声で怒鳴っていた。

先着部隊は突入と同時に食糧と名のつく物をすべてさらってしまっていた。他部隊兵士が両腕に缶詰を抱えて道を下ってきた。私に一つ取れと言う。敵の軍用缶詰、バターであった。


確か四月初旬であったろう、中隊はコヒマ東北高地に陣を築いた。五一二〇高地の戦いとなった。

敵の観測機が執拗に陣地上空を舞い、全く身動きがとれない。発見と同時に砲陣地へ連絡が届き、砲弾が嵐となって襲う。一度陣地を捨てた敵が反撃の機を狙っていた。

砲弾と空爆が日がな続き、壕から出ることが出来ない。小便も壕の中である。木も飛び、岩も砕け、我が陣地は農耕地の様相を呈した。青草は完全に見られない。傷の処置もままならず、負傷者は夥しい血を流してやがてがっくり斃れてゆく。隊長の位置すら分からなかった。

水が切れ、夜を利用して谷川の水を汲む。夜が明けると地底を揺する重苦しい振動音が伝わってきた。敵戦車群が手に取るように見えた。随伴する大男のインド兵、小柄なグルカ兵も見える。

戦車地雷はない。肉弾ではあたら命をぶつけるだけだ。恐怖感で喉はカラカラとなり、声も引きつった。いよいよ最後の時が眼前に迫ってくる。思わず千人針の腹巻きを押さえた。敵が誇るM４型戦車は重量三十数屯、小山にも見える。鋼板の厚さは一〇〇ミリと聞いていた。かたや我が方の兵器は古き明治の時代、日露の戦場で用いられた三八式単発の小銃と手榴弾四発である。

直線距離二〇〇メートルか、まだ撃ってはいけない。敵に目標を知らすだけだ。

突然、耐えられなくなった新兵が小銃をぶっ放した。無理はない。目標ありと戦車砲が炸裂する。兵の肉塊が宙に舞う。私も蛸壺から頭を出して、随伴兵を狙った。もう一〇〇メートルない。どうせ死ぬのなら撃つだけ撃って死にたい。戦車を楯に敵歩兵はじりじりと迫ってくる。五〇メートルか。私は手榴弾の安全線を抜き、続けざまに投擲《とうてき》。そして怒鳴った。

「手榴弾だ。手榴弾を投げろ、投げろ！」

敵の悲鳴が聞こえ、喚きながらさがっていった。戦車も回転し去る。この場で死ぬと決めて張りつめていた全神経が緩んだ。今日もまた命があった。私は残った命を確かめるように、壕内に放尿した。死の恐怖は考える時間があるほど大きくなる。私はいずれ長くない命だと自分に言い聞かせた。

戦車砲に飛んだ兵の肉塊が赤土の上に転がり、無情の小雨が落ちていた。私はナガ族の集落で手に入れた籾を嚙み、生米の甘い汁を喉に通す。

雨季に入る前兆だろう、小さい霧のような雨が毎日山肌を濡らし、コヒマの街も霞の中に見える。体中に巣食っている虱が空虚な時を私の身体で楽しんでいた。私も虱のように腹を満たしたい。戦況はすでに敵の手中にある。ガ島の悲劇が繰り返されつつあった。

我が斜面陣地の上空を、敵の大型輸送機がふわりふわりと飛び、機体の横ドアを開いて色とりどりの落下傘を付けた物資を落下させてゆく。食糧、弾薬、医薬品と、敵は行き届いていた。私達の近くに落下する物もあるが、拾いに行けば狙い撃ちされる。敵機は物資とともに我々に手榴弾まで投げつけてきた。ドアに立つ敵兵の白い笑顔が憎らしい。まさに敵のなすままであった。

ああ、白い熱い飯が食いたい。ガ島撤退の時にもらった握り飯と黄色い沢庵が何度も思い出された。

「コヒマを陥せば多くの敵の物資が手に入る。食糧も弾薬も心配ない」

こううそぶいた将軍が後方にいる。痩せこけて土色した兵士の顔を見せてやりたい。

我が中隊はその後もコヒマの見える三叉路近くの高地に陣をとっていた。戦車が眼前まで迫り、砲塔から頭を出す敵兵がよく見える。道路向こうの友軍陣地が、五、六台の戦車砲で砲撃されている。砲撃の後は硝煙の中に陣地が跡形もなく消えていた。

すでに雨季に入りつつある。時折眠たげな太陽が樹間に光を投げ、山は十分な雨を吸って濡れた肌を晒す。すでにこの頃は背嚢も捨て、私は背中にシュエボの優しい父親からもらったビルマ刀を差し、いつでも敵に斬りかかれるようにしていた。

状況は悪く、我々は暗夜の雨の中、コヒマ三叉路付近から南方向に陣を移動した。ある日のこと、私はインパール道上の戦車の状況偵察のため崖に登った。眼下にＭ４戦車が五台停止している。その時、砲塔が突然回転し、私のほうを向いた。

「危ない！」

直感的に私は崖から空を切って飛び降りた。と同時に戦車砲弾が頭上の木を断ち切り炸裂し、大木の枝が吹き飛んだ。一瞬の差で私の勝ちであり、また命を拾った。

中隊の兵数は五十人くらいに減り、大半が赤痢とマラリアで弱り切り、どうにでもなれと捨て鉢になっていた。敵は我が軍の戦力低下を知ると大胆な行動をとるようになり、我々の眼前で裸で作業をやっている。白い皮膚、黒い皮膚が見える。「日本軍よ、もう無駄だ。早くコヒマから帰れ」と言わんばかりだ。撃てば斃れるだろうが、一人二人斃しても何になろう。いかに冷酷で悲愴な戦場かを毎日味わわされながら、戦車との戦いの日々が続く。

食糧もなく、弾も底を尽き、毎日の雨で衰弱しきった兵。それでも後方からは「早くコヒマを陥せ」の指令が来る。兵達は自分自身を支えるのに精一杯であった。冷たい雨の山中に無数の屍が哭いていた。いずれ自分もこうなるのだ。

兵の命

少しずつ陣地を後退し、五月も下旬となった。私の雑嚢には籾が少しあるだけだ。

山の陣地に、他中隊の兵が草を両腕に抱いて下ってきた。芹《せり》だ。内地の芹と同じ懐かしい香りがする。内地のものより大きく、茎の太さが鉛筆くらいある。芹は崖下の清水の溜まり場に群棲していた。敵に発見されにくい場所であるため、兵達が集まってきていた。

この状況になっても「コヒマを陥せ、前進せよ」の軍命令が続く。当時、私は命令受領兵として走り回っていた。しかつめらしい命令を遵守するにはあまりにも兵は弱り切っている。軍靴さえ破れ、片手に杖、片手に銃の兵の群れであった。

ある陣地でのことである。私は水汲みのため谷へと下った。朝もまだ暗い小さな谷の川は、雨季の雨を寄せ大きく流れている。細い流れを見つけ、水筒二つに水を満たそうとしていた時、ふと白い米粒のようなものが浮いているのに気づいた。流れに脚を入れて一つを救い上げると、蛆《うじ》であった。

私の脚は自然と流れの上方へ向いた。一〇メートルも行かない所で、愕然として脚が止まった。全身の血が逆流し、五体が硬直し、五感も停止した。

一人の日本兵の骸があった。胸の一部と顔の半分が溶け、腹部は土にへばりついてドロドロとなっている。そのドロドロの内臓の中に蛆が波となってうごめいていた。現世の悲劇を一点に集めた地獄絵であった。この兵は食を求め、水を求めてここに辿り着き、ついに力尽きたのだろう。腐った肉片に蜜蜂の巣のように蛆がかたまり、飽食した蛆がころころと転がり落ちていた。私は合掌して陣地に引き上げたが、その姿が脳裏から離れることはなかった。


我が隊はまた別支隊の直属となり、インパール道路を横断して西方インド側へと侵入、南下を急ぐ敵を遮断していた。五月も終わる日、我々はインパール道路を高く見上げる低地の、背高い草むらの中に潜入していた。一線陣地を追われ二線陣地を奪われ、そのたびに雨の泥濘の山径を歩いていた。戦いのたびに戦友を失い、ここが守備陣地の最後かと思った。

インパール道路四八マイル地点、マラムの陣地に着いたが、敵は逐次追い討ちをかけてくる。昼間は動けず草むらに息を潜ませ、夜を待つ。

静寂の一刻、頭上の道路が騒々しくなってきた。草むらからそっと顔を出してみる。煌々とライトを点灯したトラックが幾台となく通過してゆく。荷台で敵兵が大声で喚き、歩く兵隊がパンパンと上空に乱射している。ついにコヒマ・インパール道路を突破されたのだ。望みの綱としたビルマへの退路の大動脈を断たれた。

その時、私と同じ場所に伏せていたS曹長が「うーん」と呻き声を上げた。大腿部を押さえて喘いでいる。道路上の敵兵の狙撃にやられたのだろうか。私は曹長の止血帯を解き、傷口にそれを締め付けた。鮮血がほとばしり草まで黒く染めている。曹長の額には脂汗が光っていた。衛生兵を呼ぶが応答がない。

完全に日は沈み、夕闇の中に指令が届く。ビルマへの撤退命令であった。頭上の道路上では今なお敵兵が群れをなして歩き、トラックや戦車が勝ち誇った轟音を立てて走る。この危険な状態の中、曹長の担架輸送は不可能であった。

曹長はすでに死を決していた。

「自分に構うな、大丈夫だからここに置いて行ってくれ」

その代わり手榴弾を一発くれと訴えたが、私は断った。曹長は部下の足手まといになるよりも自らの命の清算を考えていた。しかし、私にとっては香港の訓練所から共に部隊を追及してきた恩ある人だ。

「移動するぞ！」と命令が来る。曹長は「心配するな」ときつい口調で私を叱り、「早く行け」と言う。眼前に傷ついて動けぬ人を、しかも恩ある人を……。私は曹長の顔が見られなかった。嗚咽で別れの言葉もかけられなかった。

隊は高台に見えるインパール道路を目指し、一人ひとりがバラバラと闇の坂をよじ上り、この道を横切ってゆく。また雨の夜となっていた。曹長を見捨てて自分だけが生きようとしている。私は良心の呵責に苦しみ、泥靴が鉛のように重い。

私達はどうやら闇の助けで発見されず、暗い谷間に滑り落ちていった。今まさに私が飛び降りようとする瞬間、「パン」と銃音が、小さいがはっきりと聞こえた。曹長が拳銃で自らの命を絶ったのだろう。「すみません、すみません」と哭きながら、私は山径を滑り落ちていった。

雨季の真っ只中に入り、大粒の雨が音を立てて山肌を流れる。渓谷は氾濫して泥河となり退路を遮断。軍が恐れた天敵がついに襲いかかってきた。

兵達の軍靴は破れて口を開け、足先は乾く間もない。精根尽きた兵が斃れ、歩けなくなった兵が「連れて行って下さい」と哀訴する。すでに六十日近くも後方からの食糧支援はない。到達するのは、この期に及んでも「コヒマを陥せ」の命令だけである。ガダルカナルそのままの虐殺の図が始まっていた。

昭和十九年六月初旬、ここで我がコヒマ攻略第三十一師団長佐藤幸徳中将は、ついに意を決し単独命令を発し、撤退を令達したのである。

三月のチンドウィン大河渡河以来、インド進攻に全力を上げたが利あらず、敗軍の兵となった。あまりの無謀無策、眼前の生き地獄に佐藤師団長は己を捨てて軍命に反抗し、これを破棄したのだ。祖国を愛するゆえに敢然と軍国主義の土塊を叩き潰し、兵を救った。

烈兵団、すなわち第三十一師団はこの抗命の下にコヒマを捨てた。すでに全滅に近い状態であったが、一握りの汚れ疲れきった兵達が、ビルマへとさがっていったのである。

自決縄

アラカンの嶺々にひた押しに吹き付けてくる雨嵐のもと、寡黙となった兵は相助け合い、追撃する敵と戦いながらビルマへと退いてゆく。進むも死、退くも死の道が続く。重なる雲が尽きぬように雨を降らせる。我々は再び三〇〇〇メートル級の山脈を縫い、第一目的地点ウクルルへの道を進む。

軍靴の底もめくれ、裸足の脚は濡れて皮がむけ、傷で血まみれである。私の雑嚢の中には数粒の籾が白い小さな芽をのぞかせていた。

ビルマとインド国境のフミネ地点に到着すれば、軍が用意する米と軍靴が山のように蓄積されてあると聞いた。ああ、熱い白い飯が食いたい。切ない願いである。「闘うから食わしてくれ」。すでに部隊という権威も統率もない集団は、あまりにも悲愴であった。

ウクルルに到着。破れた屋根の小さな小屋が一つある。ここが補給所と聞き無造作に入ったが、全く何もない。中には飢えて果てた兵の屍が裸で横たわっていた。軍靴も盗まれたのか履いていない。脱糞の跡が臭く匂っていた。まだかろうじて息のある兵が二人、光を失った眼で私を見つめる。私は「元気を出してさがれよ」と励ましたが、彼らにその力がないのは明らかだった。

途中の密林内で手榴弾の炸裂を聞いた。希望を失った兵が自らの手で苦痛を絶ってゆく。

この頃から妙な命令が届いた。紐《ひも》を作れという。長さ一メートルくらいのそれは、小銃の筒先を口にくわえ、引き金を足先で引くための縄紐であった。これを私達は「自決縄」と呼んだ。誰が考え出したのか、歩けない兵達は敵の手に落ちるよりこれで自決せよということである。

私はこの命令を無視し、自決縄を作らなかった。死ぬ方法くらい、いくらでもある。人の手を借りる必要もない。どうせ生きる望みのある状態ではなかった。退路には行き倒れの兵や軍馬の死屍が朽ち果てている。腐敗した肉体の汚汁は山径へと流れ、歩く脚を浸し、その細菌のためか脚全体がかぶれて化膿を引き起こし、さらに兵を苦しませた。

撤退の最後尾部隊の我々に、敵の追撃が加えられてきた。早くチンドウィン大河に着きたい。早く渡ってビルマへ！　あの牛馬を飲み込んだ恐怖の河が、今は救いの母なる河となった。

雨の中の休憩で、破れた天幕をそれぞれ頭から覆い、空飯盒を尻に敷き、わずかな睡眠をとる。フミネ地点までさがれば糧秣がある。フミネを越えればビルマだ。あの人懐っこいビルマ人が笑顔で迎えてくれるだろう。

また手榴弾の炸裂を聞いた。ああビルマは近いというに、また自決兵だ。死んだら楽になるだろうと、時折安易な考えがよぎる。死んだほうがましだと言いながら、兵士達は生きるあがきを続けていた。

雨と泥の山を越えてフミネに到着した。退路の山陵およそ一三〇キロ。待ちわびた糧秣受領の命令が来た。ああ、米がもらえる。兵士達は久しぶりに力を得た。

経理へ受領に行くと、一人分として米二合とスプーン一杯の粉味噌が支給された。二カ月ぶりの米であった。指先でつまんで噛んでみると、甘い米粉がざらざらと喉を通ってゆく。飢えた胃袋は二合の米を一度に要求した。このあとの受給は不明というが、明日を考える兵士はいない。明日の命は分からないのだ。

また雨が降る。自然も兵に休息を与えてくれない。夜になると野象の「ギオー」という鋭い叫びが谷に谺《こだま》する。底力のある唸り声は虎であろうか。ドロンドロンと砲音が遠くに響く。稲妻が密林を白く映し出す。雨の中にアメーバ赤痢の兵士が数人、排便しているのが見えた。

次の目標はビルマへ渡るチンドウィン大河である。果たしてそこを渡ったとて命の保証があるのかは分からない。だが、チンドウィンの名は母の胸のように兵達の心に響き、ただひたすらにそこを目指していた。

フミネ地点から五〇キロを進み、渡河点のシッタンに到着。集落近くにはインパール、コヒマ戦で敗れた約一万の軍団が集まっていた。それぞれの隊が森に退避して乗船の時を待っている。

焼け残った集落に「〇〇隊、連絡所」と小さく表示してあった。負傷兵が母隊の所在を求めてさまよっている。戦闘帽と軍服、靴、どれも汚れて破れ、難民を思わせる。階級章のない兵もいた。ここで米が一合、支給された。

敵機は毎日のように低空射撃で撃ってくる。椰子の樹があちこちで断ち切られて折れている。生き残った鶏が二羽、逃げ回っていた。私は転げそうになりながら追いかけ、一羽を竹棒で叩き落とした。息があがって心臓が烈しく鼓動する。鶏の肉は堅くて、食いちぎるのに力がいった。

ビルマへ

待望のチンドウィン大河は雨季の雨を寄せ、渦に渦を巻いて濁流となり、前にも増して恐ろしい形相を見せていた。ドドドドドと土堤の赤い土を削り、ぶつかりして流れる。一方、上空では敵機が偵察のため飛んでいた。

住民の粗末なテッケ葺きの汚い小屋の中に三人の兵がいた。鉄帽で籾をついている。隊に取り残された兵隊であろうか。または戦場離脱の兵であろうか。私は「ここは危ない、森に移動しろ」と言ったが、彼らはただ一瞥《いちべつ》をくれただけで、どうでもよいというふうであった。

荒れ狂う大河は彼岸まで一〇〇〇メートル以上ある。しかし、この河を渡れば日本に帰れる気がして、私は何とか雑食を続けながら五尺の体の血を止めまいと闘った。

六月にコヒマを撤退して、すでにもう八月になっていた。どこをどうして生きてきたか、記憶を辿るが定かではない。

悪臭を放つ兵の群れが集まってきた。濁流の遙かな対岸で、合図の赤いランプが振られている。我々の乗った土民舟はそこへと目指すが、下流へ下流へと押し流れてゆく。あのガダルカナルのように、ここでも船舶工兵の活躍があった。ついに私達が渡りきると舟は再び彼岸に向け、一人でも多く、早くビルマへ帰そうと濁流を越えてゆく。

ああ、助かった。私はほっとした喜びと脱力感、形容されない安堵感に包まれていた。

そこからどこをどれくらい歩いたのか覚えていない。いつしか雨季は過ぎ、私達は湿原を随分とさまよった。あちらこちらに夥しい数の骸も目にした。小さな部落から部落へと伝い退き、少しの食糧でもと現地住民に求めるが、ビルマ人は飛行機を恐れジャングルに逃げてしまっていた。鶏も豚も牛もすべて連れて逃げており、部落内には食糧は何一つなかった。私はまだ青い小さなパパイヤの実を落として齧《かじ》った。

栄養失調が兵を次々と斃していった。ビタミンもタンパク質もとれず、脚気《かっけ》患者が出てきた。日向《ひなた》に脚を出して指先で押してみる。大きくくぼんだ跡が元に戻らない。ふくらはぎの皮膚が青白く腫れて出る。

「歩行出来ない者は後から来い」

この命令に、果たして後から追及して来れた兵がいただろうか。隊は一人の兵を救う余力もなくなっていた。二百名近くいた中隊員は確か三十名そこそこにまで減っていた。

私の上司である功績係の准尉がいた。非常に部下の扱いが荒く、特に食い物に恨めしい人物である。当番兵は黙々とこの惨状の中で料理を作って運んでいた。我々古参兵の仲間内では、もし命あって日本に帰ったら、この准尉を皆の前に引っ張り出して仇を討とうと話し合っていた。

このわがまま勝手な准尉に耐えかねたT軍曹は、ある日、口論の末、准尉に小銃の筒先を向けたことがあった。野戦の言葉の中に「弾は前からばかり飛んで来ないぞ」というせりふもあった。戦場の片隅の事件である。

鶴の肉

今日も大休止を利用して戦友と隣部落へ徴発に出かける。焼け残った家屋の庭に豚のはらわたが散らばって臭い。先に通過した兵達が調理したのだろう。

同伴の戦友が「まだ食えるところがある」と言って腸をたぐり、肛門部から丸い塊をえぐり出した。豚の糞袋だという。彼は巧みにそれを調理し、バナナの葉に包んで隊へ持ち帰った。久しぶりに鍋に油の浮いた汁を飲んだ。

敵機を警戒してばらばらの体形で東方へ歩いてゆく。もうすでに太陽は夏の光である。ある部落に着き、私は調理名人の彼と再び物資の調達にかかった。食糧あさりである。

一軒の汚い暗い家に侵入したが何もない。部屋の片隅に、煮炊きが出来る火床があるくらいだ。これでよく人間生活の営みが出来るものだと思う。

ふと、小さな壺が窓に吊るしてあるのが眼に留まった。持つと少々重い。そっと壺に指を入れてみた。ドロリとした感触。甘酸っぱい匂いがする。私は恐る恐る、指先に垂れる黒い液を舐めてみた。甘い！　黒砂糖の原液だ。強烈な甘さであった。忘れかけていた甘みが脳を強く刺激し、喝を与えてくれる。隊の全員に砂糖湯でも飲ませよう。みんなの喜ぶ顔が浮かぶ。

さがってゆくにつれて現地住民の姿も見受けるようになってきた。私は得意のビルマ語で物を求める。彼らはよく私に「マスターは日本人か？」と尋ねたものである。私が「あいのこ」だと言うと、彼らはそれを信じてよく物をくれた。母がビルマ人という言葉が、彼らを同情に引き込んだのだろう。煙草も飯も持ってきてくれた。唐きびの葉で巻いた現地煙草は、吸うと粗い葉っぱや木屑が落ちて熱い。懐かしいビルマの思い出である。

毎日の行軍が続く。あの軍靴の凛々しい足音もない。軍歌もない。惰性が脚を運んでいた。

歩くうちにいつしか大河畔に出ていた。私と戦友との食糧あさりはまだ続く。米もわずかながら手に入るようになってきた。

川沿いの集落から他の集落へ買い出しに行く途中の出来事である。蒼空が太陽とともにある暑い日であった。原野の空を二羽の大きな鶴が舞っていた。しとめようと銃に弾を込める。鶴が低く降りてきたところを一発放つと、一羽が小さく円を描きながら落ちてきた。命中だ。私は落下地点に飛ぶように走った。まだ死んではおらず、片方の羽根をだらりとさせている。私は棒切れで、鶴の長い首を叩き折った。

ふと上空をもう一羽が舞っている。いつまでも去ろうとしない。

あっ、そうだった！　昔から鶴は番《つが》いで生活をすると母から聞いていた。可哀想なことをした。鶴の鳴き声が哀れを誘う。私はまた銃を放って、その一羽もしとめた。

鶴の肉は大鍋に山盛りとなり、戦友達は油の多く浮かんだ鶴汁を美味しい美味しいと食った。私は鶴の番《つが》いの光景が重苦しく甦って、己の残忍さを悔いていた。この場面は今なお思い出すことがある。

灼熱の太陽が真上からじりじりと背を焦がす。雨との闘いから日輪との闘いに変わっていた。大地のすべてが焼きつき、沼であった地層もカラカラとなり、固い土となった。水牛の群れが水を求め移動してゆくのが見える。

各中隊とも兵員が減少し、重火器もないに等しかった。締まりのない一団は勝手に銃を逆さに背負い、目標も分からぬまま歩いてゆく。確か南東に向かっているはずと私は見ていた。

「飛行機」

兵の声で荒野のボサ草の中に身を隠す。よたつく兵を見て敵機も笑っていたのではなかろうか。

重い小銃が肩骨を突いて痛い。コヒマ戦で何発の弾を撃っただろう。私の腰に未だ四、五十発の小銃弾がぶら下がっている。たいした重量でもないのに、痩せた腰骨まで食い込んでくる。

すべてのものが停止しているような原野の大地を、一歩一歩と脚が痛々しく運んでいる。この日も暑い朝から、生気のない行進が始まった。誰一人、会話する者もない。日射病にかからぬように、草を切り帽子に刺して行軍。小休止ではそれぞれが日陰を求めて、どさりと大地へ倒れ込む。

五〇メートル先の丘の大木に禿鷹《はげたか》の一群が集まり、地上へ空へと上下を繰り返す。憎々しいグロテスクな顔が見える。私はいろいろな物を食ったが、この代物だけは食ったことがない。聞く話では臭くて固くて、とても食えないという。全く不気味な鳥だ。

禿鷹の動きが激しくなったのを見て、私は大木に近づいてみた。子羊くらいの大きさの禿鷹が二十羽以上、グウグウと喉を鳴らして何かをしきりと突き食っている。黒い二本の脚が見えた。水牛の子だろう。哀れ腹部を食い破られ、臓物が引き出されている。貪欲極まりない禿鷹は食っても食っても止めない。私は石を投げつけた。一つ当たったが相手はけろりとしている。この原野に行き倒れとなった兵もこのような無残な姿に成り果てていないかと、無量の情が湧いてきた。

毎日よく歩いた。吹き出る汗を拭くタオルもない。全身汗、汗……。帯剣の皮帯にまで汗が染み通っていた。冷たい水が一口飲みたい。住民が木の枝に下げている瓶《かめ》の水を失敬してよく飲んだ。瓶の水は風通しのよい木陰で冷えている。飲むとたちまち汗となって身体を伝い流れてきた。

日射病で倒れる兵も出てくる。現地人はこの暑さを避けて休憩して眠っているのを村でよく見かけた。村を通ると子供達が兵士を珍しげに見送る。彼らは嬉しそうに「マスター、マスター」と我々に手を振った。

敵情偵察命令

敵の執拗な追撃はなお続いていた。我々がさがる後方の北部地帯には、敵グライダー部隊二万の兵が、北ビルマで闘う菊兵団、竜兵団の後方を遮断していた。合わせてインド領から押し寄せる敵が我々に肉迫しつつある。日本軍は重大決戦場として自然の大河を砦とし、敵と対峙していった。

やっと軍服と軍靴の支給にありつく。古い軍服は辛酸の血を吸い、闘う兵士の紋章でもあった。軍衣を受領する時、おやと思った。軍衣は木綿糸を編んだような目の粗い布地になり、軍靴は牛皮から鯨皮に変わっている。祖国の物資窮乏の様が分かるようだ。経済の行き詰まりつつある祖国をかいま見て、私の胸は疼《うず》いた。勝たねばならない。この粗目の軍服に自信をもって……。

新しい服を着用して歩くと、住民が珍しげに見ている。蚊帳でも着ていると思ったであろうか。ところが夜になると、この軍服の上から蚊が血を吸う。蚊の吸血針が出入り出来るくらいの目の粗さだった。

昭和十九年の秋も終わる頃であったか、我々はシエボまでさがった。ここで再び、あのガダルカナル戦の残務整理と同様の戦死・病死の名簿作りを命ぜられた。あの時と同じように、懐かしい戦友達の姿がつい筆を止めさせた。

コヒマ作戦で壊滅的になった我が部隊に、再び内地から補充要員が到着し、再び中隊の体制づくりに入ることが出来た。一方、その頃、イラワジ大河の彼岸にはすでに英印軍数万が到着しつつあった。

昭和二十年初め、我が軍はビルマ戦線全域にわたり終焉寸前の弱勢で喘いでいた。北方雲南方面からは米中国軍の追撃を受け、全滅した部隊も幾多あった。西方インド方面からは、インパールに勝利した数十万の英印軍の機甲部隊の追撃があり、敵はビルマ領土内の日本軍すべてを南端に追い込み、一挙に殲滅に陥れようとしていた。

我が軍のビルマ派遣総司令部はイラワジ河下流に位置する首都ラングーンにあった。この地の占領を許せば軍は壊滅に陥る。敵軍は日を追うにしたがってラングーン陥落に向けて全勢力を傾けてきた。

敵の南進を阻止するために、ビルマを南北に分ける河幅約二キロのイラワジ大河が、天然の要害として我が軍最後の砦となった。

各方面の戦闘で生き残った兵員二万足らずで、南岸およそ一〇〇キロにわたって防備するのであるから、いかに劣勢の布陣であったかがうかがえる。敵の最新兵器に対し、我らの武器といえば三八式単発発射の小銃と、敵戦車の装甲すら貫くことのない小火砲が数門という防備であった。

「イラワジで宿敵を叩こう」

「アラカンの仇を討とう」

昭和二十年の一月末、私達中隊はカゾン集落西北の位置にイラワジ河を挟んで対峙した。ビルマは乾季に入り、大地は赤い砂塵を風に散らせていた。

新任の中隊長が私を呼んだ。命令は前方の敵状況の偵察である。隊長は自らの腰の拳銃「コルト」を私に渡し、「現地人一人を連れて向こう岸に渡ってくれ」と言う。

私は部落に向かい、村長に青年一人の借用を申し出た。合わせて現地住民の服装も一着借用。汚れた肩下げの袋の底に「コルト」を潜め、頭を布で巻き、急拵《きゅうごしら》えの現地人が出来た。重い重い任務である。失敗は許されない。私は自分のやるべきことを頭で何度も反芻《はんすう》し、己を鼓舞した。

出発の夕暮れの中、私は部落はずれから中隊の位置を確認し、その方向に別れの目礼をした。今から行く前方には友軍はいない。状況から察して敵が近接していることは確かであった。袋の中の拳銃は、あるいは私の自決用となるかも分からない。すでに身体の全神経が張りつめ、力が漲《みなぎ》っていた。

熱い砂埃の原野の径を、青年と歩いて河に近づく。あくまでも現地住民の所作を真似、眼だけは彼岸を見つめていた。青年は魚とりの竹網を肩にのせ、案外と落ち着いている。戦場を知らぬゆえであろうか。この青年も私とともに死ぬかも分からない。最悪の状態が来ても、青年だけは逃がさねばならないと強く思う。

私は夜を待った。目指す対岸は遙かであり、中程に大きい洲が水流を二分しているようだ。赤い夕陽が沈んで夕霧を呼んできた。淡い月光が波に切られ散っている。

「トアメ（行こう）」

青年を誘い、砂地に置いていた古い小舟を押し出して波に乗せる。青年の繰る竹竿で着いた中洲は恐ろしいまでの静寂である。対岸にはチラチラと灯芯ランプの灯が部落の位置を示している。忘れることの出来ないニャンウンギン集落の灯であった。青年は時折この集落に来ているという。中洲から見る対岸には敵の気配はないようだった。私達は芦原の中に座り込み、夜明けを待つことにした。もう私の腹は決まっている。肝が据わったせいか少し眠くなってきた。

突然、芦原の近くでカサカサと音がした。私は拳銃の安全装置を外す。掌がべったりと汗ばんできた。

青年も耳をそばだてていたが、「心配ない、心配ない」と立ち上がり、三〇センチ程のセンザンコウを捕らえて笑う。センザンコウとはこの辺りに住む動物で、哺乳類で唯一ウロコを持つ珍獣という。敵から身を守るため団子虫のように背中を丸める。この時も彼に尻尾をつかまれて丸くなっていた。

次第に朝焼けに包まれてゆく。河上から小舟が洲に近づいてきた。敵か。私は再び拳銃を握る。舟の上で何やら話し合っている。現地語だ。私は舟に声をかけた。

「ニカウネラー（元気ですか）」

彼らは「カウネカウネ」と返事した。私は持っていた現地煙草を二、三人に分けてやる。何も知らぬ彼らは大きな声で青年と話し続けている。それとなく対岸の状況を聞いてみると、彼らは私に、

「対岸に行くな。イングリーが時々部落に来ている」

と言う。奥のほうには英兵、インド兵、グルカ兵が多数いて、戦車も大砲も多数だという。「早く帰ったほうがよい」と教えてくれた。嘘をついているとは思えなかった。

これでよい、自分には敵の姿を見てもどうすることも出来ない。任務は終わった。早く隊に知らせたい。青年に戻ることを告げて小舟を用意させ、私は拳銃に安全装置をかけた。部落まで青年を送り、村長に厚く礼を述べ、持っていた軍票を全部青年の手に握らせた。

私はビルマ服のまま隊に帰着。隊長は私の報告を受けると、すぐに伝令を走らせた。私は戦友の茹でた馬鈴薯を食うと、林の中でぐったりと眠り込んだ。

斬り込み隊

歯が欠けたような隊に内地からの補充員が到着した。何度目の補充であろうか。若い兵士、年配の兵士が

雑居の隊となる。到着と同時に、イラワジ大河を挟んで英印軍との対決となる。一か八かの体当たりであった。

夜明けとともに敵観測機が頭上を舞う。機はふわりふわりと浮き止まり、我が陣地に人影を発見次第、後方の砲陣地へ所在を報告。たちまち百雷の砲弾が飛来してくる。コヒマ戦線と全く同じだ。

先制の斬り込み命令が中隊に来た。それは生涯を通して私の最大の戦闘であり、誇りともなっていた。私はこの戦闘で両脚を負傷するのだが、負傷場所の記録は「ビルマ国サゲイン県ニヨンメンリー村」となっている。しかし、後に二度の訪緬で現地の人に尋ねても、誰もその村落の名を知らぬという。

昭和二十年二月九日夜半、中隊はいよいよ行動を開始。工兵隊の操作する手漕ぎの折りたたみ舟艇に乗り込み、敵の位置する対岸へと向かった。

乾季の大河は中洲をつくっている。我々は闇夜の洲で夜襲斬り込みのための準備をする。剣、銃、水筒、鉄帽に防音のための草を巻く。私は地下足袋にも滑り止めの草を縛りつけた。もし今、敵に察知されたら、身を守る方法などない中洲の上である。ひとたまりもなく餌食となるであろう。私は北の祖国に向かい瞑目した。何を祈るでない。心の動きを消すものであった。

準備完了。再び舟に乗る。舟を繰る工兵の低い声が風に乗ってくる。不気味なほどに静寂に包まれた岸に到着した。暗い径で兵と兵とがぶつかり合い、カチカチと金属の擦れる音がする。シーッと制しながら、三〇～四〇メートルの砂堤を一列に登ってゆく。

背丈以上の草むらが続き見通しが悪い中に、細い径が一本あった。おそらく部落から部落への踏み分け道であろう。斬り込み隊はそこを縦一列になってニヨンメンリー集落を目指す。

集落には家が二、三十軒はあった。死んだように冷たい空気が漂う。私は全神経をフル回転させた。生か、死か。緊張が五体を震えさせる。

部落まであと一〇〇メートル程であろうか。あの中に敵がいるのだ。叩き潰す好機だ。決して敵にイラワジ大河を渡らせてはならない。ここでの阻止にビルマ全日本軍の死活がかかっている。私は天命を得たとばかりの崇高な思いで、もう我が身の生死など気にならなかった。

ふと草むらを通して、うっすらとした灯を見つけた。敵か。

「俺はこっちを見てくる」と兵に伝え、私は隊を離れて別行動に出た。正しく灯火の光だ。小銃の安全装置を外し、腰だめの姿勢をとる。まず一発をぶっ放して突っ込んでやろう。状況次第では手榴弾を投げ込もうと、自分なりの作戦を練った。

灯の場所を発見した。まだ気づかれていないらしく敵は静かだ。息をひそめ二分、三分とおののきながら時を待つ。しかし、全く物の動く気配がない。また近づくと、そこは荒れ果てた掘っ建て小屋であった。人がいる。人間の匂いがする。私は銃を握りしめて小屋に飛び込んだ。揺れる灯影に人影が二つ見える。私の不意の乱入に驚く様子もなく、二人とも全く微動だにせずうずくまり、土人形のように冷ややかに黙り込んでいる。撃つか……。私の命令機能が躊躇《ちゆうちよ》した。

二人は立棺の死者のように寡黙で動きがない。時々肩で呼吸している。私は現地語で尋ねてみた。

「イングリーはどこだ」

返事はない。再び烈しく詰問すると、男が何やらつぶやいている。私はその男の手首をつかみ、英国兵のいる場所を教えろと引っ張り立てた。手首には汚い布が巻いてあった。頭からすっぽり毛布をかぶっているため顔は見えないが、現地人に間違いない。「急げ」とまた引き立てた。

無言の男はよろけるように立ち上がり、細い径に出た。病人なのだろう、歩くのがやっとのようだ。焦る私は「イングリーはどこだ。いるか?」と迫った。

「いる」

初めて男が言葉を出した。

「どこだ!」

「寺にたくさんイングリーがいる」

私は真実を確かめるように、男の覆っている毛布をめくり取った。そこには初めて見る形相の顔があった。顔の中心にあるべき鼻が崩れ、片眼がつぶれ、腐敗した肉が悪臭を放っている。悪寒が私の身体を走った。レプラ(癩《らい》病)であった。彼らはこのため村を追われ、この小屋でひっそり暮らしているのだ。私が強く握った手首の布は、溶けてゆく肉の痛みに耐えるものであったのだ。ああ、すまないことをした。私は心で詫び、中隊に戻った。

中隊は部落手前で停止している。このまま部落に入るとあの重火器で反撃を受けてしまう。

「敵の位置は寺です」

私はこう隊長に報告すると、「自分がやります」と、手榴弾を握り、部落中央の寺へ兵二名と向かった。

十六夜の月が寺の広い庭に青白い光を投げている。椰子の樹の葉影が幾重にも重なり合い、静かに触れ合っていた。私は敵の小さな音も聞き逃すまいと、樹を楯に耳目を凝らした。

何一つ音がしない。高床造りの寺の二階の窓が開け放たれている。手榴弾を腰から二発抜いた。窓まで二〇メートル。私の手榴弾投擲の腕前は中隊一である。内地時代は投手として活躍したこともあった。

部落はずれの方向から自動車のエンジン音が微かに聞こえる。手榴弾の安全栓を抜き、二発とも発火させ、寺の窓に投げ込む。続けて四、五個投げ入れた。寺の中で轟音が起こり、窓板も吹き飛んだ。私達はその場にしっかりと伏せ、敵の反応を待った。

しかし、寺の中は再び静けさを取り戻す。他の二名に突っ込もうと合図して、寺の階段を一気に駆け上がった。追う恐怖も何もない。相手を刺すだけだ。伏せて周囲を凝視するが、人影はない。傷ついた英国兵の呻き声もない。また小さく車のエンジン音が聞こえた。

暗い部屋に眼が慣れてくると、紙屑らしい物が散乱している。板張りの部屋は四、五十坪もあろうか。銃の引き金に指を当てたまま点検して回ると、一カ所に紙屑が高く盛り上がっていた。

敵が伏せているのか！　銃剣で突くと何か手応えがあった。紙屑の底に四角い革鞄と、透明な板に挟んだ地図のような紙片が見つかった。確かに敵が今の今までここにいたのだ。あのエンジン音は車で逃げる音だったのだ。

寺への攻撃がもう少し早かったら、私の放った手榴弾は多くの敵を撃斃し、多数の捕虜を捕らえたであろう。悔しさに奥歯をしかと噛みしめた。私は何か役立つだろうと鞄と地図を持ち帰り、隊長に渡した。後、それが敵のイラワジ大河の渡河要図であったことを聞いた。師団長からの賞詞の対象となったとも……。

ダダダダダ……！　夜が明けた砂堤の方向で、我が軍の機関銃射撃が始まった。私達は急ぎ応戦に走る。砂堤上一〇〇メートル程の所に英兵、グルカ兵、インド兵から成る七、八十名の群れが高姿勢でのろりのろりと迫ってきていた。なるべく近くまで引きつけ、適確な命中を狙う。

「よーし、撃て！」

私は付近に散らばっていた兵達に合図した。三八式の銃身も裂けんばかりに撃ちまくった。大声でわめき騒ぐ敵兵の声が耳朶《じだ》に伝わってくる。敵は必死にもがきながら砂の上を後退していった。

突如、今まで静かだった集落内部からチェコ機関銃音が響いてきた。敵はまだ部落内に留まっていたのか。今度は反対方向の敵との応戦だ。隊長がどこにいるのかさえ分からない。隊の掌握が重要な時に、無性に腹立ちを覚えた。

「俺に付いて来い」
二、三名の新兵に合図して敵機関銃音の方向に走った。足下に散弾が土をはねて飛んでくる。「近い！」。私の戦場経験が指令する。
まだ残敵の多くが部落内にいるようだ。私は銃を引提げ、元の指揮班の位置に戻った。こうなったら単発小銃戦では駄目だ、手榴弾戦だ。手榴弾十発近くを雑嚢に投げ込み、残してきた新兵の位置に飛んでいった。まだ戦場を知らぬ、まして目前の烈しい射撃に、兵達は物陰に縮みこんでいた。

「何をしとるか！　出て来い」

気合いが効いたのか肚を据えたようだ。

「あの椰子の根元を撃て。機銃の位置だ」

敵の姿こそ見えないが、発射源は分かった。我が隊を三方包囲の陣形で撃ち込んできていた。

落ち着け、落ち着け……。私は自分に命令していた。最も熾烈な火を噴く銃座を発見した。「くそっ、あれか」。

私の近くで敵手榴弾が炸裂し、兵が一人斃れた。続いて手榴弾が空を切って飛んで来る。丸い弾が地面を転がるたびに、地面にぺたりとへばりついて逃れた。

前方五〇メートルの敵陣に対し、私は続けざまに五、六発を投げ込んだ。一時制圧したがまた機銃を撃ってくる。手許に二発残る手榴弾を両手に落ち、敵陣に迫っていった。

インド兵の姿がちらっと見える。そこへ向けて一発を投げ込む。大声が聞こえた。敵も私に向けて撃ってくる。敵の手榴弾が足下に止まる。

私はもう鬼になっていた。爆発までに時間差がある敵手榴弾は、落下弾を拾って投げ返す時間がある。敵の弾を拾っては投げ返し、拾っては投げ返しと繰り返した。

ふと周囲を見回すと誰も付いて来ていない。指揮班まで一〇〇メートルくらいを飛ぶように戻り、手榴弾を補充してまた元の攻撃に入った。その間、何も考えない。死への恐れも頭にない。故郷も肉親もない一匹の猛々《たけだけ》しい夜叉《やしゃ》となっていた。

敵はだらだら坂の上の壕から攻撃してきている。「畜生、あそこか、よーし!」。一瞬ではあったが、「俺はここで死ぬんだなあ」という思いがよぎった。足下を手榴弾が転げてゆく。私を援護射撃してくれる兵もない。ついに己一人の闘いとなってしまった。

一時的だが敵の攻撃が止まった。周囲は土煙と硝煙で視界が混濁する。

あと一息で敵を掃討出来る。私は伏せの姿勢からまた立ち上がり、壕に迫っていった。未だ援護射撃はない。中隊はどうしているのか。

その時、後方で指揮班長木村軍曹の怒声が聞こえた。

「誰かいないのか、誰か出て来い！」

硝煙を突き破る大声に、二人の兵が飛んで出て来た。

敵の丸い手榴弾がころころと転がり炸裂する。「危ない！」と誰かが叫んでいる。

私の投げた手榴弾で六、七名の敵が壕から這い出し逃げてゆく。後方でようやく中隊の軽機が火を噴いてきた。「馬鹿が今頃になって」と腹が立つ。

今度は次の陣地攻撃だ。確か前方に二つくらい、離ればなれの銃座があった。この時私は、死こそ本懐とばかりに血をたぎらせていた。恐れを知らず、身体は時機を得て躍動していた。

敵も執拗に抵抗を続けてくる。敵前三〇メートルか。私はだらだら坂を走り飛び、手榴弾を投げた。

瞬間、私の身体は宙に舞い、烈しく大地に叩き付けられた。

「お母さん、さようなら」

魂が叫んだ。俺も終わったかと直感しながら、こう母に別れを告げたことだけははっきりと覚えている。

過去の戦歴の中で幾度か、兵が最後に「お母さん」「母ちゃん」などと言い残すのを耳にしたことがある。それほどに母の存在は大きい。

私は両大腿部に機銃弾を三発食らった。不覚にも前方銃座ばかりを狙い、前進する真横に敵銃座があることに気が付いていなかったのだ。感覚が麻痺したのか、痛さは感じない。

横たわる身体のすぐ傍に、チェコ機銃弾が土煙を上げて襲いかかる。私一人を殺すために、銃弾が集中して狙いを定めてくる。意識がしっかりした私は、身体ごとだらだら坂を転げ落ちた。

この時初めて「助かりたい」と思った。死角らしいところまで転げて脚を見ると、両脚とも泥沼から出たように血糊と赤土でべったりとしていた。ズボンの中を伝う血の生ぬるい感触に、生きている実感があった。

後方で中隊長の声が聞こえる。近くだ。どうやって立ち上がることが出来たのか今でも不思議だが、私は十数歩、一人で歩いて行き、中隊長に自分の負傷を告げた。その後の記憶は全くない。気付いたときは七、八人いる壕の中であった。衛生兵が破傷風の注射を二本射ってくれて、「大丈夫ですか」と耳元で尋ねたことを薄々ながら覚えている。

敵の歩兵はさがったようだが、今度は敵機が集落をめがけて襲いかかり、合わせて砲撃も集中させてきた。敵ながら適格な戦法である。敵機急降下のキーンという高い金属音が耳を突く。

ズズズドドーン！　繰り返し繰り返しの爆撃。炸裂と同時に壕が壊れ、土砂が振りかかる。

そのうち機関銃音がまばらになり、敵機の爆撃も止んだ。どのくらいの時間だろうか、私はまた眠ったらしい。ふと気が付くと、身体が揺れている。担架の上であった。またガダルカナルの戦場が甦る。あの日も戦友に担がれ、ジャングルの中を通過した。再び脚の負傷である。運命のいたずらというものか。

暗闇の中を引き上げる我が隊を、砂堤で工兵隊が待っていてくれた。黒く光るイラワジの流れが、傷ついた私を大きく包んでくれる気がした。静かな夜が人間を自然界に呼び戻す。私は私なりに精一杯の力を出した。残念だが、両脚をやられてはもう闘えない。私の闘いは終わったのだ。

少数の兵による挺身斬り込み隊の活躍は、時の上聞にも達したと聞く。しかし私は、あの名さえ分からない集落の土に斃れた兵士の最後の叫びが忘れられない。

第四章　赤い径

二人の戦友

平成七年冬、二年ぶりになるだろうか、長崎を訪れることができた。手早く所用を済ませ、この地に眠る戦友の墓へ向かった。

道順をすっかり忘れており、タクシーに墓所名を言って案内を乞うた。市内から茂木港へ通じる南への道を五キロも行くと、田上という地がある。小高い山峡の道を奥へ走ると閑静な村に出る。ああ、確か以前通ったと思い出した。

心の中で「すまん」と無沙汰を詫びながら墓所へ。長崎は平地が少ない。市営墓地が山の傾斜を利用して尾根から頂きまでぎっしりと立ち並んでいる。以前にも詣でたことがあったので、墓の位置は分かっている。前回、私の家に咲いたコスモスの種を蒔いていたのが咲いたのだろう、冬陽の中に枯れて立っていた。「おい、来たよ」と声をかけ、煙草に火を付けて供えた。遙かな海を渡ってくる風が冷たい日であった。

私の人生の中で大切な友の一人であった。悲しいかな平成三年、七十四歳で他界した。彼を山辺君という。

私より確か一つ年嵩《としかさ》であった。

そして、もう一名、楠君という戦友が東京練馬にいたが、平成十年、やはりに病に斃《たお》れた。

この両名は、私が自分史を綴るとすれば、そのの中にぜひ織り込まねばならない人物である。命とは儚《はかな》い。戦中、戦後と、健在を知らせ合っていたのに、冥福を祈るのみである。何かの拍子にひょいと二人の顔が現れてくることもあるが、それは戦場を駆け回っていた彼らの若い顔である。二十歳代から戦場を経て、交情は両君の命の終焉まで五十年は続いた。

山辺とは出身地も違い、もともと部隊も違っていた。彼は、昭和十九年初めインパール作戦行動開始寸前、兵員補充のため他部隊から支援に来た兵士であった。九州出身同士であったが全く面識はなかった。長崎県島原の農村出身で、見るからに朴訥《ぼくとつ》とした人柄が表面に現れ、好感を抱かせる若者であった。

昭和十九年当時、ビルマ方面も戦況はすでに我が軍に翳りを見せていた。ある陣地で、敵が多数の遺体を捨てて敗走し、味方も多く斃れ、その収容に当たっていた時、彼は誰に言うでもなく投げ出すように呟いた。

「おいは、いつ死んでもよかー。不孝ばかりしてきたけん、親も泣かん。百姓する兄弟は多くおらすけん……」

言葉の裏側はよく理解出来なかったが、彼の悲しい一面を見たようで、ずっと覚えている。

彼は素地そのままに生涯を終えたが、命ある間、常に言っていたことがある。それは彼が戦場で負傷した脚のことであり、「おいの脚がこうでなかったら」と、よく口にしていた。

山辺と私、そして楠も、昭和二十年二月八日夜半、いよいよ決行されたイラワジ決戦で負傷した。私は両脚大腿部を、山辺は砲弾破片を左膝関節に受けたのであった。山辺との別離はこの灼けつく堤防上であった。

彼はこの負傷のため一生を障害者として送ることになった。

いつ頃制定されたのか、国には戦傷病者に対する恩給施行援護法があった。彼は命を得て復員帰郷したものの、家業である農作業には付けず、家督を弟に譲って自身は長崎郊外の島で炭坑坑外作業職に就き、国の規定にある恩給申請手続きをした。

しかし、裁定の結果、最低ランクの通達であった。意外な結果に彼は再度申請の手続きをとったが、回答は同じであった。悲憤した彼は左足を引き摺り上京し、恩給局へ出頭した。彼の素朴な性格からして、おそらく正面から話を突っ込んでいったのだろう。担当者は「一度決定されたことである。今さら変更は難しい」と冷たい回答であった。

彼の怒りは爆発した。

「そうか、分かった。もう再申請もしない。この最低の恩給証書も返す。おいのこの脚を見てくれ」

と、関節が砕けた傷痕を係官に見せ、

「おいは何も好んで戦争に行ったのではない。命を捨てて国のために働いたんだ。おいの書類を見て診査した者に会いたい。この脚を見た上のことか。この傷のため、おいの一生は哀れなものになってしまった。もう何も要求はしない……、おいの元の脚を返してくれ……」

と大声で迫ったという。

私も恩給裁定についてはやはり惨めな思いを味わい、審査が十分に行なわれていたのかと少々疑念も持っている。山辺の負傷は私から見ても相当の重傷で、認定ランクも上位に認められるべきだと思っていた。彼を怒りの頂点まで追い込んだのは果たして誰の責任であろうか。

私も山辺と同様、国立病院へ恩給診断に行った。昭和二十一年の冬である。暗い待合室で長い時間待たされた。私は配給物資でもらった見るからに粗末な外套をまとっていた。担当官は私をじろりと見て、「何だ、そんな服装で」と言わぬばかりの表情で、脚の傷を見て書類に記入していた。結果、恩給局からの回答は該当資格なしという通達であった。

ああ、山辺が言ったように、私らは何のために命を賭して国に尽くしてきたのだろう。私はあきらめに似た思いで再申請の手続きを見送った。冬場は傷の痛みに打つ手もなく、難渋した日を送っていた。その後、帰還傷痍者らの支援を得て再び申請手続きをした。

受診のたびに病院が変わっていた。このたびは福岡市日赤病院で受診せよとの通知であった。初回診断から確か十年を経過していた。私はまた侮辱され冷ややかな目で見られるのを覚悟して病院を訪ねた。担当医は私の全身を詳細に診察し、「これはよくない。足先への血流が滞っている。このままにしておくと将来、足を切断することになる。今のうちに血流をよくする手術をしなさい」と親切に指導してくれた。

そのため腹部切開神経手術を国立病院にて受け、交感神経を削除した。血流は少し戻ったが、元来の脚にはほど遠い。それでも私はこの時、人間の持つべき本来の姿を教えられた気がした。恩給局からはその後、最下級の恩給下給の通知を手にした。山辺の言い分がよくよく分かったのも、こうした自分の体験からであった。

戦後、数度ビルマを訪問し、各戦場の跡を訪うた。変わらぬ灼熱の太陽に大地はあくまでも灼けついていた。かつて自分が斬り込んだイラワジ沿いの村落を眼前にし、あの時の映像が脳裏をかすめた。往時と変わらぬ貧村の姿が胸に痛かった。

隊との別れ

青白い三日月の冷たい光がイラワジ大河に流れていた。私の記憶では昭和二十年二月九日の夜半であったと思う。白昼の戦いで両大腿部に三発のチェコ機関銃弾を浴びた私は、這う力さえ失っていた。多量の出血のため一時朦朧《もうろう》となったが、若い生命力は再び私を蘇生させた。被弾箇所があと五センチも上であったら骨盤を砕かれ、私はビルマの土に還っていただろう。

私は揺れ動く担架の上で、静寂な暗い河面の流れを見つめていた。急拵えの担架を隊員が担いでくれている。「なにくそ！」と腹で力むが、三発の弾の痛さは私を唸らせた。弾は二発が貫通、一発が盲貫銃創のようで弾痕が五穴あった。担架が揺れるたびに出血し、生ぬるい血の感触が伝わってくる。

担架でおよそ三十分も運ばれたであろうか。私は茂りの少ない平地の灌木林の中で降ろされた。担いで来てくれた隊員達が、

「隊に帰ります。早く元気になって復帰してください」

と声をかけ、暗い林の中に姿を消していった。この別れが、数年の間、戦野を共に走駆した母隊との永久の別れとなるのである。

ここはどこだろうか。野戦病院でもない。衛生兵の動く影がない。負傷兵が十名くらい、点々と草の上に寝ていた。昨日の斬り込みで負傷した兵士らであろう。

私も雑草の中に寝かせられていた。私の間近に寝ていた一人の兵士が、「痛い、痛い、痛いです」と泣く

ような幽かな声で呻いていた。私は「静かにしろ、みんな殺られているのだ。めそめそ泣くな……」と叱った。

「お前は何隊の者か、どこをやられたのか」

「はい、二中隊です。肺の貫通創です」と言って、また「痛い、痛い」と呻く。

二中隊といえば自分の隊である。聞くところでは彼は斬り込みの三カ月前くらいに内地からビルマへ派遣され、我が隊へ来た新兵であった。まだ小銃も撃ったことさえなかったであろう。哀れだ。

青い顔で呼吸も低い。時々泣くような引きつった声をヒーヒーと出している。泣いているのではない。彼は片肺を撃ち抜かれており、呼吸時の空気の排出音であった。可哀想だがどうすることも出来ない。


疎林の夜が黎明を迎えようとしている。私の喉は渇き、灼けつく痛さである。腰の水筒をたぐり寄せるが銃弾で穴が空き、水は一滴もない。夜露に濡れた草の茎などを折って噛んでいた。

「水があります」

隣でひくひく呻いていた新兵が、そっと水筒を滑らせ渡してくれた。生ぬるい水であったが、ごくりと一口飲んで口をうるおす。

「ありがとう、助かった」

水筒を投げ返した。彼は名を楠という。この水のやりとりが彼との長い人間の絆を作り上げていくきっかけとなる。

林の中が明け、離れたところで人声がする。敵か。動悸が激しく打つ。話し声が近くなってきた。

「だいぶ殺られたなあ……」

戦闘準備をした軍医が衛生兵二、三名を連れて現れた。私の両脚は豚の腹のようにふくれ上がり、ズボンはすでに引き裂かれていた。血が凝固して黒く固まっている。軍医は傷口の穴に、ガーゼをピンセットで思い切り差し込んで動かす。

「痛いだろうが消毒だ、我慢しろ」

痛いどころではない。私は雑草をしっかり握り、歯を噛みしめて耐えた。

左脚は膝関節の後ろの靱帯が半分切断されて引きつり、「く」の字に曲がったままである。いざることも出来ない。軍医の消毒でまた新しい血が流れ出た。弾の入口は親指程だが出口は拳大《こぶし》に開き、真紅のバラのようだ。烈しい弾丸の威力である。

昼過ぎ、煙草が一箱支給された。ああ、今日は二月十一日、紀元節の祝日だった。「興亜」というジャワ煙草で、香りがよい。白い巻煙草を吸うのも数カ月ぶりである。隣の楠にも一箱、衛生兵が一本取り出して火まで付けてくれた。紫煙が流れ、傷の痛みも瞬間忘れていた。楠が激しく咳き込んだ。片肺のガーゼを通してか、煙草の煙が水蒸気のように上がる。肺の傷口からだろうか。私は彼の煙草を取り上げた。

冷たい握り飯を一つずつもらう。乾季のため雨がないのが助かった。

うとうとと朝を迎えると、衛生兵の動きが慌ただしい。何かあるのか。私の直感が胸を揺する。衛生兵に何か食うものはないか尋ねると、圧搾口糧をたくさん持って来てくれた。口いっぱいに頬張り、もぞもぞと食うが、なかなか喉を通らなかった。

夜明けとともに敵機がしきりと上空を旋回し、河岸のほうでは砲弾の炸裂音が激しくなってきた。夕刻になると病院内は明らかにざわつき出した。

食糧をくれた衛生兵が回って来た。彼は私に「敵が近い。早く後方にさがったほうがいい」と小声で伝えてくれた。当時の戦局からして病院側も患者一人ひとりの安全を図る余裕はなかったのだろう。動けない患者はここに置き去りにされるのだろうか。歩行可能な患者が二、三人、林をこっそりと抜け出してゆくのが目に入った。動かない両脚がうらめしい。

林の中にひっそりと静かな夕暮れが訪れる。楠も何か察したのか、不安気に私の顔を見る。このままここにいれば、あの敵戦車の部厚い鋼板に押しつぶされてしまう。助かりたかった。

「おい、お前、立ってみろ。脚はやられてないのだ。皆と一緒にさがれ。歩けるはずだ」

私は上半身をやっと起こして、右手で楠が起き上がるのを支えてやる。

「痛いです、痛いです」

「ここに残ると死んでしまうぞ。敵は必ず渡河してくる。立て！」

楠は膝をついてどうやら腰を伸ばし、立ち上がって二、三歩あるいた。

そこへガタガトガタゴトと音を立てながら、一台の牛車が林の向こうの径にさしかかってきた。現地の住民だ。彼らも危険な日中は避けて夜間に動いている。私が大声で呼び止めると、一人の青年が近づいて来た。私達と同じ年頃に見える。私は事情を説明して、日本マスターのいるところまで運んでくれと懇願した。人のよさそうな青年で話を理解してくれたらしく、私を静かに起こして抱きかかえ、牛車まで運んでくれた。次に楠も連れてきてくれて、二人とも荒板の上に、空を見る姿勢で寝かされた。

薄明かりの月光が牛車径に差している。ビルマ特有の白い牛がものうげに歩いてゆく。凹凸の烈しい道を、鉄轍《わだち》の牛車がガタゴトと行く。くぼみに落ち、石に乗り上げ、烈しい衝撃となる。私は歯を食いしばって傷の痛みを耐えるが、生々しい傷口は裂けた肉と肉が擦り合い、激痛を伴う。あまりの痛さに耐えかねて何度か車を止めてもらった。

青年によると、大河沿いに東へ四〇キロ行けば、この国の第二の都市マンダレーがあり、そこへ送るという。友軍はどこにいるのか。別れた中隊は今どうしているだろう。林に残された負傷兵はどうなっただろう。揺れる牛車の上で、不安ばかりが頭を巡る。

「おい、後方に牛車が続いているか……」

楠は中腰まで起き上がり、砂塵の舞い立つ後方をしばらく透かして見ていたが、「何も見えません」と言う。

途中、青年が牛車を止め、「もうすぐ夜が明けるから、あの村で夜まで待つ」と言う。彼は細い径を通って村に入ると、大樹の下に牛車を隠し、牛を放った。敵機の目から逃れるためであろう。村人はすでに避難して誰もいなかった。

青年は堅い飯と水を持って来て、「食べろ」と分けてくれる。ああ、なんという心の持ち主であろう。この傷ついた哀れな日本兵を運んで、危険こそあれ何の報酬があるというのか。まして彼らの住む村が戦火に荒らされているというのに、その張本人である私達にこのように救いの手を伸べてくれる。

仏教信仰にすべてを捧げているビルマの人々に、私達兵士は随分と助けられた。彼らの信仰は生あるものに対する観念が私達と全く違っている。小さな虫でさえ殺生は一切しないという戒律の中にあって、その優しさは原点から違っていた。

昼間は偵察機が何度か村の上空を通り過ぎた。逃れることの出来ない牛車の台上で、低空で飛ぶ敵機を見ると、飛行士の白い顔まで見える。

真紅の太陽が原野を赤く染め、西へ傾く頃から再び出発を開始した。牛の遅い歩みが東へ東へと進んでいく。

明け方頃であった。

「マスター、日本マスターがいる！」

青年が大声で知らせてくれた。

「日本マスターか」と問い返す私に、「マスター、日本だ、日本だ」と繰り返して言う。

牛車の進行方向に七、八人の兵が腰を下ろしていた。精気のない、汚れきった兵士達である。私が牛車の上から、近くに野戦病院はないかと尋ねると、「夜まで待て。車が通るはずだ。便乗したほうがよい」と教えてくれ、私達二人を牛車から降ろしてくれた。

私は命の恩人である青年に厚く何度も礼を言い、気をつけて帰るように祈った。最上の礼をしたいが何もない。途中、ポケットに入っていた軍票を渡していたが、それが彼にとって価値があるものであったか分からない。

私達は木陰に寝かせてもらい、夜までここで待つことになった。衛生兵からもらっていた圧搾口糧を食う。

夕暮れが涼気を伴い、大地が少しずつ冷えて来た頃、エンジン音が聞こえてきた。今までどこに潜んでいたのか、負傷兵達がばらばらと集まってきた。車から米袋が投げ下ろされる。

若い将校が何度か交渉していた。重傷者だけでも運んでくれと言っている。七、八名の兵とともに私達もトラックへ押し上げられた。

夜の道をトラックは点灯もせず、遅い速度で走った。どこかで停止すると、鞄を肩から下げた衛生兵達が我々を迎えてくれた。バケツで水を汲んできて飲めと進めてくれる。握り飯もくれた。

ここはどこなのか。近くには池があり、池の横を一直線に道が通り、赤茶けた城壁が長く続いていたのを覚えている。戦後、初めてビルマを訪ねた際、そこが北ビルマの首都マンダレーであったことを確認した。城壁はかつての王宮のもので、池と思っていたのは濠であった。我が命蘇生の地マンダレー、そのようにビルマは懐かしい。

さて、再びトラックへ担ぎ上げられた私は、相変わらず仰臥のまま空を見ていた。全く雨のない二月の空は乾燥しきっている。中空には無数の星が冷たく我々を見つめていた。無蓋のトラック台上から南十字星の星座を捉えることが出来た。この星の下、南の戦場で何年駆け回ってきただろう。ついにやられた。

私の横に寝かされていた楠がそっと起き上がる気配を見せ、もがきながらも台上に正座することが出来た。「よかった。もうすぐ歩けるぞ」と力づけてやる。なんといっても同じ中隊で負傷し、生き残りの身近な二人である。ついに広いビルマで「おい」と呼ぶのは彼だけとなった。

トラックはマンダレー街道の夜道を蛇行しながら南へ下る。タイヤが爆撃跡の穴に落ちるのか、時折強烈な振動となり、飛び上がるような激痛が走る。

夜明け前、本道からはずれて林を抜け、バナナ林の続く中に入って停車した。担ぎ降ろされたものの、ここは病院ではないようだ。それどころか建物すらなく、衛生兵の影もない。ただバナナの生い茂る中に、先に来た負傷患者達がそれぞれ思い思いのところに場所を占めている。単なる患者収容所、いや患者の集まり場所であった。それでも同乗してきた衛生兵らは私達を降ろし終わると、何の指示も残さず引き揚げて行った。

不安に駆られたが、待つしかない。私はマンダレーでもらった握り飯二つを食った。しかし、だいぶ時間がたっても回ってくる者もいない。楠が「どこなのですか、ここは」と聞いてくるが、私にも全く分からない。宿舎もないから野宿であるが、雨がないのが有り難かった。

夕刻近くなっても食糧の支給もなく、もちろん世話してくれる人間もいない。やっと立ち上がることが可能になった楠が、「自分が見てきましょう」と言って、落ちている竹を杖にして出て行った。

すぐ眼前に竹藪《たけやぶ》があった。私もなんとか歩けるようにならないと、いつ敵が来襲してくるか分からない。動かない脚を引き摺り、もがきして竹藪に近づき、松葉杖になりそうな竹をどうにか牛蒡剣で叩き切った。ビルマの竹は肉が厚くて堅い。巻脚絆を取り出して巻き付け、杖を作った。

しばらくして楠が戻った。

「班長、衛生兵も誰もいません。食料をくれるようなところはありませんでした」

やはりここは、すでに使用に耐えなくなった負傷兵らの吹き溜まりに過ぎなかったのである。

傷の出血はどうやら止まったが、左脚は「く」の字に曲がったままだ。杖を使い、負傷して初めて足の裏を大地に付けてみた。右脚で一歩、一歩と歩いてみる。苦しいが、どうにかこれで移動出来そうだ。

この頃、私が思っていたのは、ここが大陸だということだった。ガダルカナルは島であり、海洋に囲まれていた。大陸なら脚が確かであれば生きられる。いつか日本にも帰れるかもしれない。よし、松葉杖で歩く。

私は杖を使って歩くの練習を毎日続けた。

今は傷の手当よりも、食い物探しのほうが差し迫っていた。楠の助けを借りて二人で毎日、筍を掘った。ビルマの筍は相対に堅くて灰汁《あく》が強いが、これで命をつないだ。私は次第に松葉杖での移動も板についてきた。楠は右肺が痛むのか時々胸を押さえていたが、満足に動けない私を気遣ってよく働いてくれた。

二月の終わり頃であったろう。トラックがまた十名ばかりの負傷兵を乗せて到着した。今度は米袋を二つ投げ降ろして引き揚げた。これでも食っておれ……ということか。私と楠は古天幕を持って向かい、飯盒で七、八杯の米を取り、引き摺って塒《ねぐら》に帰った。翌日もその場所に行ったが、すでに米は袋ごと姿を消していた。

塒に戻ろうとする道端で、見知らぬ兵から声をかけられた。

「歩けますね、よいですなー」

長崎なまりのその男は、足の関節を板二枚で覆い、ぐるぐると巻脚絆で巻いていた。私よりなお悪い箇所をやられている。聞けば彼は長崎県島原出身で、菊部隊から応援のため私の部隊に転属し、私達と同じくイラワジで負傷したのだという。名を山辺といった。彼も隊から離れて一人になっていた。私達も二人より三人のほうが心強い。

「俺の場所へ来い。米もある。なんとかなるだろう……」

この「なんとかなるさ」で、私は今も人生を歩き続けている。復員後、この竹藪の多かった村の名を調べてみた。マンダレーから南東へおよそ四〇キロの地点であり、村名はヤカンデーと分かった。一般の地図には記されていない小さな村で、戦後訪緬した際にマンダレーで求めた地図に細く記されていた。

カローへの道

三月に入り、米も残り少なくなっていた。この場所に何日くらいいただろう。毎日が食うための時間で終わっていった。私達の場所から五〇メートルくらい離れたところに、一〇メートル幅の浅い川が流れていた。唯一の飲料水であったが、ついにコレラが発生した。コレラ菌で脱水症状を起こした兵が、空をつかんで死んでゆく。あるいはゲリラの謀略であったかも分からない。現地土民軍にしてみれば、物資豊かで優勢な英印軍に協力したほうが得るところは多い。四面楚歌が迫りつつあった。

バナナ林の中にマンゴーの大木が四、五本あった。まだ青い小さい実を付けている。毒性を持った赤蟻が幹を上下して移動する。石を投げて実を落とそうとするが、当たらない。密生していたバナナも芯を取って食べるため疎林化し、敵機が毎日狙うようになってきた。

ここは危ない。私は楠と山辺を連れて、上流の方向に移動した。

この日は特に敵機が執拗に朝から飛んでいた。何かある。戦場慣れした私の勘は当たっていた。

その後、間もなく地底から唸るような重い轟音が伝わってきた。私と山辺の眼が合う。戦車群だ！　私は急ぎ杖を取って、前方の平原の見える高地点に這い上がった。音は北から伝わってくる。凄まじい砂塵が天空に舞い上がり煙幕のようだ。その距離、約四キロくらいか。

ついに敵戦車が前線メークテーラの我が軍を突破してマンダレー、ラングーン街道を南進している。上空

メークテーラ附近。赤土の原野がどこまでも続くこの地に、敵戦車が出現して日本軍を襲ってきた

を敵機が天を覆い舞っていた。ということは、私達が歩く南への道は完全に敵の手中に陥ったことになる。南へ逃れる道が消えた。私は一瞬、頭の中でビルマ地図を描いていた。

私は杖を小脇に抱え込み、片脚でけんけんして元の場所に飛び帰った。

「早く、さがる準備だ。早く早く！」

楠は状況が分からず、きょとんとしている。私は林のほうに向かって吠えるように「戦車だ！　戦車だ！」と怒鳴った。楠も慌てて天幕に物を投げ込んだ。

歩けない山辺がじっと私の顔を見た。

「よし、来い」

私はすっかり自分の脚の不自由さを忘れ、背を向けた。彼一人を置いては行けない。山辺は這い上がり、私の背に負われかかってきた。

東の方に山が見える。あの山なら戦車も入ってこられない。楠に荷物を持たせ、一歩一歩山裾に近づく。山に入りさえすれば渓谷あり密林あり、三人が隠れる場所は多い。

アラカン山中での記憶が甦る。

山まではまだ遠い。途中、窪地に隠れて敵の戦車群を見た。およそ二、三十台が土煙を巻き上げて南方向へ向かっている。大地に暑い陽が傾く時であった。私は戦車の影が消えるまで、その一点を凝視し続けた。あの数の戦車砲と機関銃が一斉に火を噴いたらどうなるか。熾烈な威力で全てを砕き、消滅させるだろう。たとえ兵の闘魂が抗しても、厚い鋼板を持つキャタピラの下に砕かれてしまうだけだ。

あのイラワジ斬り込みで阿修羅の化身となった私は、負傷後、命を大切にした。兵士としての生命はあの決戦で終わったと思った。兵として為すべきことは尽くした。たとえ隊に戻ったとしても、何の役に立とう。

その夜は岩盤の上に天幕を敷き、横になった。

軍組織から外れ、見放された負傷兵三名の当てもない彷徨《ほうこう》が始まった。私と山辺が杖で歩き、日中はなるべく避けて薄暮が迫る頃から歩き出すため、三、四キロも行くと日が落ちる。村からは近く見えた山も、私達の脚では数日かかり、ようやく山裾に辿り着いた。

手元には地図もなく、磁石もない。日が昇るほうが東だ。頭の中の地図を頼りに南を目指した。天空の南十字星を見つけ、よし、あの方向だなと目印を立てておく。

眠る場所とて特別選ぶ必要はない。米は水が溜まっている場所で洗い、それと水を少し入れた飯盒を二つ、楠がガチャガチャと音を立てて腰に縛り付けて歩いた。山辺を先頭に、そのあと楠、そして私の順番である。関節を砕かれている山辺は一本杖に縋り付いて一歩一歩と歩く。私は二本杖。特に話題もない。ただただ黙々と歩き続けた。

日が落ちると森林の中は暗闇である。大きな葉を持つチーク樹の下で夜露をしのぎ寝る。暑い国といっても山中の夜は火が欲しかった。三人背を寄せて眠るが、夜半になると汚い軍服に巣作りしている虱がむずつく。ろくなものを食っていない浮浪兵の薄い血まで吸いつくそうとしていた。深夜、野獣のものであろう甲高い叫びが林の中を喧噪にした。

夢もよく見た。内地でよく食べたぜんざいの夢が空しかった。若い体が甘みを要求する。様々な夢が続いた……。

私は海洋に浮かぶ孤島にいた。周囲には数カ月も飯をとらない餓死寸前の兵士らが手を差し出し、米をくれと泣きついてくる。キューンと急降下の敵機が私一人を狙って銃撃してくる。やられる！　椰子の木に取り付いて姿を隠すが、敵機は執拗に旋回し、再び私を狙ってくる。不思議だ、どうして目の前に海があるのだろう……。

夢であった。ガダルカナルの惨状はビルマまで追いかけてきていた。

「おい、行くぞ」

まだ眠りたい二人を起こして出発する。

米の残りがわずかとなってきた。楠が心配そうに「米があと少しです」と言う。「その時はその時だ。何か食う物もあるだろう」と言ったものの、少々不安もあった。ガダルカナルの惨劇が去来する。また、あのような悲惨な轍《わだち》を踏むのだろうか。最悪の場合も考えながら、径のない山を松葉杖で登ってゆく。どこかで攻防戦が展開されているのだろう、風に伝わって腹底を揺する重い砲音が聞こえてきた。

先に立って獣道を歩いていた楠が、「班長、大きな道に出ました。舗装道路です」と告げた。

「よし、その道を行くのだ。途中、村もあるだろう」

村があれば米もある。しかし、白昼はこの辺りの上空を敵哨戒機が悠々と旋回していた。

道はアスファルトの簡易舗装であった。高度もある山の中を屈曲して延々と続いている。ふと、遠くにこの道を歩く人影を見た。敵の動きか。

「おい、遠くからでよいから確認してこい」

楠に言うと、少々不安そうに前方へと低姿勢で進んで行き、戻ってきた。

「負傷した日本兵が二人です。武器は何も持っていません」

「今日はここで大休止だ。陽が落ちてから行軍だ」

しばらく偵察していると、現地住民のほか日本兵らしき男達も通行している。足の遅い私達を、将校が引率する少数の兵らが速い速度で追い抜いてゆく。私は後尾の兵に尋ねた。

「この道はどこへ行くのか。お前達はどこへ行くのか」

「カローに行く道だ。俺たちはカローへ行っている」

私達は知らぬ間にシャン高原に足を入れていた。シャン高原は中国雲南省から尾根を南へ引く高原であり、また隣国タイと国境も分ける標高およそ一〇〇〇メートル級の台地である。気候風土も日本に似て桜の花などが咲き、避暑地に利用された地などが各所にあり、ビルマ西南のカローもその一つである。多民族国家のビルマは各民族が盤踞《ばんきょ》して各州を構成しているが、このシャン高原一帯ではシャン族が主民族であった。

それにしても、健康そうな兵士らの一団が一線を離れて南へ敗退の道を辿っているのが私には分からなかった。彼らは精一杯の荷を担いでいたし、服装も整然とした兵士であった。

ともかく、カローへ着けば米もあるだろう。傷の手当も受けることが出来る。私の傷にも薄い肉皮が見え

シャン高原ピンダヤ洞窟寺院の仏像

てきた。イラワジ河での被弾からどれくらい経ったのだろう。山辺の傷は関節が砕かれているので手術を要するが、山の中には入院させるような施設はない。カローには兵站病院があるという。

道中はわりあい平坦な道が、あるいは屈曲し、あるいは直線に延び続く。原住民の影が見かけられるようになり、カローに近くなってきたと感じた。敵機の執拗な動きもまだこの周辺にはなかった。

「もう昼間歩いても大丈夫だ。敵機が飛来した時は、その辺りの林に逃げ込めばよい」

休憩を重ねながら、明るい日中を歩いた。

楠が「班長、あれは桜の花ではありませんか」と指差す。間違いない、桜の花だ。内地の桜より遠目で見ても花色がやや赤い。周囲の松林と対照的な美観である。インパール作戦中もアラカンの山系で見たことがあった。私はアラカンで見た桜をアラカン桜、シャン高原で見た桜をシャン桜と記録し、また、人にもそう話をしている。

原住民と接する機会も増えた。ビルマ語を話せる私に

ビルマの所々に見るパコダ（ピンダヤにて）

興味を寄せてくれて、時に食物を持ってきて私らを慰めてくれた。ビルマとはそういう国である。

足取りの重くなっていた山辺が「もう歩けん、先に行ってくれ」と半泣きの顔で言う。関節あたりが丸く大きく腫れ上がってきている。よく必死でついてきた。彼一人を置き去りにして急ぐなど、とても出来るものではない。どうにか出来ないか。

そこへ一本道を二人の現地の青年が、手製の大きな煙草をくわえながら歩いて来た。シャン族であろう。腰に山刀を下げ、頭には布を巻き付けている。私はビルマ語で声をかけた。

「お元気ですか。食事はすみましたか？」

これがビルマ式の挨拶である。彼らは私の挨拶に気を許し、にここと笑って近づいてきた。私は山辺が座り込んでいる姿を説明し、「カローはまだ遠いか？」と尋ねた。

「ニベ（近い）」

「カローに病院があるか？」

「大きな兵隊の病院がある」

「ありがとう、ありがとう」

私はこう言いながら、心の中で掌を合わせた。すると青年は、

「マスター、ちょっと待て」

と言い、何やら二人で話し合っている。そして、「可哀想だ。イングリーは悪い。いま牛車を持ってきて病院まで送ってやる」と言うと、一人が来た道を戻って行った。

白い牛の二頭立ての牛車が見え、先ほどの青年が牛に鞭を当てて急いで戻ってくる。仏に帰依する住民の

優しさ……。私の胸には熱いものが込み上げてきた。牛車の台上に山辺と私が乗り、楠は「私は大丈夫です。歩きます」と、後方に付いて歩いた。

やがて馭者の青年が、「兵站病院はあれだ」と指差して教えてくれた。小高い草原の丘に茶褐色煉瓦の二階建築が見える。緑の草原と対照的で、その美しさは今も記憶に残る。旧英国の統治地代、この建造物は女学校であったともいう。牛車は草原を踏み分けて到着。私達は心からの礼を述べて青年を見送った。

歩哨に立っている日本兵に「烈部隊百二十四の患者だが治療してもらいたい」と伝えた。歩哨兵が家に向かい大声で怒鳴ると、衛生兵らしき者が出てきて私達を見てすぐ戻り、薬嚢鞄を下げて小走りで来た。まず山辺、そして私の傷部を消毒し、手当てしてくれる。聞けば、この隊は菊部隊の患者輸送隊であった。

「今からどこへ行くのか」と尋ねられ、私は「もう闘いも出来ない。南へさがるだけだ」と答えた。

「あと二人運べるが、誰か一緒に行くか」

楠がすぐ私の顔を見た。そうだ、山辺は菊師団から配属されてきた兵であった。私は山辺に言った。

「あんたの親部隊だ。連れて行ってもらうがよい」

気の毒そうな表情をする山辺を無理に衛生兵に依頼し、二階へと運んだ。

病院内は廊下に至るまで兵士が寝かされ、アメーバ赤痢の患者が動けぬまま排便していた。窮地に落ち込んだ軍の姿が悲惨の極みを語っている。

ここに彼を置き去りにするのは残酷なことかもしれない。しかし、このまま私達と歩いて生き延びる保証はない。しばし山辺の傍で「生きて帰ったら三人で会える。大丈夫、大丈夫」と力づけ、肩を叩いて別れた。

院の出口で少佐の階級章をつけた年配の軍医が、「糧秣は受けたか」と優しく言葉をかけてくれた。そし

シャン州カロー元陸軍病院跡。死者は近くの谷に投げ込まれた.

て、「誰か糧秣を持って来い」と衛生兵に取りに行かせ、大きな籠に入った米をくれた。

径は一本径だ。

「これを渡すから元気を出してさがってくれ。この村落が部隊患者の集結地となっている。二〇〇キロも行くとケマピューという村落が部隊患者の集結地となっている。患者はそこから河を渡りタイ国へ退くと通達が来ている。あと一息だ。元気を出して行け」

「ハッ、二〇〇キロでありますか……」

私は思わず口から出た。途方もない距離に、さすがの私も力が抜けた。しかし、行くしかない。

もらった米は一人宛三升近くあった。私達は早速、飯盒山盛りに飯を炊き、病院でもらった粉醤油をふりかけ、餓鬼のように貪った。

病院近くの松林に入り夜営の準備。腹一杯の飯が眠りを誘う。山辺のことなどを考えているうちに、うとうととしてきた。松林の中の桜が月明かりに浮かんで見え、記憶にある日本画を思い出す。ああ、内地も桜の季節に入っている……。敵から離れた安堵感が郷愁めいたものを呼び起こし、桜の花が母を連想させた。

私はガダルカナルに敗れ仏印のサイゴン（現ホーチミン）へ撤退した時、母からの手紙で父の死を知った。亡くなっておよそ半年後のことであった。

母は博多の米問屋の娘であったらしい。気が優しく物静かな人で、私らは子供時代も強く叱られた覚えはない。父の出自は福岡黒田藩の武士で、二、三百石取りの貧乏士族であったという。日頃は厳格そのもので、幾度となく手を当てられたこともあったが、その半面、こんな人情をもつ明治人間でもあった。

それは私がまだ小学生であった頃のこと。当時の景気の云々は分からないが、街角などでは乞食（物をもらって生活を支える）の姿がよく見られていた。確か冬の寒い日であった。その日は国の祭日で、今と違って生徒は登校のしきたりがあった。式も終わり、紅白饅頭の重ねをもらって家に帰り、玄関に入って驚いた。汚れ切った薄っぺらな下駄と、小さな草履が二足並んでいた。母に小声で「誰？」と聞くと、母は「そうねえ……」と返事をぼかし、笑っていた。あとで分かったことだが、寒い街角に座って人の恵みを乞うている親子を、父は家に連れてきて食事を与え暖をとらせ、幾らかの金を渡したのだという。

母もそんな父に一言の苦言を呈する人でもなかった。父は酒豪であり、それだけが母の苦痛の種であった。しかし、母は、そのことも口には出さなかった。それでも、子供の私にもその気持ちは伝わっていた。

そんな父だが、桜の季節となると夜桜見物へと家族を伴い、遠くまで出かけたものである。父のいない今、母を花見に連れて行く者もいないだろう。

父が亡くなった昭和十八年四月、私はサイゴンの国外にて次期インパール作戦の準備のさ中、ガ島戦死病没者名簿書類の作成に日に夜を継いでいた。父の訃報を受けた時、不孝者のようだが男同士ということもあってか、さして深い悲しみはなかった。むしろ好きな酒を充分に飲み、わがままな人生を送った人であったので、「父さん、十分に生きましたね」と、淡々とした思いであった。

一方、母はそれより後、八十二歳で病没した。母についての思い出は多いが、特に強く印象づけられていることがある。それは私が復員した後、次弟の戦死が伝えられた時のことである。

弟は海軍航空隊の搭乗員であったが、終戦の年の一月に西南太平洋上で戦死した。享年二十。その公報が届いたのは、私が昭和二十一年七月に復員した後で、随分と遅い。母は公報を受けた後も、いつの日か必ず帰ってくると信じ、「昨夜も元気でいる夢を見ました」と、よく私に話した。母として子に対する情愛に、私は胸を詰まらせた。

そののち弟の「遺骨」が帰ってきた。白布に包まれた木箱が市の担当者から母に手渡された。私が蓋を開くと、そこには戦死場所及び氏名、階級を書いた紙片一枚が入っていた。私には容易に予測出来たことであったが、戦場を知らぬ母は、せめて遺骨となってでも家に帰ってくると思い込んでいたので、その場に崩れて泣いた。

時をおいて、戦死に対する叙勲通知と勲章が届いたが、母は手に取ることもなかった。それは子供を奪われても何も言えぬ母親の、せめてもの抵抗であったに違いない。

松林の夜、横に寝ていた楠が突然、上半身を起こして声をあげた。

「班長、自分らは内地へ帰れるでしょうか」

楠から弱気な言葉を耳にしたのは初めてであった。

「うん、分からんなあ、この状況では……。だが、気を落とすなよ。気合い抜けしたらマラリアやアメーバ赤痢でやられるぞ。いつも気合いだ」

「班長、殴られるかも分かりませんが、自分は家に帰らなければなりません。自分の家は農家です。父は自分が十八の時に死にました。今は年老いた祖母と母と二人で家を切り回していますが、私の下にはまだ七人の弟や妹がいます。私が帰ってやらねば祖母も母も倒れてしまうでしょう。帰りたいです……」

言葉の終わりは涙声になって打ち沈んでいた。

楠の気持ちは十分すぎるくらいに理解出来るのだが、兵士として直ちに同調は許されない。

「何を言ってるか。弱音を吐くな。そんなことで今から数百キロもある道を歩けるか。寝ろ寝ろ」

と叱責し、二人で草の上にごろりと横になった。

ああ、人間には生きる立場がいろいろとある。山辺は「おいの一人くらい、うっ死《ち》んでも親は泣かん……」と言っていた。この楠は年老いた祖母と母を残してきた一家の長男である。生きて帰りたいという気持ちは切実であった。彼だけは何としても国へ帰さねばと私は思った。

南への道は続く。声を立てる者もない傷病兵の群れが、ここあそこと無表情で赤い土の径を辿って行く。私と楠もその群れの中にいた。カローを経って幾日を経ただろう。杖を支える私の両脇は擦れて皮膚が破れている。毎日歩き続けたが距離にすればわずかなものだろう。

「班長、もう歩けません」

楠が路上に座り込んでしまった。見ると激しく身震いしている。すぐにマラリアだと分かった。触れると高い熱である。

「よし、熱が治まるまで大休止だ」

私は近くの山中の、やや乾いた所に枯葉を集め、半切の天幕を覆い、彼を休ませた。ガタガタと震えている。薬はない。彼の水筒をとり、小さな焚き火で沸騰させ、二つの水筒を彼の背に当てた。周囲に多く散っているチークの葉で体を包み込んでやるが、彼は悪寒に喘ぎ続けている。

いつしかそのまま二、三時間は眠ったであろうか。やがて発熱が引き、起き上がると、少しふらついてはいるが私に付いて歩き出した。まだ温かいのか水筒を背負っている。その後も二、三日間隔で熱を出したが、それでも必死で毎日を歩いた。

すでに三月も終わろうとしていた。ケマピューへと続く赤い径が重く感じられる。南の彼方の空は薄黒い雲が低迷し、雨の前兆を語っていた。

ああ、雨季に入るか……。インパールに敗れてアラカンを歩いた時も雨季の最中であった。ビルマの雨季は人を死へと追い詰める死神の使者でもある。私は再び新兵と二人で雨に挑まねばならない。雨に負けて倒れれば、今まで幾度となく見てきた蛆の巣窟となり、骸となってしまう。

「なにくそ」

松葉杖で先を追った。楠のマラリアも次第に症状が軽くなってきた。楠が私に言った言葉が脳裏から消えない。「私はどうしても家に帰らねば……」。帰してやりたい。

カローからケマピューまで、およそ二〇〇キロ。道中、山の中腹あたりに人家を見るようになった。

「おい、ケマピューも近いぞ。あと一呼吸だ」

楠はその地に着けばすぐにでも日本へ帰れると思っているのか、汚れ切った青黒い顔に笑みを見せた。

母と子

ほとんど太陽を見ない暗い日が続く。雨季が近い。どこまで行っても赤い泥土の径である。

周囲で気になることが起きていた。カローを出発して数日たった頃、私達の歩みに合わせるように、ビルマ人の親子連れが付かず離れず歩いていた。母親と十歳くらいの男の子である。母子とも頭上に荷を載せ、歩き付いてくる。私達が森の中に宿る時も、少しの距離を置いて眠る。私は少し不安を抱いた。何者だろう、敵側の密偵か？　日本軍の撤退状況を調べているのか……。兵士とともにこの山径を歩くビルマ人の姿は他になかった。

この日も相変わらず後から付いてくる。一度尋ねる必要があるが、もしかしたら拳銃などを隠し持っているかもしれない。こちらに武器はない。母子が悪意を隠し抱いている様子には見えないが、インパール撤退途上の我が傷病兵が土匪《どひ》に襲われた例もある。ためらいもあったが私は決断し、母子に話しかけた。

「カナタイマー（少し待ってくれ）」

母子は特に驚くふうもなく私に近づいてきた。楠は咄嗟に杖を構えた。男の子は哀れにも裸足である。

「この山径を通ってどこへ行くのか？」

「私達はマンダレーに住んでいました。夫は日本の兵隊に雇われて働いていましたが、イングリーの爆撃で死にました。恐ろしいので町を逃げ出し、南の町にいる親を頼って行くところです。汽車も動かないし、南への道はイングリー兵でいっぱい。仕方なくこの径を兵隊さんに付いて歩いています。通ったことがない径ですが、兵隊さんと一緒なら泥棒も来ないから」

母親はこう言いながら、ビルマ特有の仕草で両手を合わせ私に救いを乞うふうであった。

「分かった、荷物を見せてくれ。安心しろ、盗んだりはしない」

母親は素直に子供の荷物とともに広げてみせた。物騒なものはなかった。

男の子が突然、日本語で話しかけてきた。

「マスター、脚痛いか?」

私が驚いていると、自分の日本語が通じたのが嬉しかったのか、しきりに話し出した。マンダレーにいる時に日本兵から言葉を教わったという。一時的にしろ彼らを疑ってしまい私は詫びるしかなかった。

小集落が見える。祖国を思わせる風景だ。薄暗い早朝、現地の男が路で物売りをしていた。黒砂糖や煙草など、買う金は全くないが欲しいものばかりである。男は私達に煙草を四、五本くれた。仏の国の習わしか。

道は松林を両側に分けてまっすぐ南へ続く。あまりにも祖国の山に似た風情が見え、また母を想う。小時間だが毎日のように小雨が降ってくる。原住民の空家に泊まれる夜は幸せであった。

米はとうに底をついていた。ケマピューまでの道中、何を食っていたのだろう。思い出すのは、畑に足を入れ馬鈴薯をたくさん掘ったこと、家に吊るしてあるトウモロコシの種となる堅い実を食ったことくらいだ。時計もなく、太陽の昇り降りで日を数えた。もうすでに五月に入っていた。

ケマピュー村

渓谷を音を立てて流れる河に出合った。ああ、サルウィン大河だ。ビルマとタイの国境をつくるビルマの大河である。河幅も広い。河を挟んで両岸に貧しそうな民家が見えてきた。日本兵が徘徊している影もあった。ついにケマピュー村に到着したらしい。手造りの松葉杖でカローから二〇〇キロの道程を歩いて到着した。地下足袋は破れ、足指が無情に泣いている。すでに雨季に入り、連日、霧のような雨が四面を包んでいた。

見たところ小さい集落であるが、ここが北部で敗れた部隊の集結目標地点となっていた。しかし、ここにも、手を差し延べてくれる救護所も、到着したことを報告する連絡所も見当たらない。すでに軍の組織は崩壊し、「お前達の良いようにせよ」と言っているに等しいものであった。村の住民はどこかに退避しているのか、一人とて見かけない。今後の行動はどうしたらよいか……。指示もなかった。

うろつくうちに各隊の連絡所らしきところを見つけ、立ち寄った。

「自分は烈百二十四の部隊の者ですが、傷兵はケマピューに行けと指示を受け、到着した。今後はどうすればよいのか」

「おお、烈兵団の者か、ご苦労さん。インパールで激しくやられたのう。自分らも雲南を抜け出すのに多数の犠牲を出した。同じ郷里だ。十分に気をつけて行け」

確か郷土部隊の竜兵団の年配将校であった。二十六歳の私から見ると、博多の町の商店主か会社の重役にも思える気の優しい人に見えた。

「負傷者はこの河を渡ってタイ領へ退くよう指示が来ている。毎晩この辺りから鉄舟が出るから、それに乗って対岸に渡ってくれ。傷病兵が優先だから早くさがったがよい」と親切に教えてくれた。

時々、大河上空を敵機が偵察し、北へ飛んで行く。日本兵が動く影を見ても攻撃してこない。「もう、お前達は負けたのだ。早く逃げろ逃げろ」ということか。

乗船の順番を待ち、二、三日いただろうか。ここで所属部隊の中隊員と会うことが出来た。

「班長殿、生きていたのですか」

私と同年兵下士官のYや兵士達が寄ってくる。イラワジの決戦で負傷し別れて以来のことであった。彼らはすでに私は戦死したものとばかり思っていたらしい。このまま中隊に合流したい気持ちはあったが、この脚では同一行動は無理だ。楠もきっとまた斃れてしまうだろう。不安そうな表情の楠に「心配するな、お前は俺と一緒に来い」と声をかけると、彼はほっとした笑顔を見せた。

やっと乗船の順番が来た。夜になるとどこからか、ぼろぼろな姿の兵士達が渡船位置に集まってくる。私も含めて傷病兵は、もう軍命令などはどうでもよかった。一日も早く戦場を離れ、安全圏に入って三度の飯を食いたいというのが本心であった。

連れの母子に、「自分らは河を渡って東へ行く。このあとは他の兵隊さんに付いて南へ下るのだ」と告げて別れた。男の子は自分もマスターと一緒に行くと言って母親を困らせていた。この少年の姿を今でも思い出す。

雨季の雨を集めたサルウィン大河は、あのイラワジ大河ほどの危険はなかったが滔々《とうとう》と渦を巻き、烈しく水鳴りを響かせていた。小型の鉄舟の乗員は三、四十人くらい。乗船順を得た患者達は狂ったように先を競って舟に殺到した。私と楠もやっとの思いで乗り込むことが出来た。私は昭和十八年二月に遭遇したガダルカナル島撤退の夜を思い出していた。

河を渡ればタイ領である。苦しみ抜いたアラカン山脈、激闘に暮れたイラワジ河、放置したままの戦友の遺体……。ああ、ビルマを去る。私は命を得たが、未だ戦っている兵士も多くいる。ビルマの大地を捨てて退くのは名伏しがたい思いがあった。

対岸と思える所に赤い薄い光が点滅し、上陸地点を指示しているが、鉄舟は激流に押され押されして、遙かな下流地点に着いた。月明かり、星明かりもない雨季の空は漆黒の闇である。近づかねば人の顔さえ分別出来ない。「おい、楠」と、彼の無事を確認した。鉄舟を降りた傷病兵らは放心したように岸の砂地に座り込んでいた。

タイ領へ

「舟を降りたら東へ向かえ」と指示はされていたが、闇夜で東西さえもつかめない。楠は私の横にぴったりと寄り添っていた。私に付いていれば必ず郷里に帰れると信じているようだ。水に浸かったため傷の薄い表皮が破れて、歩くたびに袴で擦って痛む。

空が霧雨の中に白みかけてきた。

「おーい」と声を上げながら人影が近づいてくる。岸にいた船舶工兵隊の下士官らしい。

「俺に付いてこい。道を教える」

渡河着地点から二〇〇～三〇〇メートル程上流へ向かって歩いた。雑木林へ入る一本径が藪の中に見える。

「この径を行け。タイ領に入る。救護所もあるはずだ。頑張って行け」

あまりの漠然とした指示に救護所までの距離を尋ねたが、下士官はそこまで詳しくは知らぬふうであった。なるほど、大きな幹を削って東へ向かう矢印が黒く記してある。草を分けて歩いた足跡が林の奥深くまで続いていた。

後方を振り返ると、舟が着いた砂上に二人の兵が動くこともなく座り込んでいた。誰とて救いの手もない。この辺境の地に残るということは、すなわち死である。

鉄舟が着地した場所は、後日の調べでチョペニオという村だと分かった。よくもこんな原始的な環境の中で人間は生きていられるものだと感じられる村だった。住民は避難したのか無人で、会うことはなかった。

東への径に入る。土の色は変わらず赤みを帯びている。雨季の湿気が傷病兵らを泣かせた。

しばらく山裾を伝い歩くと、急な山坂にかかってきた。ビルマとタイを分ける山である。とても杖を頼りに歩ける径ではない。私は松葉杖を放棄することに決めた。ヤカンデー村で竹を切って頑丈につくったものである。先のガダルカナルでも脚をやられ、一本の杖を頼って生きたのだった。

少し歩いてみる。「く」の字型に引きつったままの左脚は、右脚より一五センチ程短い。楠が「歩けますか」と案じてくれる。

「大丈夫だ……」

たとえ這いつくばってでもタイ領に入る。それより他に生きる方法はない。

どのくらい日をかけて歩いたのだろう。楠はいつの間にか装具を全部捨てていた。いよいよの丸腰だが、私は叱ることも出来なかった。

「班長、これが食えるかも分かりません」

楠は白く小さい綿状の茸を両手に持ってきた。「確か食えます」と自信ありげに言う。内地の茸の香りが少し匂う。大木の下で雨を避け、発火用の火薬に点火した。防毒面の管ゴムの切れ端が燃える。濡れた朽木もどうやら燃え出した。腰の飯盒に、径を流れる水をすくい、茸をひとつかみ放り込み焚いてみた。茸の香りが薄く鼻先を包む。一つ二つ喉を通してみる。少し時間を待っても何の反応も示さない。

「おい、食えそうだ」

私はガダルカナルで新兵の佐野に食わせた蟻汁を思い出していた。この密林にも秘密の恵みがあった。この白い茸は、湿った径を歩くと容易に手に入った。

雑草の青白い若芽や、谷川に潜む小蟹や蛙など、毒でないと思うものは何でもよく食った。ガダルカナルでの飢餓の経験も、私達の命をつなぐのに役だった。

渡河地点から歩いて何日目だったか、白昼も暗い森の中を通った。

「班長、小屋が見えます」

先を行く楠が知らせた。あの船舶工兵下士官が言った救護所であろう。思わず力が湧いてきた。

「ああ、米が受給出来る。米さえあれば」

楠の顔にも安堵の様子が見られた。

しかし、チークの大葉で屋根葺きした小屋の中には、七名ばかりの青黒く腫れた顔をした病兵が横たわっているだけであった。退く途中で何度も遭遇してきた、死寸前の悲惨な兵達の溜まり場である。当てにした米は手に入らなかった。軍は傷ついて退く兵へ救いの手を伸ばす力を、すでに喪失していた。

履いていた地下足袋も口を開けた。楠が「班長、足が痛むでしょう。そのうち員数《いんずう》をつけますから……」と労《いたわ》ってくれた。ちなみに「員数をつける」とは軍隊用語か、紛失したものなどを埋め合わせるという意味で使う。私の新兵時代、例えば内務班の食器が一つでも紛失すると、班の新兵は「たるんでいる」と全員が殴られていた。それが恐ろしく、他班の食器を巧みに盗んで数を合わせたものであった。

タイ領に向けて再び歩く山径の所々に、力尽きた傷病兵達の姿があった。木の根方辺りでうずくまり、斃れ、すでに立ち上がる気力を失っている。あるいは、すでに骸となり蛆が眼下に蠢《うごめ》いていたり、もがき苦しみ、手で空をつかんだままの遺体もあった。マラリアの高熱で気が狂ったため か裸体となって死んでいる兵の姿もあった。

ああ、これが人の世かと軍を恨み、天を呪った。私の筆力ではとても表現し得ない凄惨な修羅の場が至る所に見られた。私達はその後、誰が言うともなくこの径を「白骨街道」と呼んだ。この径をどのくらいの数の患者兵が通ったのか、的確に示す資料はないが、私自身の記憶、または戦記などから類推すると、およそ七、八千名くらいと考えられる。

戦後、昭和五十三年（一九七八年）、国は初めて第一次遺骨収集団をこの地に派遣し、一二八〇体の遺骨を収集したと報告にある。そして、インパールのあるマニプール州などのインド東北部は、政情不安のため、インド政府が長く外国人の立ち入りを規制していた。このため遺骨収集などは遅々として進んでおらず、日本政府がインド政府の協力の下、インパール近郊に慰霊碑を建立したのは実に平成六（一九九四）年のことである。

ある日のこと、楠が豚皮の軍靴を下げてきた。

「班長、足に合いますか」と私に差し出す。私はそれをどこから入手してきたのか聞かなかった。おそらく死者の足からもぎ取ってきたのだろう。少し大きめであったが、今の私には何といっても有り難い。靴を授けてくれた死者に掌を合わせ、履かせてもらった。楠は、すなわち員数をつけたのである。

私達の先を通過した健脚部隊が残したのであろうか、山頂と思える地帯に「ビルマ・タイ国境」と書かれた小さな木碑が打ち込んであった。思わず感激の涙が走る。ああ、ついに友好国タイ領に足を入れることが出来た。もう敵機の銃撃もない。あの戦車群の襲来を受けることもないのだ。

私は兵士であるという観念もいつしか遠のき、忘れ、ただただ生き延びることを熱望する弱い生き物に成り果てていた。あのイラワジ決戦で、手榴弾を手にして敵陣に突き込んだ私の雄魂は消え去っていた。

「おい、タイ領に入ったぞ……」

ヤカンデー村から逃げるようにしてカローに辿り着き、そこから二〇〇キロ南の渡河地点ケマピュー、そして東への山越え……、図上の計算では約三〇〇キロとなる。

楠を見ると半べソ顔になっていた。今度こそ助かったと思っていたのだろう。

名ばかりの病院

雨季にも珍しく太陽がのぞく日もあった。全身湿り切った兵士らに暖かい陽が差し伸べられる。

「おい、今日は虫干しをやろう」

楠と二人、誰もいない陽の当たる場所に出て丸裸になった。草の波の上に衣服を晒して十分な光を浴び、生気を取り戻した。ああ、日輪のなんと偉大なことか。

国境通過から何日目だったか、患者収容所があった。入口に「〇〇〇野戦病院」と掲げられている。規模も大きいらしく、患者らの姿も多く見られた。

私と楠は部隊名と氏名を報告し、二人とも入院患者となった。しかし、二、三日経っても、診断もなければ、米の支給もなかった。周囲にはアメーバ赤痢の患者兵が寝たまま血便を垂れる惨状で、ろくな設備もなく、十分な治療の見込みもないことを物語っていた。

「危ない。ここにいては、あの患者らのようになる」

確か二泊くらいしたと思うが、休憩を欲しがる楠を急き立て、黙って病院を後にした。私は長い野戦生活の経験から、保身の方法を自ら考えるようになっていた。

復員後、県庁の援護課で兵歴簿を入手したところ、この野戦病院の記録が記されており、事故退院として記載されていた。事故退院とは何か不注意を起こし退院させられることを指すと思うが、時の軍がそれほどに患者兵らに対し責任を持った手段処置をしていただろうか……。

次の救護所は、これより山を越えて数十キロ東のクンユァムと病院で聞いていた。雨の中、赤い泥径を歩き続けた。私の脚もいくらか順調に運べるまでになっていた。二人とも生きる執念の権化となっていた。クンユァムへの山径で、私はマラリアに襲われた。昭和二十年の五月初旬と思われる。楠は我がことのように私を案じて、私の装具を代わりに持ってくれた。幸い径は川を下ることが多く、私も割合と足が伸びた。毎日の主食となるのは相変わらず白い綿状の茸であった。尾籠《びろう》な話だが、林に入って排便すると白みがかった便が素直に出ていたのも懐かしく悲しく思い出される。

この径にも、アメーバ赤痢やマラリア、栄養失調で生きることが精一杯の兵士らが、精根尽きて赤い泥土にうずくまる姿があった。声をかけるが、目はすでに死んでいる。

雨雲が遠のき、山の下り径が急に明るく広がった。水田も見える。水牛だろうか、黒い群れが田の中に見えた。やっと国境をつくる嶺を越えたのだ。言い得ぬ感動が五感を打った。遠くには村落も見え、平和な絵がそこにあった。ビルマと同じ作りの白いパコダ（仏塔）も見える。

「班長、これから先はどこへ行くのですか……」

楠は放心したように座り込む。

「心配するな。あとは分からんが、人が住んでいる所まで来たのだ。もう命の心配はないぞ」

高い椰子の木と白いパコダのある村に辿り着いた。椰子の樹を見るのも懐かしかった。椰子の樹を見ると「生きている」という実感があった。私達が走駆した南の戦場には全ての地域に椰子の樹があり、一種の郷愁を誘う樹となっていた。

米の支給場所があるはずだ。楠が気をきかせて場所を尋ねに出かけた。

私は近くの寺院へ足を運んでみた。広い敷地の四隅や高床造りの寺の床下には、国境越えに困憊《こんぱい》した傷病兵らが三々五々横たわり、土の上に寝ていた。

高いパコダに吊るされている鈴の音が、リリン、リリンと風に乗ってのどかな村を語っている。隣の国は戦場というのに、私は鈴の音にしばらく陶然とした気分の中にいた。村の名はトッペと聞いた。ここではまだビルマ語が通じた。現地の人の身なりもビルマとほぼそっくりである。

楠が米を抱いて帰ってきた。だがその表情には憂いが見られた。

「班長、連絡所で聞きましたが、患者はチェンマイという所に結集するとのことです。まだ三〇〇キロあるそうです」

三〇〇キロ……。あと少し、あとわずかと望みをかけて歩いてきたのに、まだ三〇〇キロも歩けというのか。私は軍の無謀無策に怒りを感じた。その歩くべき北の方には確か、ビルマと国境をなしている険峻な山があるはずだ。また多くの兵が斃れるのは確実であった。折しも楠がマラリア熱を出した。私は天幕を張っている軍の診療所を訪ね、マラリアの特効薬キニーネ剤を請求したが、「ない」の一言で撥ねられた。

仕方がない。盗んだ米も芋も少量はある。ここで大休止して体を休めよう。なんとしても体力をつけよう。歩くのはそれからだ。私は塒《ねぐら》探しにかかった。幸い村から少し外れた場所に、壊れかかったパコダがあり、二人くらい横になれる穴倉が見つかった。

「一、三日休め。熱も引くだろう」

楠は荒い呼吸でマラリアと闘っていた。私は道中に拾った半切れ毛布を持って、見るからに貧しい近くの村を訪ねた。卵の一つでもよいから楠に食べさせてやりたかった。すでに村の者は物々交換に計算高くなっており、なかなか私の求めに応じてくれない。

ある家に入り、手振りで乞うた。

「一人の友が熱を出して苦しんでいる。この毛布と何か交換してくれ」

すると、家の主人と思われる、腕から胸にかけて入墨した男が早口で何かを言い、奥から女が拳半分くらいのものを持ってきた。甘酸っぱい匂いが私の鼻を突く。

「あ、黒砂糖だ」

黒砂糖の塊を毛布と交換してくれるというのである。さらに男は米も少しくれた。日焼けした肌に青い入墨、今にも怒鳴りつけてくるような恐ろしい顔付きをしていたが、その優しさに私は深く頭を下げた。

貧すれば鈍する。よく聞いた言葉であったが、私はそれと同一の人間と成り果てていた。楠には悪いと思ったが、黒く固い塊を石で叩き割り、小さなかけらを一つ口に入れた。強烈な甘みが喉を通る。久しぶりの甘さに頭が少々ふらついた。

「おい、貴重な物が手に入ったぞ。米も少しもらった。ほら、黒砂糖だ」

「砂糖ですか」

横になっていた楠は、起き上がって汚れた手で受け取ると、いきなり齧りついた。

「おいおい、俺の分も残しておけよ」

二人に忘れかけていた笑みがこぼれた。

トッペ村では随分と兵士らしからぬ悪事を働いた。軒に吊るしてある種唐黍《たねとうきび》や、畑に実りかけている小さな馬鈴薯など、夜にかまけて盗掘した。そうしないと栄養失調に陥り死を呼ぶ。盗んで食っても特に心の責めは感じなかった。わずかに貯蔵してある兵站の米袋も、夜間に侵入して裂いて盗んで食った。もはや良し悪しの分別もなかった。今考えると、生きるためとはいえ無謀な行為をしたものだと汗顔の思いだ。

また、トッペではこんな話も記憶にある。

警察治安などない村であったのだろう。ある日のこと、私ら二人が寺の床下に宿泊していた時、村の若者が二、三名寄ってきた。彼らの一人が掌で拳銃を撃つ真似を見せ、「持っているなら売ってくれ」と、バーツ（タイ紙幣）をちらつかせたのである。もちろん拳銃など持っているはずがない。私はその時、いかに軍の威厳が失われているかと大きな不安を感じた。すでに我々兵士はこの未開地の人間からも呑まれているという気分に陥ったものである。

先年、このトッペを訪ねたが、パコダも寺院も美しく化粧をなし、寺院の広場には色とりどりの草花が美しく手入れされていた。少し足を延ばして、かつてビルマの垢を落とした清流に向かった。

ああ、この流れだったか、全裸となり体を洗ったのは……。色白の楠が体を洗う姿が甦った。

トッペの悲哀は深く胸に刻まれている。栄養失調、赤痢、マラリアで息絶えた兵士の屍が五、六体、牛車に積まれて森への細い径を運ばれて行く。屍には汚れ破れた毛布こそ掛けてあったが、屍は素裸に見えた。痩せ衰えた青白い脚が毛布から覗いていた。牛車には一人の兵も付いていない。ただ半裸の村人が牛の歩みに合わせ、放棄すると思われる場所へ向かって歩いている。人間の所業とは思えぬ有様を毎日、目の当たりにした。

埋葬される兵はまだ幸せだと思った。白骨街道はまだまだ続いていた。兵士らの屍は、雨に叩かれ、蛆にたかられ、骨も砕け散り果てているだろう。もし、俺がここであのような屍となったら、母も訪ね来ることは出来ない、こんな所で死んでたまるか。私の精神力は自ずと逞《たくま》しくなっていった。

芥子の花

クンユァム村へは東へ七、八キロ。この距離は私達の一日の行程でもあった。

楠のマラリア熱も一時遠のいた。いずれ再び発熱するだろうが、ゆっくりと休ませる時間はなかった。熱が残る彼を先に、私も少し脚を引き摺りながら出発。クンユァム村に着いて寺の床下で露営した。

村には割合に多くの人家があった。ここでも死の国境を越えてきた傷病兵らが村内を彷徨徘徊し、食うものをあさっている。兵はすでに統率のない群れとなっていた。

小さな十字架を掲げた衛生隊の救護所らしきものもあったが、そこは死を目前にした兵士らが薄暗い地上に横たわっているだけだった。これまでも指示された場所のどこに到着しても受け入れ態勢が整っている所はなかった。まともに食糧も支給せず、数百キロの道を歩けというのだ。

ここクンユァムには連絡所があった。そこでの下士官の説明によれば、ビルマから退いてきた患者らは、ここから北へおよそ七〇キロの地にあるメーホンソンという町で指示を受けよ、とのことだった。

やはりだ。行く先、行く先で的確な回答が出されない。「どうにでもなれ」と半ば自棄《やけ》っぱちになりながらも、前に進まねば死神が襲う。路傍に果ててしまうのだ。

二、三人と組んだ兵士達が泥土の赤い径を北へと歩く。私達も加わり歩いた。チーク林の中をどこまでも続く暗い径は、ある無気味さを感じさせた。

林の中に点々と廃屋があった。私達は雨の夜を幾度も小屋の世話になった。時折、現地の住人と出会うこともあった。人の心とは弱いものである。通りすがりの村民でも、人間同士のぬくもりを感じた。

クンユァムからメーホンソンの間には峻嶮な山はなかったと記憶している。七〇キロの道のりに何日を費やしたのか。健脚であれば一日半くらいの行程なのだが……。

ついにメーホンソンに到着した。村の様相はこれまでの貧村とがらりと変わり、小さな町を思わせた。山から出てきた猿のような私は、少しの文化を味わう気分になっていた。

しかしここでも負け戦の縮図は同様であった。町外れの緩やかな地点に、ビルマ風の大きな仏塔があった。仏塔周辺の大樹の下に、傷病兵が天幕を敷いて寝ている。野戦病院だろうか、そこに近づくと一斉に蠅が飛び散り、強烈な異臭が鼻に刺さってきた。ああ、ここに横たわっている兵士達も、この土に還るのだろう。とても故郷から訪ねることは出来ない辺境の地である。

私のメーホンソンでの記憶は他に、宿泊した寺院で老僧侶と話したことくらいである。彼は日本贔屓《びいき》で、「日本は決して負けることはない」などと語っていた。

当時の軍の計画では、クンユァムを分岐点として東へ直進しチェンマイに着くには、山越えの道で約一五〇キロ。これは傷病兵にはかなりの難コースであった。また、南回りで三〇〇キロの道。さらに、傷病兵らは北回りの道を選ぶのが安全と指示があったが、こちらも三〇〇キロ以上あるという。

「おい、楠、お前はどの道がよいと思うか」

「班長がよいと思う道でよいです」

果てしなく続く道のりに、楠の声には腹立たしさが混じっている。

私達は傷病兵十名ばかりの集団となり、野象が棲むという近道を選ぶことにした。夜が明けても顔を洗うわけでもない。薄汚れた顔でメーソンホンの町を出発した。

次の目的地はアンポパイ集落である。タイ北部では単に「パイ」と言っていた（以下、パイと呼ぶ）。そこに抜けるには、眼前に立ちはだかる嶺を越えなければならない。まず険しい「見返り峠」を越える。そのち、これまた厳しい坂を持つ金剛山を踏み、一三〇〇メートルあるナムリン峠を越えるのだ。この苛酷さはまた多くの兵を斃していった。

細い坂道がいつ果てるのか、一息つくとまた峠にかかった。何度も何度も休みながら峠の頂に着いた。眼下には小集落が見える。文明からも孤立したようなあの村で、のどかに平和に生きてみたい……。私は不可能な想像を巡らせていた。人間の幸せとは何だろう。兵士の本分さえもいつしか忘れた戦場の浮浪者に落ちていた。

いよいよタイの北端になる山岳の密林地帯を何日も歩いた。光の一点さえもない密林に宿ることもたびたびであった。ただ、幸いにして雨季が遠のいているようだった。

この陰鬱な径に、声を立てて笑っている兵士がいた。マラリアに冒され脳症をおこしているのであろう。野象のものであろうか、粘った赤い径には点々と大きな足跡が見えた。こんな径を軍の上層幹部は通った経験があるのだろうか。

楠もすっかり声を出さなくなった。体は確実に弱ってきている。私は時々、こう声をかけた。

「頑張れよ。お母さんが待っているだろう……」

先任者として、軍人として、絶対の禁句であるはずの言葉である。彼を励ますために言っているのだが、私自身を奮い立たせる言葉でもあった。

厳しかった峠をやっと越えることが出来た。前方を歩いていた楠が、「あれは何でしょうか」と指差す。小集落から外れた山の斜面に、赤や白などの入り混じった色鮮やかな一群が見えた。それはビルマでも見たことのない風景であり、黒ずんだ深山の中に際立って美しかった。

坂道を少し下ると、野生と思えるマンゴーの木があった。小振りだが多数の実が、私達の手の届く所で風に揺れている。まだ熟れていなかったが、二人とも皮も剝かぬままに齧りついた。飢えた腹を十分に満たし、腰に下げた雑嚢にも破れんばかりに詰め込んだ。

次の日、広い山肌の斜面に、前日見た美しい風景と再び出合った。今度はそう離れてもいないし、荒れ小屋も見える。

「今晩はあれに泊まろう」

楠は緩やかな坂を先に上っていき、「班長、花ですよ」と大声で、まだ下の方にいる私に知らせてくれた。色鮮やかな一群は、名も知らぬ花の群生であった。人の住まない奥地に花々は波のように風に揺れ、誇ることもなく与えられた命を謳歌していた。

花畑の中にある二坪ばかりの小屋。中は雑然として人の気配はない。何か分からぬ小道具が散乱していた。楠が二人が横になれるくらいの場をつくり、夜の飯を炊いた。久しぶりに乾いた地に寝ることが出来た。

夜明け方、外でうるさく騒ぐ人声がする。敵の斥候兵か。私は剣に手をやり、片手に手頃な丸太棒を握った。軋《きし》む音を立てながら扉が開く。全身に入墨をした黒い男達が四、五人、外に立っていた。手向かってもとても相手にはならないと察した私は、ビルマ語で事情を説明した。一人が私の言葉を理解したらしく、いきり立った雰囲気が静まった。

私が脚を引き摺るのを見て、弾でやられたのかと銃を撃つ格好をする。傷を見せろと私の脚を覗き込んでくる。彼らにはもう敵愾心《てきがいしん》は見えなかった。私はズボンを下ろして、弾が通った穴を見せた。彼らは大仰な声を上げ、顔をしかめて肩をすぼめた。

一人が小屋の中に入り、竹筒の先に火を付けて出てきた。

「これを吸え。脚の痛さも取れる」と手振りで教える。

何だろう……。不安はあるが彼らへの手前もある。彼らも吸っているのだ。劇《はげ》しいものではなかろう。一服すると、甘酸っぱい感触が喉を刺して、たちまち吐き気を呼んだ。「阿片か……」。直感が走った。あの美しい花々は芥子の花だったのか。この小屋は芥子の実を採集して加工するための場所なのだ。中国駐留時代に耳にはしていたが、このような芥子畑を見たのは初めてだった。私が咳き込んでいるのを見て、男達は大笑いした。

一人が楠が腰に下げている飯盒を珍しそうに触っている。私は蓋をとり、飯を入れるものだと手真似で説明した。ボスと思われる男が何か早口で言うと、一人が飛ぶように走り去り、しばらくしてバナナの葉に包んだ強飯《こわめし》を持ってきた。飯盒に入れろと言う。

私は思わず胸が熱くなった。何という純真さであろう。文明の余波も届かない僻地で、私は彼らに人間道を教わった。彼らは「傷が癒えるまでここにいろ。薬もある」とも言った。痛いほどの優しさであった。それに引き換え、戦場とはいえ人を殺めるためのみに日を継いできた我が身を思い、己を責めた。

「ありがとう、ありがとう」

彼らの親切に思いを残しながら、この畑を去ったが、その地名も、彼らの種族も記憶に留めていない。私達は花畑の中に傾斜する細い径を下った。遠く離れて振り返ると、彼らはまだ私達を見送っていた。私は杖にしている竹を高く振った。

チェンマイへの径はまだ遠い。町からかけ離れた山里での、私の心を洗ってくれた出来事であった。

ターちゃん

もがきながらも生きようとする努力には凄まじいものがあった。それほどに私は負傷後の我が身を愛おしんだ。負傷地点からおよそ五〇〇キロは移動し、その間四〇〇キロ以上は松葉杖に頼って歩いた。ともかく一歩でも前に進むことである。飢えにも慣れ、水で腹を満たす日々を続けた。

確か今日は六月一日だ。私の二十六歳の誕生日である。我々に青春というものはなかった。その輝きも知らずに、友らはビルマの土に還っていった。

インパール、コヒマを捨てて二年になる。我々第三十一師団長佐藤行徳中将が、将兵らの存亡の危機を見て、時の司令部へ抗議電報を発信するよう指令を出し、コヒマを捨てた日が六月一日だった。負けた道は未だ続いている。

長い長い道を、楠を叱咤激励しながら、パイの集落を目前に見て坂を下った。チェンマイへの里程の中で、パイは私が最も望みをかけた村であった。パイには兵站病院も設置され、衣服も食糧も十分に備えられていると、メーホンソンで耳にしていたからである。

「おい、パイだぞ、頑張れ」

私の目に哀しく胸を突く白パコダが見える。私達が斬り込んだイラワジ河畔の村にも白いパコダがあった。パコダに伏して敵戦車を迎えた。M４型の山のような戦車の砲撃にパコダは半壊し、一片の肉片も残さず昇天した戦友達の顔が彷彿と現れてくる。

パイ集落に足を入れた。四方を重畳な山岳に包まれて、その中に開豁《かいかつ》とした平地があった。北にはビルマとの国境の山であろう、二〇〇〇メートルを超えると思われる山々が屛風《びょうぶ》仕切りに集落を取り巻いていた。広い田が山裾まで延びている。

楠はいつもの調子で「班長、米を渡す場所を探してきます」と私から外れて村中に入り、間を置いて帰ってきた。

「引率者と共に来いと言っています」

二人で訪ねた米の支給場所は坂道の上にある寺院であった。どこの村でも感じたことだが、村民の生活の第一は、まず寺からであるようだ。寺の風格によって村の豊かさが分かると知った。

多くの兵が列をなす後方に並び、支給順を待つ。

「烈百二十四部隊の者です。引率は自分、他にこの兵一人」

「二名だな」

兵站の者が米をすくい、飯盒の蓋二杯と少量の粉味噌をくれた。私が当てにしていたよりも少量である。

これで何日分かと尋ねると、「明日また来てくれ」と言う。争ってもこちらは弱者の立場である。敷地の隅で薄汚れた兵らが肉もない尻を地に付けて炊飯していた。高床造りの寺の床下には、極度に困憊《こんぱい》した兵らが土の上に青黒く腫れ上がった顔で横たわっている。ここには設備の届いた病院もあると聞いていたが、やはりそうではなかった。

「班長、寝る所がありました。すぐ下の川に小屋があります」

楠は本当に気が付く兵士になっていた。胸の銃創の苦痛もすっかり消えたようである。

河原には点々として片屋根の小屋があった。私は装具を外して河原に腰を下ろし、歩いてきた西方の連山を見つめた。ああ、力のない者同士が二人でよくも歩き通せたものだ。母に会うまでは絶対に生き抜かねばならない。心の中に灯るのは母の姿であった。

楠が飯盒を下げ、ニコニコ顔で小屋に帰ってきた。

「班長、今日はトリめしですよ」

鳩が河原に落ちてばたついていたのを捕えて毛をむしり、剣で骨ごとぶった切って炊いたという。久しぶりに油の匂う「鳩めし」であった。

夜が明け、小川に出て口を指ですすぎ、顔を洗った。人間の営みである一部を、この径で初めて味わうことが出来た。

「おい、昨日の場所に行って並ぼう。出発はそれからだ」

前日の支給所で兵站兵から、「早くチェンマイへ発て。山では十分なことは出来ない」と注意をもらっていた。聞けば、あと一五〇キロくらいだという。もう驚かなかった。

「今度こそ本当のようだ。あと一息だ」

二人で寺への坂道を上り、昨日と同じように他の兵の後ろに並んだ。チェンマイへ発つのならと、兵站兵が飯盒二、三杯の米をくれた。

朝の霧のため赤い土はよく滑り、片足を捻挫してしまった。楠が天幕を裂いて足首をしっかり固定してくれるが、足首が少し腫れて痛い。

「今日は一日休みましょう。いま足を使ったらますます痛みますよ」

楠が心配そうに言う。確かに先を考えれば無理は出来ない。丘の寺で休むことにした。

霧深い中に空が白んできた。昨夜炊いた飯盒の冷えきった飯に、粉味噌をふりかけて食う。楠が杖にと青竹を切ってきてくれた。

「出発しよう」

誰に報告の必要もない。米さえあれば目的地へ向かって近づくことが出来る。楠の後に付き、私は緩やかな坂を注意深く下りて行った。

「滑りますよ、滑りますよ」

楠はたびたび立ち止まり、待ってくれた。

寺からおよそ二〇～三〇メートルも下った所に、小屋が二棟あった。屋根は夜露しのぎのためチークの葉で葺いてあるが、囲いのない吹き通しの小屋掛けである。これが傷病兵のための病舎であった。こんな鬱陶しい場所に病室があるとは……。痛々しい思いが私を苛《さいな》んだ。

その時、中から「オーイ、オーイ」と低い声が伝わってきた。誰かが私を呼んでいる。まさか同じ中隊の兵士か……。私は声のする方に近づいた。小屋の中は光が遮られて薄暗い。荒材の柱に寄りかかった兵が片手を小さく上げて所在を示していた。

「あんた、正ちゃんだろう」

私は幼名で呼ばれて驚いた。しかし、相手が誰か皆目分からない。いよいよ近づくと、どこかに幼い時の面影が残る顔があった。

「あっ、ターちゃんか」

小学生の頃に私宅の引っ越しで別れた幼友達であった。何年ぶりであろう。ターちゃんは投げ独楽が得意で、狙われた独楽は力を失い倒れた。駆けっこもずば抜けて速かった。そんなことが私の脳裏を横切る。この広い戦場の一隅で彼に会うとは……。

彼の顔はすでに死を呼んでいた。肩にかけている天幕から痩せ衰えた青白い腕が露《あらわ》に覗き、血管が浮き出している。若者の腕とは思えなかった。

「ターちゃん、どうしたんだ、こんな所で……。頑張って一緒に行こう。もうチェンマイも近いよ」と誘ったが、彼は薄汚れた顔に静かな微笑を見せ、とてもダメだよと言わぬばかりに首を小さく振った。

「すまん、水を少し飲ませてくれないか」

哀れにも自力で水を飲む力さえ失っているのだ。私は胸が詰まり、知らず知らず涙がにじんだ。ターちゃんの話では、私よりも遅く軍隊に入り、所属部隊はビルマへ直行したのだという。初めての戦場が北ビルマであり、空襲による掃射で負傷し、たまたま象の輸送部隊に助けられ、この地へ着いたという。しかし、この有様だと冷たく自笑した。

「なあに、僕も脚に三発も弾を食らったが、こうして歩けるようになった。大丈夫、大丈夫」と力づけたが、ターちゃんの命がもう長くないことは容易にうかがえた。

楠が水筒から彼の口へ水を注いでやる。肩の天幕がずり落ちそうになったので、私は掛け直してやろうとした。

あっ、腕がない……。右腕が肩近くから飛んでいた。傷痕は白く化膿して蛆さえ巣食っている。肉の中に白く見えているのは骨か。早く手当をと思うが、私にはその方法さえなかった。心の中で「すまない、すまない」と謝り続けた。

「正ちゃん、早くチェンマイに行けよ。僕も立てるようになったら行くからね……」

「じゃあ、チェンマイで待っているよ」

ターちゃんはおそらく助からないことを悟っていたであろう。私もこの場で彼を看取ってやりたかったが、それは出来ない。暗く辛い思いを残しながら、私は遙かに見えるチェンマイ越えの嶺へと足を延ばした。

残りおよそ一五〇キロの道のりである。左脚を引き摺りながらも足取りは確かとなってきた。第一の峠の上で露営の準備をする。遠くにパイ集落が見え、あの丘の寺の白い仏塔も小さく薄く見えた。ターちゃんの痛々しい姿が翳《かげ》となって現れてくる。幼い時の数々の思い出が幽かな影絵となって網膜に浮かんできた。林の中の宿営は慣れていたが、ターちゃんの訴えるような目が思い出されて、なかなか寝つけなかった。

復員後、私は北九州にターちゃんの実家を訪ねたが、一帯は空襲のため焼け野原となっており、人家はなかった。彼の家族に会えないかと当たってみたが、町全体が消滅したようで、糸口もつかめなかった。

平成七年であったか、私はタイ北部戦没者慰霊巡拝団に参加し、チェンマイを訪れた。一行は戦没者の肉親が多く、大陸の南北さえ定かでない人達が多かった。計画ではチェンマイに二泊であったが、私はその一日を利用してパイ集落を訪うことにした。すでにあれから半世紀を経ているが、私の心の片隅には未だに、あのとき小屋に置き去りにしたターちゃんの力ない笑顔が現れる。

さて、行こうにも私一人では不可能である。チェンマイ旅行社を訪ね、パイに行く手順を聞いた。かなりの僻地である。社の若者は老境の私を見て、とてもとてもと手を打ち振り応じてくれない。

私は元来が思い立つとすぐ実行に移さないと気がすまない性分である。チェンマイ市内の大きな書店に入り、五万分の一の地図を手に入れた。製作年も新しく、道路は太い線で書かれ、明らかにパイに通じる道が記されている。

「よし、行ける」

あとは費用であるが、この計画のため少々は余分に持ってきていたので、その点は心丈夫であった。巡拝団のガイドは日本語の巧みな二十五歳の青年で、よく世話が届く。彼にパイ行きの相談を持ちかけてみた。彼は困った顔で、パイに行ったこともなく、その道さえも知らないと言う。私はどうしても訪ねたい理由を、かいつまんで話した。彼はやっと納得したようで、「自分の友人でトラック輸送の仕事をしている者がこの町にいる。彼なら道を知っているだろう」と言い、電話してくれた。

程なくして、ザボンを二、三個抱えた青年がやってきた。ガイドの青年と何か話した後、私に向かい、「パイに入ったことはない。ずいぶん遠い……」と手真似まじりに話す。私は単刀直入に事情を伝え、金はかかってもよいからぜひ行ってもらいたいと頼んだ。話は一決、ガイドの青年も「私も行こう」ということになった。巡拝団にはもう一人の女性ガイドが残るから心配ないと言う。

翌朝は早く起こされた。距離があるだけに運転手は早めに来たのだろう。ホテルの玄関に中古のライトバンが待っており、車内にはパンと飲料水が用意されていた。

早朝の道は、北の奥地から町へ運ぶための野菜などを満載した車の列である。山裾までに随分とかかり、ようやく山道に入った。思わず感動を覚える。山嶺を抜ける径は幹線らしく完全舗装である。記憶に残る径ではなかったが、あの時と同様にうねりにうねり、一つの峠を越え、次々と頂上を縫い走る。山坂の一五〇キロを往復するのだから、運転手は時間を考え休憩なしである。ついには私から休憩を申し入れた。

幾筋かの嶺を越えると突然、広大な平地が眼前に現れた。五十年前の記憶が彷彿として感触を呼び戻してきた。しかし、思い出の径ではない。遠くに映る国境の連山の姿も記憶になかった。パイ集落はまだか。車は一気に直線の坂を下り、開豁《かいかつ》の中に続く道へと滑り込んで行く。

坦々と続く道を車は速度を増して走る。交差する道もない。直線上に大きな標識が見えてきた。チェンマイを出発して初めて出合った標識である。近づくと、コバルトブルーの地色にローマ字で太く「パイ」と記されている。涙が溢れてきた。ああ、ついに念願のパイに来たのだ。

私はまずターちゃんがいた小屋のある寺を探した。村内の狭い路を辿って探し回ると、古寺があった。古めかしい階段を上がった所に広い板張りがあり、片隅で法衣をつけた五、六人の僧達が食事をしている。失礼と思ったが、ガイドの青年に通訳を頼み、声をかけた。

「日本から来ました。もう五十年も前のことですが、確かパコダがある丘に寺があったはずです。そこに日本兵が多数、お世話になっておりました。私もお世話になった一人で、チェンマイまで参りましたのでお詣りに立ち寄りました」

手を休めた僧達は、自分達が生まれる以前の出来事の話であり、チェンマイからこの奥地に訪ねてきたことに少し驚いた様子であった。「もう一つの寺ではないだろうか……」と言われ、厚く礼を述べて辞した。

竹矢来《たけやらい》で仕切る村道のどこからか木槌の音が響いてくる。近づくと大勢の人声が賑やかに伝わってきた。誰か昔の寺の所在を知っている人がいるかもしれない。足を延ばすと、二、三十人の村人が何か作業をやっていた。直径三〇センチばかりの丸太が二メートルくらいに切って積まれている。一本一本に彫刻があり、彩色はすでに剝げ落ちているが、この場所に寺があったことを示している。寺の建て替えをやっているようだ。働いている人たちに探している寺のことを尋ねたが、用を得なかった。ガイドの青年も時間が迫るため必死になって尋ね回る。

作業が休憩に入った。すべての人々が仏に向かう奉仕の姿が美しい。中にはまだ若い娘もいた。一日の始めが仏によって動く国である。

七十歳に近い老人が杖をつきながら現場に現れた。おそらくこの村の長であろう。この人なら五十年前のことを知っているだろう。ガイドを通して尋ねた。老人は大仰に「日本から……」と私を見つめ、「案内するから来なさい」と先に立ってくれた。

工事現場から坂をおよそ七、八メートル下った所に、美しく澄む川があった。老人は川向こうに見える小高いバナナ畑を指差した。

「あなたが探している寺は、あそこにあった。この辺りは数年に一度、大水害に遭う。そのたびに山は削られ、家も流される。私が小さい頃には、あのバナナ畑は高い丘であり、寺もパコダもあったのを覚えている。日本が戦争中は多数の兵士が集まっていたが、戦争が終わると姿を見かけなくなった」

そうだったのか、私の願いは歳月の中に流失していた。川を渡ってバナナ畑に足を入れたいが、流れは速く、水深もありそうだった。

「ターちゃん、すまん」

雑草の茂る川淵に立ちすくんで、数珠を手にした。

ああ、ターちゃんの終焉の地。北部タイの国境がつくる僻村。山々の嶺には綿のような白い雲が停まっている。あの山を越えてここパイに着いたのだ。寺には死をひかえた多くの兵らが、捨てられたように土に寝ていた。列に並んで米をもらったこと、楠が鳩めしを炊いてくれた思い出などが、めまぐるしく脳裏をめぐった。

私は深い川の向こうに眠るターちゃんに向けて声を張りあげた。

「一緒に帰ろう、一緒に帰ろう」

声は川を渡り、広い盆地を突き抜けて四方に飛び散った。返ってくるはずのない返事を待つように、私はしばし立ちすくんだ。せめてもの供養にと持参した祖国の水を、バナナ畑の方向に向けて振りまいた。

ターちゃん、静かに、安らかに……。

私は工事現場に戻ると、車に乗せていた土産の衣料箱を開き、働いていた村人達に手渡した。村長は笑顔で私に向かい、掌を合わせた。彼も相当に古い服を着けている。私は自分のジャンバーを脱いで差し上げた。村人達はそれを見て全員が拍手をしていた。

思いもかけぬ胸のぬくもりを覚え、パイを去った。峠の頂上で車を停めて、すでに夕靄に包まれているパイ集落の方向に手を合わせ、チェンマイへの道を急いだ。往復で七、八時間、足も腰も痛む。しかし、何か体全体が表現出来ない満足感に包まれていた。

チェンマイ到着

パイからチェンマイへの山径は、これまでと比べて谷間を縫う径が多かった。乾季には牛車も通ると聞いていたが、雨季後はとても人の通る道ではなかった。シャン高原に似た台地や一〇〇〇メートルを優に超える厳しい峻嶮もあった。

一五〇キロを何日かけて歩いたかは定かでないが、楠と二人、かばい合いながら歩き通した。二人の間にはすでに階級などなく、実の兄弟以上の絆が生まれていた。

チェンマイが近いのか、所々に小集落も見える。呪い続けた径もついに尽きるか。私の体も魂も哭いていた。荷を背負った住民とも山峡の径で会うようになってきた。おそらくパイへ商いに行っているのだろう。私は一人に声をかけ、チェンマイはまだ遠いのか尋ねた。汚い敗残兵への憐憫の情であろうか、男はわざわざ背の荷を下ろして、手振りを交えて丁寧に道を教えてくれた。そう遠くないという。

遠い昔、チェンマイはシャム国の時代の王都であったという。その都がいよいよ迫ってきた。楠は腰を地に降ろして涙を拭いている。私も誘われるように熱いものが込み上げてきた。

低い峠を越える。

「おい、あれは何だろう」

夕暮れの中、遙か彼方に灯火と思えるものが見える。

「あっ、チャンマイの灯だ」

鼓動が早鐘のように胸に走った。これで命を得た。もう大丈夫だ。

その日は夕暮れの径を歩いた。命の灯火に少しでも近づきたかった。やがて牛車道に出ると道幅も広くなり、行く手には明かりを灯す集落の影が浮かんで見えた。すでに夜に入っていた。田の中に半壊した小屋を見つけ、眠りについた。長かった苦節から解放されたような、久しぶりに静かで心休まる夜であった。夢の中に母がいた。私は「ただいま帰りました。心配だったでしょう」と言いながら、母の肩を揉んでいた。

私は楠と市内の中心へと向かう大通りを歩いた。チェンマイへ行けとは聞いたが、チェンマイのどこに行くのだろうか。

町の人たちも決してきれいとは言えない身なりだが、私は人々から蔑まれているような卑屈な思いを抱いていた。髪は伸び放題、衣服は垢と土で煮しめ、汚れ切っている。汗を陽に灼いた顔も首筋も垢まみれに黒ずんでいた。

誰もいない建物の一部を占拠して一泊することにした。雨漏りもなく、私達にとっては王宮に等しい。物珍しそうに子供達が集まってきた。私は恥も外聞もなく褌《ふんどし》一つになり、全身を風に晒した。大人も寄ってきた。若い男が米を少し持ってきてくれた。何ということだろう。この姿、誰がここまで追い詰めたのか。

Mが早速飯炊きに入る。慣れたものだ。その時、

「お前達、どこの部隊だ。ここで何をしている！」

と大声が響いた。真っ白い腕章を付けた憲兵軍曹と補助憲兵が立っている。二人とも凛々《りり》しい軍服姿だ。汚れきった姿に戦場逃亡者と見たのであろうか、横柄な態度で問いつめてくる。私の持ち前の気性が破裂した。

「何を言ってる。ビルマからさがってきた烈の九州部隊だ。イラワジ決戦で負傷して隊に置き去りにされた。ケマピューで負傷兵はタイへ向かえと指示された。山を越えて今ここに着いたばかりだ。他に何を報せればよいのか。飯を炊くのが悪いか。前線の苦労が、この平和な地に分かるか。まだまだ後方から自分達のような兵隊が来るぞ」

私は声は荒く、少し自棄気味になっていた。

「いや、すまない。時々、戦場逃亡者が町に現れているので取り締まっている。ビルマからの負傷者は、この大通りを真南に二キロも行くと女学校がある。そこが集合場所となっている。そこへ行ってくれ」

やつれて眼つきの悪い私を見て腰折れしたのか、憲兵らはそう言うと立ち去っていった。

「班長、一発やりましたね。私も胸がスーッとしました。後方勤務の兵隊らは何も分かっていないくせに人一倍威張りたがって……。私もひとこと言いたかったですよ」

楠が興奮冷めやらぬ様子で言う。

飯を終え、大通りの人気もない道を歩く。通りの灯はすでに消え、舗装された道が月明かりに白く続いている。

「ここだな」

石柱が両脇に二本立ち、広々とした空き地が見える。月白の校庭には背丈の高い樹の影が映っていた。

校舎と思われる灯の方向に近づいた。

銃を再び

昭和二十年六月の初め、私と楠はチェンマイ患者収容所に収容された。女学校を借用した宿舎には、およそ百名程の患者がいた。これで傷の手当も十分に受けられると安堵した。ところが驚いたことに、翌日から私達は教練に参加を命じられた。不可解である。

「班長、ここは兵站病院ではないのですか。診断もない。そして息つく間もなく教練ですか……」

私も楠と同じ思いであった。チェンマイに行け、チェンマイには大きい兵站がある。傷の手当も十分に出来る。食糧もある。そう聞かされ、あの苦渇に絶えて恐怖の山岳地帯を越えて数百キロの道を辿り着いたのに、話とは全く違う裏腹の処遇であった。

しかし、ここにいる兵士らはまだ何とかここまで辿り着くことが出来た。あの瘴癘《しょうれい》の山中に残されている傷病兵達は一体どうなっているのであろうか。軍の現状では、山中に残されている彼らを救う余力はとてもないと思えた。

教練を掌握する老少佐は非常に厳格な軍人であった。部隊に私が知る一年先輩の太田軍曹がいた。沖縄出身の逞しい気力の男で、私と同じように脚部を負傷し、びっこで校庭を飛び回っていた。他に顔見知りの兵はほとんどいない。東北、関東、関西、九州出身者、言葉もまちまちである。さすが九州出身者は荒く、何事も力を発揮していた。訓練の銃剣術で、私は曲がった脚のまま対抗してよく勝負した。その頃はもう雨もなく、毎日晴天が続き、兵の健康も次第に回復へ向かっていった。

昭和二十年七月下旬、この寄り合いの部隊に出動の命が下った。小柄な老少佐の声が轟く。

「我が日本軍の状況が不利である。場合によっては当地点北方の雲南省から中国軍の南下も考えられる状勢である。これを阻止するために当部隊に北方警備の命令が伝達されてきた。将校を長として班を組織し、この任に当たる。我と思うものは前に出よ！」

行き先はチェンマイから約六〇キロ北方になるパーンバンハンという。私に躊躇はなかった。勢いよく前に飛び出した。楠も、太田軍曹も続いた。その数の記憶はないが、確か将校を長とする班が二、三班出来たはずである。

兵器を捨ててしまった兵に再び小銃、剣、弾、薬等の支給があった。軍はまだ、こんな武器で戦えという。私が受領した小銃は、やけに軽かった。木目が粗く、爪痕が付きそうな木台である。粗雑な急造品と思われた。小銃弾もわずか五十発程。敵から真正面に挑まれたら寸時にして壊滅するだろう。いかに国力が傾いているかを再び知らされた思いで悲しくなった。

私達の分隊は二十名弱であった。指揮官に若い少尉が紹介されたが、戦いを十分に知る人物とは思えず、私は古兵としての責任の重さを感じた。今では引率将校の名も顔も忘れ、記憶にあるのは楠を除けば同聯隊の下士官一名だけである。

この人数と武器で、最新式の米式装備をした数万以上と考えられる重慶軍に対するわけだが、作戦案は誰が立案したのか幼稚きわまりないものだった。馬鹿なと思ったが、厳めしい顔をして少佐肩章を光らせている人物の訓話を、おとなしく聞くふりをした。いずれ昭和初期頃の支那事変あたりからの出世組であろうか、近代科学戦というものを全く知らない老少佐であった。そんなことで勝つ相手ではないと、実戦の説明をしたいくらいであった。太田軍曹もろくに話を聞いていないふうであった。

完全武装とはどう見ても見えない一群はチェンマイを発った。町外れから真北に進む。竹藪の獣道には点々と象の糞が散らばっていた。満足な身体の兵士はいない。約六〇キロの行軍に確か二、三日をかけていた。道すがらの住民らが表に出て私達を見ていたが、この有様を何と見ていただろうか。若い指揮官は地図を持って、たびたび私と太田軍曹に尋ねに来た。古兵の私達に畏敬を抱いているようだ。

七月末頃と思うが、目的の村に着いた。少尉が宿舎依頼のため近くの村長宅に行くが、けんもほろろに断られたと帰ってきた。すでに雨季も過ぎているので全員露営することにした。

何日くらい警備についただろうか。山間民族の垂れ流しの糞尿の匂いが風に乗って伝わってくる。彼らは我々に水もくれない。谷に下り水を汲んだ。この集落の者はなぜか日本兵を嫌った。米も売ってくれない。野菜も分けてくれなかった。仕方ないので交替でチェンマイまで受領に出かけた。

嫌う原因は後で分かった。ビルマ作戦緒戦時、この道を関西方面の部隊が通過し、途中でこの村に立ち寄り、米や豚、鶏などを勝手に徴発して村民を困らせたという。この話を聞き、私はチェンマイで求めた新しい生地（褌）を持って村長宅を訪れ、勝手な行為を詫び、生地を二枚、贈呈した。村長はすぐに態度を変え、生みたての鶏卵やマンゴー、野菜などを籠に入れてくれた。私達の真意が分かったのだろう。

終戦

昭和二十年八月十五日、終戦の日。山に陣する私達には何も連絡は来なかった。もちろん終戦とは知る由もなく、相変わらず変化もない北の道を警戒していた。
四、五日たった暑い昼下がり、チェンマイからの連絡下士官が兵士一名を連れて山坂を喘ぎ喘ぎして登ってくるのが見えた。何か叫んでいるが分からない。この陣地に連絡下士官が来たのは初めてであった。
「おーい、ここだぞー」

私は手を振って合図を送った。若い分隊長の将校に伝え、他の兵らも連絡者の元に集まってきた。

「終戦の詔書が下った。速やかに最寄りの部隊へ集結せよ」

負けたのか。私に閃くものが走った。他に考えることはなかった。楠も唖然として私を見つめていた。

さらに第二報が届いた。「全面降伏」である。

「八月十五日、米英ソに対し無条件降伏の詔勅が下された」

かつてこんな恥辱を味わったことがあったろうか。二十名の兵士は、ただただ俯いて突っ立っていた。私も泣くに泣けない思いの中にいた。このの ち私達兵士はどうなるのか。おそらく国には帰れないだろう。命の保証はない。若い少尉も指示を出すこともなく呆然としている。突然、太田軍曹が怒鳴った。

「みんな、帰るぞ。準備をしろ」

しかし、気力を喪失し切った兵士の動きは重い。分隊長と打ち合わせの上、明日山を下ることにした。私は村長宅に別れの言葉を伝えに行った。深い事情の説明は控え、ただ移動するとだけ伝えた。

暑い日差しが山路を灼き、生気をなくした群れは誰とて声を立てる者はなかった。

「小休止」

と私が命じた。腰を下ろした兵の中に、小銃に刻まれている菊花の紋を小石で削っている者がいた。いずれ兵器はすべて没収されるだろう。その前に、国花であり陛下からの預かりものであるとの観念から削り取っていたのである。人間の思考にはいろいろとある。

歩く山径の谷に、よどんだ池があった。淵を通る時、私は小銃を池に放り込んだ。

「班長、大丈夫ですか、そんなことをして」

楠が心配そうに顔を向ける。

「なーに、こんな銃を一つ一つ点検する敵ではない。もう弾を撃つこともないだろう。お前も捨てろ」

と言うと、楠も躊躇しながら私に習って投げ込んだ。これを見てか、他の兵も次々と投げる。指揮官の少尉は何の注意も与えなかった。敵の手に渡したくはない。私は腰に吊っていた手榴弾三発も池に放り込んだ。完全な丸腰となり、心の整理もついた。どうにでもせよという心境であった。銃を捨てたと同時に第二次世界大戦（太平洋戦争）も終わった。私の六年間の戦場も終わったのである。

陣地の山を下って二日目の夜、宿舎であるチェンマイに帰り着いた。出発してから、わずか二十日足らずであった。宿舎の灯も心なしか暗く私達を迎えた。

指揮官の少尉が、出迎えの老少佐に帰隊申告をする。出発前、あんなに口うるさく、厳めしかった少佐が、まるで人が変わったように静かな優しい口調で、私達にいたわりの言葉をくれた。

やくざ崩れの兵がすでに親分風を吹かし、「軍隊はもうないのだ。将校も兵も一緒だ。これからは皆同じように何事もやるんだ」と言う。一等兵の肩章をすでに外し、椅子にあぐらをかいて顎先で兵を使っている。私はこの後も彼としばらく同一行動であったが、実に手を焼く人物であった。心の弱さが敗戦を利用したようでもあった。

その夜、私は不安を払いのけるように大の字になった。板張りの寝床も懐かしい。耳元に飛んでくる蚊を追ううちに、いつしか深い眠りに落ちていた。

チェンマイの朝は、樹に鳴く鳥の声で明ける。古刹が数多くあり、かつての都の風格が町に漂う静かな地である。

戦いに敗れたとはいえ、敵側の俘虜になったという意識はなかった。というのも、敵側である英国兵やインド兵の姿が町に見られなかったからであろう。わずか百名そこその俘虜にこだわることもないという、西欧的な気質の現れだったのだろうか。

それから何日くらい滞在したか定かでない。私に経理班の仕事が回ってきた。班員は六名。楠が「私も入れて下さい」と言うので、私の一存で班員にした。仕事は全員の食事の世話であり、市中での買い出しから始まった。敗れた国の経済は十分でない。塩味が強い冬瓜汁が主で、豚の脂身を入れるのが精一杯である。だが、不服を言わず皆よく食った。

次第に心の落ち着きを取り戻した兵達は、夜になるとそれぞれが故郷の自慢話などに興じた。何といっても若い男の集団生活であるから、必然、女性の話が出る。故郷にいる許嫁は待ってくれているだろうかとか、恋を打ち明けた女が自分の安否が分からないため別の男と結婚したのではなかろうか、など。中でも、腕に小さな般若の入墨をした古参の一等兵がいて（人柄は至って良い）、人生の裏側を十分に知りつくした彼の遊郭遊びの話には人気が集中した。

私は恋愛の経験はないに等しかったが、小さな恋といえば、朝鮮の金鉱山に就職していた時、日本の女学校を出た金さんという事務員がいて、容姿も端麗であり、チョゴリを来て毎日事務所に出勤してくる姿に心を惹かれたくらいの野暮な恋心であったから、古参兵の話に引き込まれるようなことはなかった。

若者の夜はそんな話で終わるが、白昼は体力づくりのために各人それぞれ運動をした。私の得意は野球である。二組のチームを編成して毎日、試合などして特に拘束のない時間の無聊を過ごしていた。

そんな中、突然、移動命令が出た。行き先はノンホイ。首都バンコクの近くだという。ここから四〇〇～五〇〇キロ南の地である。まさか行軍ではあるまい。もう歩くのはこりごりだった。

数日後、チェンマイを発ったと記憶するが、定かでない。トラックや帆船、鉄道などを利用した思い出がわずかに残っている。

第五章　祖国へ

ノンホイ収容所

乾き切った赤い砂地が続く丘に所々、広い竹林が見え、その中を急造成したと見える道が奥深く続いていた。トラックが着いた地点には、竹造りではあるが堅牢な宿舎が幾棟もあった。我々俘虜を収容する施設である。

宿舎割りのための点呼があった。ところが、楠の姿が見当たらない。いつも私の傍にいたのに。トラックを降りた際の混雑で他班に紛れ込んでしまったのか。結局、ここでは会えずじまいであった。復員後、彼から「班長、捜しましたよ」と、彼も私を捜していたという話を聞いた。やはりあの時、他班に紛れ込んでしまったのだそうだ。

思いがけず楠と離れることになったが、すでに一人前の兵となった彼のこと、心配には及ばないであろう。こうして、ここで楠とも、また太田軍曹とも別れることになった。

ここはノンホイ収容所と呼ばれ、首都バンコクから北へ五〇キロの地点であった。少しずつ祖国に近づいているが、日本への帰還の話などは全く出てこなかった。

病棟は戦傷患者で溢れていた。私はここで初めて診察らしきものを受けた。右脚の銃創は肉も上がり痛みもとれていたが、左脚は膝関節の靭帯を弾で半分切断しているため、屈伸に苦痛を伴う。軍医の名は失念したが、郷土福岡出身の四十がらみの男であった。

「これは手術の必要があるが、その設備もない。とりあえず靭帯を伸ばす方法があるからやってみよう」と説明があり、毎日治療に当たってくれた。

看護助手として付き添ってくるのは衛生兵ではなく、また正規の看護婦でもなく、化粧焼けした婦人であった。軍は一部に将官ら専用の接待婦を置いていたが、その収容を「補助看護婦」と名付けて体面を保っていたようだ。

治療は今でいう温熱療法であった。熱い湯に浸した毛布で関節を包み込み、膝を立てた上から軍医が乗りかかってくる。切れ縮んだ靭帯を熱と圧力で伸ばそうというものであった。懸命な軍医の額から汗の粒が滴り落ちる。その熱心さに感謝の他はなかった。この処置のおかげで、極度に曲がっていた関節も随分と伸び、歩行もだいぶ楽になった。

私は一応、戦傷患者ということで苦役はない。一日が長く、手持ち無沙汰の日が続いた。食事は毎日が冬瓜の塩汁で、米飯は少なかった。夜に入ると離れた村から現地住民が、監視を抜けてゆで卵や油で揚げた菓子などを売りに来た。彼らは金よりも物々交換を望む。私は夜陰にまぎれてイギリス軍の倉庫の天幕を切り裂き、仕立て職の兵士に半ズボンを縫わせ、病棟外の竹藪の中で甘味類などと交換し、分け合って食った。皆、甘みを欲していた。

私はここでつまらぬ男気を出した。

「ようし、今晩俺が倉庫に侵入して砂糖を取ってくる。皆待っていろ」

すでに前日、倉庫周辺の地形も入口も調査すみである。闇の夜を利用して周辺を警戒するが、誰もいない。扉代わりにアンペラが立て掛けられた急造の倉庫である。静かに侵入し、甘酸っぱい匂いのする場所も判明した。持参のナイフで袋を少し切り裂き、指を入れて舐めてみた。砂糖だ。今度は手を入れて口に放り込み、十分に味わった。空の雑嚢に手ですくい、満タンになるまで投げ込む。

よし帰ろうと出口の扉に手を当てた瞬間であった。熱さと同時に痛烈な痛みが右手を襲った。しまった、毒蛇か！　これで俺も終わりか。左手でしっかりと手首を止血して一目散に宿舎に走った。

「蛇にやられた！」

歴戦の男も台なしである。右手は青くなり見る見るうちに腫れ上がる。狂いそうな痛みだ。隣の宿舎から軍医が来てくれた。傷口を見て、

「これは毒蛇ではない。蠍《さそり》のようだ。切開しよう」

と言うと、ザクザクと音を立てて掌を切り開き、口を当てて何度も血を吸ってくれた。幸い命はとりとめたものの、二、三日は腕も動かず哀れな姿であった。宿舎に二十名くらいの患者兵がいたが、飯盒の蓋に砂糖を分けて舐め合った光景が今は懐かしい。

私の棟に一見して遊び人と見られる上等兵がいた。寝床の横には当番兵ならぬ子分まで従えている。この子分なる一等兵の来歴こそ知らぬが、親分たる男に甲斐甲斐しく仕えていた。聞けばこの二人、入隊以前から親子の盃を交わした仲だったそうだ。親分格の上等兵は足首の捻挫と自称。しかし、決して人に見せな

かったので、その真偽は分からない。子分が洗濯する真っ白い色帯をいつも巻いていたが、一日中横になり、掃除当番が回ってきても、他の軽作業の順が来ても動くことはなかった。

棟内では夜になると「コックリさん」という占いで賑わった。まず占うことは「いつ国に帰れるか」であり、家族の安否であったが、私はそんな迷信めいたものに興味もなく、輪から外れていた。

ある噂

ここに来て半年程が経過した頃、しきりに流言が飛んだ。国土の半分は焼け野原だ。東京には米軍が上陸したため婦女子は北海道まで逃げているなど、耳にするたびに憂鬱になるニュースばかりが入ってきた。故郷からの手紙はここ数年届けられていないため、確かめようもなかった。収容所内の兵達は帰国の希望を絶たれ自暴自棄になり、些細なことで喧嘩口論、殴り合いが絶えず、その都度私は仲介役となった。

私自身にも焦燥感はあったが、「脚さえ元通りになれば」の思いがあった。実際、熱心な軍医のおかげで随分良くなっていたから、とんでもない計画を思い描いていた。脱走して北へ逃亡し、歩いてでも日本に帰ってやろうと考えていたのである。

ある噂が流れてきた。俘虜のすべてはインドに送られ、生涯を砂漠地の開発労役に就労させられるというものである。もし真実であれば俺の一生は終わってしまう。そんなことはたまるか。私は日々、逃亡案を練り、顔を隠すため毛髪も刈らずに長く伸ばした。

日本はここから北東に当たる。地球には必ずどこかへ通じる道がある。古き時代の僧、三蔵法師も中国を発ち、インドまで足を延ばし、さらに西へ向かっているではないか。考えれば不可能とは言えない。覚悟すればやれる……。しかし、いざ決心しようとすると母の顔が浮かんで自省を迫った。

いつの日か必ず帰る。私は母を思いながら、堅いチーク材を黙々とけずって箸を作った。母へのせめてもの土産のつもりであった。この箸を贈って戦場の話でもしよう。同じ材料でスプーンも一本作ったが、これもなかなかの力作であった。

なお、無謀な逃亡を実際に行なった兵士もいたが、その人はタイ北部の農村で年老い、帰国を果せなかったと聞いている。

ノンホイでは英軍将校の巡視が再三あった。理由は衛生面の監督である。監督将校は巡視の都度、病棟内に飛び回る蠅を見ては顔をしかめていた。

数日後、白い粉末が配られ、寝床から天井、床に撒いた。驚いたことに、あれほど飛び回っていた蠅も蚊も、また衣類に巣食っていた虱までもが退散した。不思議に思うと同時に、欧米の優れた化学を知った。

病棟を時々覗きに来るインド兵は善人で寛容さがあった。私はどうしてもイラワジ河決戦の惨状が呼び戻され、「俺の脚に弾を撃ち込んだのも『こいつら』だ」と恨みが残っていたのだが、身近に接するうちに、いつしか憎しみも遠のいていった。

ある日、例のインド兵が棟内に入ってきた。彼はすでに友人らしい態度で私達に接し、時には隠し持ってきた煙草などをくれることがあった。この日の彼は顔をニコニコとほころばせていた。そして、片言の日本語で、「あなた、日本帰る、日本帰る」と言う。しかし、誰も信じない。実はこれまでも「帰す」という話がありながら、一度たりともその機会は回ってこなかったからだ。うまいことを言って船に乗せ、インドかどこかへ運ぼうとでも考えているのか。彼は必死になって「本当、本当」と力んでいるが、皆は「もう騙されないぞ」と聞く耳を持たなかった。

ところが翌日、棟長である豊田曹長に連絡が届いた。帰国命令であった。棟内は騒然となった。抑留されて一年である。やれインドの砂漠に移動させられるとか、兵士のすべては去勢手術をされるとか、弱者の心理をうがつ話ばかりであったが、ついに母国の土を踏む日が眼前に来た。足掛け七年ぶりの帰国である。老いたであろう母の顔が見える。泣きたくなる心を押さえ、興奮の坩堝《るつぼ》の中で、私は掌が痛いまでの拍手で嬉しさを表わした。

出発はそれから数日後のことであった。準備といっても身の回りのものを持つだけである。勝利した戦の凱旋であれば何かと土産もあったろうに。汚れ、やつれ切った私を見て、母は取りすがり声を立てて泣くだろう。侘しさが募る。

迎えのトラックが来た。誰かがしきりに私を呼ぶ。トラックの上で手を振るものを見た。何と、それは丸々と太った山辺上等兵であった。聞けば、入院していたカローの町が毎日猛爆を受けるようになり、患者らは南へ退くよう指示されたという。彼は幸い象部隊によって移動し、私が通ったアンポパイを経由してチェンマイに辿り着き、私より早くこのノンホイに到着したのだという。彼の関節の傷は表面を見る限りは随分よくなっていたが、ひどく引き摺る姿は変わっていなかった。

なお、楠とは結局ここでは会えずじまいであった。私は洗濯場や水浴に行くたびに小川で彼の姿を探したのだが、見つけることは叶わなかった。これも復員後に聞いた話では、少ないながらも日本の復員船がバンコクに入り、随時収容所から兵を帰還させていたらしく、彼は私より一足先に帰国していたのであった。

帰国への第一歩が始まった。赤い土の粉塵を舞い上げて、トラックが疾走する。

日本へ

トラックは大国の母なる流れというメナム河の支流に到着した。ここも赤くよどんだ流れが緩やかに流れている。

赤い地表ともいよいよ別れの時が来た。支流の岸にすでにつながれている老朽船に移乗、もちろん木造船である。岸辺りに、少ないが現地の人たちが私達に手を振ってくれた姿が今も鮮明に残っている。

老朽船は緩やかにメナム河の本流に滑り込んだ。流れが案外と速くなる。泥色をした流れは海へ注ぐ。海のつながる所に祖国があるのだ。

私の横には楠に代わって山辺がいた。

「ああ、赤い地とも離れた」

それは恐怖の台地から逃れ得た兵士らが抱く、共通の思いであったろう。

老朽船は汚れた帆を一枚風に当て、濁流を下って行く。エンジンはない。眠りを誘う鈍い振動の中に、風物が移動する。乗船した兵士達は解放された安堵の中に横たわっていた。私は舵をとる船長の横で船べりに背もたれして、彼の言うことに分からぬままに相槌を打っていた。船上は川風で涼しい。つい、うとうとと眠りに入っていた。

ギイッ、ギイッと軋《きし》む舵の音が、ビルマの荒涼な原野に突如出現した敵大型戦車の方向転換に聞こえ、跳ね起きるように目覚めた。老船長が下流右方向を指差して大きな声で、「アユチヤ、アユチヤ」と言っている。アユタヤだ。「あの地はお前らの国の武士達が移り住み、国のために働いてくれた場所だ」と言う。

すでに四百年の過去の夢を残す史跡の地。その昔、沼津藩家老であった山田長政は青春の志たて止まず海外雄飛。ここアユタヤ王の下に忠誠を誓い数々の武勲を立てるが、ついに王族反徒の手によって毒殺された。長政の子オインは生きながらえ終生を山間の地に送ったという。長政の住まいもあったという日本人町が、茂みの中に崩壊した姿で残っているのが見える。

過去の日本人武士は、仕えることに命を賭けた。義を貫いて自己を消滅させた。かたや私は本当に国を思い、戦ったのだろうか。本当に勇敢に戦ったのだろうか。死ぬことを恐れなかっただろうか……。眠りから覚めた頭の中で、長政と比べ合わせて自らを振り返っていた。

メナム本流の河幅は広い。アジア大陸の山系を背後に控える国の河のすべては大河である。中国を源として、タイ、ラオス国境を流れベトナムに注ぐ大河メコン。同じく源を北タイにするメナム大河。ビルマ国内を雲南から流れ継ぐサルウィン大河。そして同国の北、ヒマラヤの裾を縫って国を縦に割るビルマ最大のイラワジ大河。それぞれの大河に私の思いはつながる。だが、いずれの大河も赤い土を溶かして流れていた。

老朽船は水流に押されて速度をいよいよ増してゆく。何時間くらい水流に乗ったであろう、老船長が「あと少しでバンコクだ」と教えてくれた。
六、七年前のビルマ進攻時、この地の兵站に一泊したが、騒々しい町という印象しか残っていない。今は静かな都市バンコクのすべてが珍しい。それもそうだろう、私達は山猿に近かった。船長の巧みな操作で、船溜まりを避けて岸壁に着くと、平和という実感がもろに覆いかぶさってきた。このような社会もあったのかと、今まで辿った戦場が一頁ずつもぎ取られてゆく気がする。

すでに暮れなずむ頃、岸壁から上陸し広場に整列した。軍隊とは言えない貧弱な姿の男達の列である。

「所持品をすべて前に出して、一歩後退」

所持品検査である。私は大声で叫びたい衝動にかられた。今さら何を持っているというのか。この通り何もない。英国将校が色の浅黒い小柄なグルカ兵三名を従え、所持品の前を通るくらいで何も検査らしいものはなかったが、グルカ兵が手にしている精巧そうな小銃を見たときは、科学の差を見せつけられた気がした。離れた所に十四、五名の日本赤十字の制服を着用した看護婦らの一群がいた。私は野戦でこれらの看護婦の姿は一人も見たことがなかったが、彼女達の従軍看護婦としての献身ぶりは幾度も耳にした。戦ったのは私達だけではなかった。同胞として心から慰めるべく、手を上げて合図をした。

復員後に他兵団の者から聞いた話だが、戦局もいよいよ逼塞《ひっそく》した頃、奥地前線に派遣されていた看護婦らは逃げるに道なく、「生きて辱めを受けるならば」と、渡された毒薬をあおり、自らの命を絶ったという。爾後、ビルマ戦記の中でその状況を書いた看護婦の手記を見る機会を得たが、敗れた戦いには想像だにしない悲劇が積み上げられているのだと改めて胸が締め付けられた。

私の横には杖をついた山辺が並んでいる。楠のことはずっと気にかかったままであった。

日もすでに海の彼方に傾きつつあった。私の記憶では、六月十日前後と思う。渡された小さな紙片の乗船証を持って岸壁へと向かった。山辺は遅れまいと片足跳びで追ってくる。岸壁に私達を本船に運ぶためのランチが待っていた。昨日まで敵だったグルカ兵が笑顔で乗船を見送ってくれた。

ランチは港湾を抜けて外海へ。各国の船舶が思い思いに碇を下ろして停泊している。夕暮れの波上にとりどりの国旗がはためく中を、ランチは軽快な音を立ててまっすくに進んでゆく。

一船が煌々と灯を輝かしていた。船尾に「日の丸」が見える。ああ、久しぶりの母国の旗だ。しびれるような感覚が伝わる。やはり迎えに来てくれた。あの船に乗りさえすれば母なる国へ帰れるのだ。泣きたかった。大声で「母さん」と叫びたかった。

真っ黒い船体には揚陸作業用の大きいクレーンが見える。四〇〇〇〜五〇〇〇トン級であろう。明らかに貨物船である。敗戦国にわずかに残った船と思われた。船名は確か「晴」という字があったように思うが、残念ながらそれ以上は思い出せない。

海を真紅に染めていた夕陽も消えた。薄暗い波上に、本船は私達の乗船の安全のため真昼のような眩しい白色の光をランチの周囲に投げていてくれた。激しく揺れるランチで山辺を支え、タラップを伝って本船へと上る。数人の船員が甲板上で出迎え、

「頑張りましたね、ご苦労でした。日本に帰りますよ」

と、ねぎらいの言葉をかけてくれたが、素直に答えも出来ず、ただ頭を下げた。

私の頭の中は、一日も早く日本の土を踏みたいという思いでいっぱいだった。船は出港するとまず仏印（ベトナム）沿岸を通るだろう。そして南シナ海に入る。その後、東シナ海を抜けて日本に近づき、やがて日本のどこかの港に着くだろう。幸いにして博多港にでも着いてくれれば家までは近い。肉親が岸に出迎えてくれている姿まで思い描いた。

船内でまず知りたかったのは郷土の町のことであった。船員らの話によると、私の町も焼け野原となっているらしい。母は健在であろうか。幼かった弟妹達は……。

船員の指示に従い、階段を下りて船艙へと入る。かつての私達の戦いの途は進撃に進撃、転戦に追われていた。行動は常に船舶であったので船には慣れていた。相変わらず蚕棚が見える。板の上に筵《むしろ》が並べてあり、そこが日本に着くまでの居所であり、寝室であった。少々湿度を感じるが、手足を自由に伸ばすことができるのが嬉しい。場所をとる荷物もないから、その分、広く感じた。

やがて船体に響き渡るようなスクリューの回転音とともに、本船が進行を開始。ついに生国へ帰国の一歩を踏み出した。日はすでに暮れていたが、せめてバンコクの夜の灯でも心に残しておきたいと思い、甲板に上がった。思ったより涼しい風が体が包む。遙かな地点にぼやけた灯が点々と見えた。

タイよ、さようなら。赤い地表のビルマよ、さようなら。

限りない悪夢が続いた地ではあったが、いよいよ別れとなると、ある種の寂しさがひしひしと迫ってくる。何も見えない海は漆黒の布のようである。中空に星群がひしめき合い、自らの位置を守って燦然《さんぜん》と光り輝いている。故郷も星の夜だろうか。

船首が波を切って進んで行く。夜光虫が切られる波に散って美しい。思わず見とれていると、ふと、昭和十八年二月一日のガダルカナルの惨状が浮かんできた。軍艦に拾われてソロモンの海を逃げた夜。私は再び海によって命を得ている。この波に乗っていれば日本に着く。北斗七星を探すが、この位置からは無理なのだろうか、見つけることは出来なかった。夜風に体が冷えきってきた。船艙に戻り筵《むしろ》に横たわった。山辺は手枕でぐっすり眠っている。

夜が明け、また甲板に出た。果たして本当に船は日本に向かっているのか。大丈夫だと思いながらも、つい敗戦の兵の疑念がもたげてくる。

無限に続く海を見つめながら、あのソロモンの海底に沈んだ戦友らを思う。彼らの肉体はすでに海流に溶けて、白い骨のみが潮に押し流されながら祖国へと近づいているだろう。海には海に、山には山に、赤い原野には……。痛く切ない思いが胸を締め付けた。

波流

船は南シナ海に入った。前夜より船体の揺れが変わってきていたが、特有の時化の中に入ったようだ。わずか四〇〇〇～五〇〇〇トンの船は巨濤にほしいままに翻弄されながらスクリューを唸らせ、北へ北へと進んでいた。

凄まじい暴風雨である。船体は四十五度以下に傾き、何かに摑まっていないと投げ出されてしまう。乗船者は皆、蒼白になっていた。水筒や飯盒が音を立てて転がり、他の荷物も船室の隅から隅へと転がり続ける。隣船室では看護婦らが脅えた悲鳴を上げ、仕切り柱にしがみついていた。

激しい暴風は丸一日続いた。船はローリングしながら速度も変えず日本へと舵を向けた。時折、親切な船員が通過地点を知らせてくれた。

「いま台湾沖を航行中だ」

台湾と聞いて船室には歓声が上がる。確実に日本に近づいていた。一日も早く日本の土が踏みたくて、船の中を走らんばかりの心境であった。

私の三、四人横に、乗船時から担架で運ばれてきた一人の兵がいた。乗船中もずっと寝たままで、時々うなされていた。病名はマラリアと激しい黄疸症状の兆候だと聞いていたので、私達は交代で調理室から水をもらい冷やしてやっていた。ところが台湾沖を通過する頃から病状が急変した。

皆は顔を覗き込んで励まし、声をかけてやるが、本人はすでに意識も遠のきつつあるようだった。軍医が急ぎ来てくれたが、精魂尽き果てたのだろう、眠りに入ったまま息を引き取った。苦痛から解き放たれた死に顔を見ていると、運命とは許すことを知らぬ掟かと、悔しさが募った。せめて、あと数日、命を保ってくれたら……。

「おい、もう日本だぞ。もう少しだ、しっかりしろ!」

その夜、亡くなった友のため船長の心づくしの温かい真っ白な飯と、日本茶や塩煎餅が枕辺に並び、僧侶出身の兵士の読経で通夜を行った。


「島が見えてきた。島が見える」

まだ夜が明けたばかりの甲板から叫び声が聞こえてきた。

よく体験したことであるが、海の明け方は水平線に浮かぶ黒い雲を島と見紛う。私は冷静に聞き流そうとした。しかし、山辺が「そろそろ日本列島の南の島あたりが見えるのではないか」と言う。私も自分の目で確かめようと、山辺を誘って甲板に出た。南の島の上陸戦に幾度も参加してきた経験から、島影であれば見分けられるはずである。

甲板上では多くの兵士達が「島だ、島だ」と叫んでいた。見れば波を遙かにして黒い影が浮かんでいる。正しくそれは島影であった。船はその影を左に見て、波を切って進んでいる。そうすると、あの島影は沖縄南端の島か。私は体内の血が温かく緩やかに流れるのを感じた。ああ、ついに日本の領土内に入ったのだ。もう大丈夫だ。祖国の土はそこだ。感涙《かんるい》というのだろうか、涙が一つ流れた。

私の前に立っていた看護婦も座り込み、手を顔に当てて泣いている。女の身である、当然であろう。私は彼女達に「とうとう日本に着いたね」と声をかけた。

船内に戻ると、昨夜通夜をした兵士の体を、船員が白い布で顔まで隠すように巻いていた。

「水葬するのですか……」

可哀想に、生まれた国がすぐそこに見えているのに……。

「気の毒だが、船の規則でね」

船員の声も小さく細く感じられた。

海上の水葬には私も何度か立ち会ったことがあるが、まだ体の温もりのある人間を布に包んで、海中に投げ込むのである。白い包みは波流に揺れて水中深く消えてゆく。海水の透明度が高いほど悲痛なものであった。魂も未だに抜け切っていないだろうにと思うと、なおさらに心が苛《さいな》まれてくる。地上の戦いで戦友の屍も焼いたが、白い骨が残る悲しみと、また違う辛さであった。沈みゆく屍を涙で送る。

船は凪《なぎ》となった海上を航行する。島を見てから随分と時間も経過した。

「今、鹿児島の沖を通っているよ」

船員がわざわざ知らせに来てくれた。鹿児島と聞いて、私は福岡に帰り着いたかのような錯覚に陥った。

急ぎ甲板に立つと、高い山が見える。

開聞岳だ！　まぎれもない思い出の山の姿であった。入隊を控えて友人と九州一周の旅に出た際、九州最南端の枕崎まで足を延ばしたが、その折、小さな箱の列車でこの山の麓を通過したことがある。そういえば、あの学友は今、どうしているのだろう。

「おーい、日本の山だ、日本が見えるぞ！　今、鹿児島沖を通っているぞ」

私は船艙に向かって大声で叫んだ。甲板に上がった兵も泣いていた。肩を抱き合う姿もあった。

沿岸近くを航行する船上では、これも懐かしい佐多岬が突出して見えてきた。その背後に、雲だろうか煙だろうか、白煙が中天に停まっているのが見えた。桜島の噴煙であったかもしれない。

船は九州を過ぎ、さらに四国の沿岸を縫って北へ進む。小さな帆を上げた小舟が数多く見え、漁をしているのが見える。日本の海の風景がそこにあった。

その日、船内には特別のサービスが提供された。入浴である。毎日が汗と潮風の中であったので、肌は異様な臭いを発散させていた。泡立ちの悪い黒い石鹸だが、これで垢も塩分も洗い落とすと、もうすでに日本にいるような気分になっていた。

船長が笑顔で船室に現れ、

「本船は明日、三浦半島の久里浜に入ります。船内で検疫をすませた後、上陸になります」

と、船旅の労をねぎらう挨拶をした。「わーっ」と歓声が上がる。言葉にならない感動が船室を包み込んだ。

翌日、船は久里浜港に入港。遙かに富士山の勇姿が「よく帰ってきた」と語りかけてくるように見えた。

心もすっかり平静を取り戻し、私は甲板の高い所に上がって思い切り日本の空気を吸い込んだ。岸には松林が黒く続いている。祖国の土の色も見える。あのビルマのいまいましい赤い土の影はすでに私の脳裏から遠ざかりつつあった。

何よりもまず帰国を母に知らせたい。船長室を叩くと、船長は快く五枚の葉書をくれた。併せて鉛筆も借用し、まず一報を書く。

「只今神奈川の港に到着しました。いずれ近いうちに帰ります」

確かそんな内容だったと思う。

後で分かったことだが、私の出征中、家は戦災で全焼し、母は少々離れた所に移転していた。葉書は無事にその母の元へ届けられた。母はもし私の遺骨でも届いて住所が分からないと可哀想だからと、移転先を市役所に届けていたのだという。

葉書をもう一枚、楠の家に宛てて書いた。住所は彼から何度も聞いているうち、暗号のように頭に刻み込まれていた。東京都練馬区上石神井である。楠も帰っていればいいが……。私の心には重たいものが残っていた。

さて、書くには書いたものの、まだ船の上である。幸い朝早くに本船へ給水のためのランチが来た。

「すみませんが、この葉書を投函してくれませんか。母と戦友に出すのです」

給水船の人は「ああ、いいよ。出しておくよ」と心安く受け取ってくれた。

帰還者の誰かが検疫で何か病菌を検出され、上陸が三、四日延びた。一日も早く陸に上がり一目散に母の元に帰りたかったが仕方がない。

そして、ついに「明日、上陸」の伝達があった。その夜はなかなか寝つけず、薄明かりの常備灯の下で深夜まで山辺と語り合った。この時の高揚した気持ちは今も忘れられない。

翌日の昭和二十一年六月末日、いよいよ上陸が始まった。肩に掛けた空の雑嚢、着色も剝げ少々変形した水筒……荷物といってもそのくらいであったが、私の心は幸せに満たされていた。少しびっこの足をかばいながら、迎えのランチに山辺を先に移乗させた。梅雨の中休みか空は快晴。波を切るランチの上で風を浴びながら、私は生きている実感をひしひしと受け止めていた。

何だろう、岸に白い服を来た人たちが左右に動いている。近づくと、群れ集まっている婦人たちのエプロン姿であった。私達の復員をせめて和服姿で迎えてあげようという婦人団体の思いやりであった。私は見すぼらしい姿をさらすのが恥ずかったが、婦人たちは白い湯飲みを持って「どうぞどうぞ、ご苦労様でした」と渡してくれた。甘い甘い砂糖湯であった。この時の光景と甘さもまた忘れられない記憶である。


上陸の一歩が胸を熱くする。陸に上がって砂浜を少し歩いた。イラワジ河畔の砂のように灼けていたが、三浦半島を渡る磯風が心地いい。一団は松林へと向かう。特に足が悪い山辺には、白衣の看護婦が手を貸していた。山辺は少々照れながら、その手に甘えている。

松林の中に木造平屋の建物があった。ここが帰還傷病患者の宿舎であるという。かつて軍の施設病院だったらしいが随分古く、塀板も所々めくれ、窓ガラスは割れて白いテープが貼り付けられていた。

宿舎に入って三、四日経った頃だったか、ぽっちゃりとして目がクリクリとした若い看護婦が、「面会です」と知らせに来た。誰だろう、母だろうか。いや、そんなことはない。

長い板廊下の軋む音を気にしながら、看護婦の後に続いた。角張った冷たい感じの面会室に案内されると、すぐに大きな声をかけられた。

「班長！　楠です」

「お前、元気で帰っていたのか。心配したぞ、よかった、よかった……」

喜びが溢れてきた。私は彼の頭を軽く叩きながら、互いの無事を喜んだ。

「これを持って来ましたので食べて下さい」

楠はそう言うと、大きなリュックから袋一杯に詰まった米を取り出した。

「うちのほうは陸稲です。味は少し落ちるでしょうが、腹一杯食べて下さい」

そして南瓜や人参などを次々に差し出した。共に飢えを過ごした経験から、彼は何よりもまず私に食糧をと考えてくれたのであろう。事実、病院でも満足な食事は出ず、毎日がひどい空腹だった。

当時、米は貴重品であった。私はその後、家に帰ってもしばらく白飯を口にすることは叶わなかった。占領軍の配給は、きびの粉や小麦粉が主である。時折母が闇市などで白飯を買って食べさせてくれたが、一個の握り飯が十円であった。米とは宝物に近かった。

案内した看護婦が立ち去ろうとするのを止めて、南瓜や人参、葱などを少し分けてやった。看護婦は礼儀正しく深々と頭を下げて受け取り、「婦長さんに伝えます」と出て行った。

楠とはしばらく話を続けた。私達より一便早く帰っていた彼は、私の葉書を見て矢も楯もたまらず会いに来てくれたのだった。まだ十分に癒えぬ体で、遠方から重たい食糧を背負って来てくれたことに、私は心から感謝した。

その日の夕食は、楠からもらった野菜の塩煮と白い飯を同室の者にも振る舞った。久しぶりに腹が満たされ、気持ちよく眠りにつけた。山辺が「俺の家が近いなら米を持ってくるのになあ」と言う。彼の家は長崎だ。私の家は農家ではないから、この食糧事情で母親たちはどうしているのだろうと心配が募る。楠は「また運んできます」と言ってくれたが、私達の出立はそれから間もなくであった。

復員手続きとともに現物支給として一時金三六〇円とドンゴロス並みの毛布二枚が配られた。足掛け六年半、戦場を渡り歩き、二度の重傷の代償がこれだった。握り飯三十六個分……。何を計算しての代償であるのか、今もって分からない。

母国の土

朝、窓を開くと土の香りが全身を包む。幼い頃に土いじりをした時の匂いである。ビルマの赤い土とは違う、やはり生れし国の土である。

病舎には十日程いただろうか。関東以西に帰国する者は明日出発すると通達があった。いよいよ家に帰れる。母には病舎からも手紙を書いていたから、今か今かと待っているだろう。

およそ三十人ばかりの患者たちがホームに立つと、煤けた列車が入って来た。帰国するまで、汽車などはとても動いていないだろうと思っていただけに、勢いよく蒸気を吐き出す機関車に、何か勇気を得るような気持ちになる。しかし、客車の窓の多くには板切れが打ち付けてあり、車内は薄暗かった。

九州方面へ復員する者が十余名、それに患者護送看護婦が三名同乗した。私達は一般乗客の箱の三分の一くらいの席を与えられていたのだが、すぐに食糧買い出しの人たちがなだれ込み、片隅に追いやられる形となった。人々の険しい雰囲気に、変わり果てた国の姿を見せつけられた思いがする。こんな世相の中で、ただただ優しかった母は大丈夫だろうか。

私達は車両の片隅で床板に座り、寝るのに少しの苦痛も感じなかった。野戦に明け暮れた身にとって、そんなことは頓着するようなことではなかった。ちなみに、この習癖は現在でも拭い去ることが出来ず、時に人様に不快感を与えるような言動を為すこともあるが、特に反省もない。「なあに、そのうち分かってくれるさ」と思うくらいである。

列車は東海道線を黒い煙を吹き上げてひたすら九州へと走る。停車した平塚駅で、白いエプロン姿の婦人会の人たちがバケツを下げて車内に入ってきた。そして私達に湯のみを差し出し、「どうぞどうぞ飲んで下さい」と回ってくる。甘い甘い生姜湯であった。私はこんなうまい飲み物があったということすら忘れ去っていた。そうだ、幼い頃に風邪をひくと、母が熱い生姜湯を飲ませてくれていた。一つ一つの思い出が故郷のものとなる。すでにビルマは遠い国となっていた。

クリクリした目元の看護婦が、夕食用にコッペパンを一個ずつ持ってきた。彼女とは楠が米を持ってきた時に野菜を分けてやって以来、すっかり顔見知りになり、気心も知れていた。このパンだけで明朝までの空腹を耐えなければならない。大切に大切に、ちぎって食べた。

汽車は夜の軌条に火の粉を振りまきながら走る。深夜でも時々停車し、この辺りから出征したと思われる復員兵が一人、二人と淋しい駅に降りていった。

山辺と私は車両連結機の後ろの通路に寝ていたが、吐く火の粉で時々眠りが妨げられる。患者の見回りに来た看護婦が、「危ないから私達の席に来なさい」と、山辺も抱くようにして連れて行ってくれた。

「看護婦席」と記された席に入り、床に横たわる。彼女たちの一人が特にビルマ戦について聞きたいという。兄がビルマに出征し何年も音信がないのだそうだ。しかし、ビルマは広い。残念ながら私には答えられなかった。例の目をした看護婦が「これに住所を書いて下さい」とメモを出したので、私は素直に記入したが、これは出征前の住所であった。戦災ですでに移転していたことなど知らぬ時である。その後、連絡が来ることはなかった。ビルマではおよそ二十万の兵士が没している。無事に帰還しなかったとすれば、手掛かりを得るのは容易なことではないであろう。

昭和二十一年七月当時、すでに関門トンネルは開通していたらしいが、トンネルを通過したかどうか記憶にはない。渡船した覚えがないから通過したはずなのだが……。

懐かしいはずの門司駅は、以前と違って人影も少なく、うら寂しさがあった。

私は次の小倉駅で下車すると聞いていた。久里浜療養所からの護送看護任務も小倉陸軍病院までだという。下車のため日赤看護婦の濃紺の第一正装に着替えた彼女たちは、一段と凛々しく感じられる。

小倉駅では十数名の患者が下車したものの、陸軍病院からの迎えの車がなかなか到着しない。私達は駅前の空き地に腰を下ろし、久しぶりの駅前の家並みを見回すが、ここも昔のような活気はなかった。

ようやくトラックが来た。色褪せたボディに「小倉陸軍病院」と書いてある。私は看護婦に支えられて乗車。彼女達は日頃からの訓練をうかがわせる、きびきびした動きを見せる。

彼女らは引き渡し手続きが済むと、私達の前に整列し、

「一日も早く、よくなられることを願っています」

と挨拶し、表門入口に去って行った。例の印象的な目の看護婦が何度も何度も振り返って手を振った姿が今

なお心に残る。

山辺は小倉陸軍病院から三、四日後に、郷里に近い長崎方面の病院に転送されていった。

「いつでも家に来い。島原素麺《そうめん》なら、いつ来ても家にある。こんな食糧事情ならお前の家も大変だ。必ず来い」と温かい言葉を残してくれた。私も一日も早く実家の状態を知りたい。焦りが苛立ちを加えてくる。担当医に事情を話すと外出の許可を得た。

母の元へ

病院から小倉駅まで歩いた記憶が残っている。小倉魚町は九州一の名店が並ぶ街であったが、俗にいう闇市が並び、白い握り飯さえ屋台で売られていた。食べたいが余裕の金はない。一時金も底を尽きつつあった。飯塚出身の戦友が「俺が買おう」と二つ買い、一つくれた。人混みを避けて地に腰を下ろして食べる。久しぶりの、しかも真っ白い飯を、じっくりと噛みしめた。

雑踏の中で、「もしもし」と誰かが私を呼んだ気がした。振り向くと姉だ。七年ぶりの歳月が一瞬に私を昔に戻した。

「ああ、姉ちゃん!」

姉の姿は昔の姿でなく、黒っぽいモンペ姿である。

「ああ、やっぱりあんただった」。姉はもう泣きじゃくっている。

「お母さんはどうしている」

「あんたは何も知らんだろうが、以前の所は全部焼けて何も残っていないよ。お母さんは元気で西のほうに引っ越してる。一緒に行きましょう」

ああ、ついに母の健在が分かった。飯塚に帰る戦友と別れ、姉に同道してもらい西へと向かう。電車の中で姉がいろいろと尋ねるが、私の胸中はそれどころではない。母の老いた顔が車窓に映る。のろのろと進行する電車に、まだ着かないのかと何度も姉に尋ねた。

現在の黒崎駅近くの電停で下車した。歩いて十五分くらいの所だという。私が野戦を転々としている間に父も兄も亡くなっていた。母は乏しい生活をしてきたのだろう。復員したままの汚い軍服と一本杖で帰ることに少しためらいもあった。国のために傷ついたという誇りなど一片もない。私の心の奥に灯るのは母だけ。緩やかな坂を姉に励まされながら上る。「ここだよ」と教えられた家は、一棟を二つに分けたような狭い造りの家のようだ。出征した家は街の丘の上に樹木もあり、果物の実る木もある家だったが……。母は妹達を連れて福岡市郊外に逃れたという。家も調度品もすべて灰燼に帰していた。

とうとう母の元に帰って来た。

「ただいま」

私は元気を出して大きく玄関を開けた。しかし返事はない。誰もいない家の中に小さい水屋がぽつんと置かれていた。四畳半二間の狭い家だが、母が健在でいてくれただけで十分だ。私は古い畳の上に横臥して、ついうとうとと眠り込んでいた。

「大変だったね、お帰りお帰り」

頭上の声に起き上がると母だった。少しやつれていた。

「ただいま」とまた一言。遊びから帰った幼児のような帰還の挨拶だった。

「すっかり黒ン坊さんになってしまって……」

南国で焼けた私の顔を見て、母は大粒の涙を流しながら言う。七年の空白は一瞬にして埋められた。母は私が出した葉書を見て、何か食べさせてやりたいと朝から買い出しに出かけていたという。涙声が胸に迫る。母と向かう夕餉の膳には、私が好きだった茄子の煮付けがあった。飯はない。メリケン粉ときびの粉を団子にした水団《すいとん》である。「今はこんなものしか食べられないよ」と母は詫びるように言ったが、私にとっては高級料理であった。

狭い炊事場のたたきで、母が鉄釜で沸かした湯を浴びて汗を流し、やっと一息ついた。こんな生活の中で母はよく生きてきた。私は昔の家での暮らしを思い出しながら、これからのことを考えた。私は後日、大腿部に止まったままの手榴弾破片と機関銃弾の摘出手術を受けることになっていた。生きるために皆が血眼になる世情で、こんな体の自分に何ができるのだろう……。

その夜は母と床を並べた。母は私の弾傷のことをしきりに気にしていたが、「何も心配することはないよ。そのうちに良くなるよ」と軽く答えた。傷は時々引きつって痛んでいたのだが、言いたくはなかった。

翌日病院に戻り、また数日後、母に同道して福岡市内にある先祖の墓参に行った。前を歩く母の背が少し曲がっている。私は再入院を控えて仕事もせず家にいる自分がもどかしかった。

「何も心配いらないよ。家の方は何とかなるから、ゆっくり養生なさい」

母の優しさが胸に沁みた。

戦友の墓参

私は郵便局を訪ねて葉書を十枚ばかり求め、東京在の楠、島原に住む山辺、世話になった久里浜の看護婦一同へ、お礼と住所の移転を知らせた。そして、私の身近にいた戦友の墓参に行く計画を立てた。母も「そうなさい、そうしなさい」と言い、数枚の札をくれた。詳しい住所が分からない者もいたが、まずは福岡周辺から始め、筑豊、田川、大分などを回ることにした。

北九州小倉南区徳力に、佐野の実家を訪ねた。農家が点々とあるだけの静かな農村である。来意を告げ、仏前に誘われた。

ああ、あの懐かしい彼の写真が飾ってある。彼はビルマで戦死したのだが、私が会ったのはビルマではなくガダルカナル島であった。食糧も届かない一孤島で支え合いながら、およそ三カ月の間、密林の中で生きた。彼の遺影を前に、その時の姿が彷彿として浮かんでくる。

「あれはうちの長男で一人息子でした。あとは娘です。言いたくはないのですが、国に跡取りを殺されたと思っています。あなたは生きて帰れてよかったですね」

彼の母親の言葉に、私はただ下を向いて頷くしかなかった。

ご両親から「今晩は泊まって当時の話を十分に聞かせて下さい」と乞われたが、話しても悲しい思いをさせるだけであると思い、辞して家を後にした。

どこの家に詣でても写真が飾ってある。「おい元気か、がんばれよ」と声をかけてくる気がして、様々な思いが私を包む。

私は何に守護されて幾度も死地を脱したのだろう。もちろん科学の力では説明できない何かがあるように思えてならない。神の計らいを頂いたのか、母の一念が徹して私を護ったのか、深く考える日もある。

その後、再入院して弾摘出の手術も終わった。そして結婚し、すぐに第一子の男の子を授かった。

結婚して一年余りの頃だったか、確か昭和二十三年の秋も終わりの朝、「ごめん下さい」と玄関に女性の静かな声がした。妻が赤子を抱いたまま玄関に向かい、「看護婦さんが見えていますよ」と言って私を呼んだ。誰だろう。心当たりはない。

結婚した頃の著者

すると、そこに立っていたのは、あの久里浜病院から小倉陸軍病院まで護送してくれた看護婦であった。申し訳ないことに今はお名前も失念してしまったが、彼女は再度、看護輸送のため九州に来たので、私のことを思い出して訪ねてくれたという。
いま私の手許には、いつどうやって手にしたのか思い出せないが、彼女が久里浜病院勤務時代に院長のお子さん二人と一緒に川辺で写った写真がある。日付は私が久里浜病院を出た後だから、送ってもらったものであろうか。
あの日、戦災で焼け落ちた町を歩き、私の家を訪ねてくれた真意は分からぬままであるが、遠く古い時代のほのかな思い出である。

第六章　二人の戦友

楠のこと

復員後に在役期間の一時賜金であったか、三六〇円が支給されるという通知が手許に届いた。七年近く国のために働いた報奨金というのだろう。いささか不満もあったが、この金で東京練馬在の楠を訪ねようと計画を立てた。戦地で彼が「何としても家に帰らねばなりません」と言っていた家を一度訪ねたいと思っていたのだ。

交通事情も悪いなか、不慣れな繁雑都市への訪問であるが、前もって連絡はしなかった。いきなり行って彼を驚かせたかった。いま考えると、何一つ土産も持って行かなかったが、戦友というのは土産などで手前をつくろう間柄でもない。

暑い時候であったと思う。山手線の高田馬場駅などで乗り換え、手にした地図を頼りに石神井公園駅で降りた。すでに夕暮れである。人家に訪ね、通行者に聞くなどして、近くまでは来ていると思うが、なかなか分からない。そこへ一件の家人が出てきて彼の家まで案内してくれた。私の服装が古い軍服なので帰還者と思われ、同情を引いたのだろう。

玄関に出た楠は大いに驚き、顔をほころばせて喜んでくれた。そして大声で母親を呼ぶ。

「九州の、ほら、いつも言っている班長さんだよ」

慌てた様子で現れた母親と挨拶を交わし、突然の訪問を詫びた。

ちょうど夕餉《ゆうげ》時で、私も遠慮なく夕食をいただくことにした。家は広いが相当に年数の経った建物である。なるほど彼が言っていたように大家族であった。弟妹が七人。まだ小学一年生の子もいた。「芋の子を洗うように」というが全くその通りで、夕餉の食卓は賑やかどころの騒ぎではない。それでも母親は子供たちを上手にあしらいながら、てきぱきと立ち働く。

「むさ苦しい家ですが、よろしかったら何日でも泊まって下さい。あなたの話はいつも息子から聞いております。祖母とも、あなたは命の恩人だと話していますよ」と言われ、胸が熱くなった。

ああ、あのとき怒鳴ってでも連れ帰ってよかった。広い部屋の薄暗い電灯のもとで、家族はいかに彼の帰りを待っていたのだろう。とりわけ子供と老いた祖母を抱えた母親が、彼をどんなに支えに思っていたかを考えると、私は苦労が報われたようで、体の中を何か清々しいものが通り抜けた。

翌日、夕の膳が終わると、彼の祖母と母親が私の前に座り、改めて礼を述べられた。祖母なる人が、何かお礼をしたいと丁寧に言われる。

「土地が多くあるので、その少しでも孫の命の恩人さんへ御礼代わりに考えております。その時は連絡いたしますので、改めてまた出かけてきて下さい」

私は驚き、「喜んでもらえただけで十分です」と固辞した。実際、お礼などという気持ちはひとかけらもなかった。

楠の案内で近くを散歩する。緑の美しい芝が続く場所があり、彼が「農業のかたわら、芝の切り売りで結構利益につながります」と言う。

芝畑の両端に、見事な欅《けやき》の大木が数十本、空を衝いていた。大人二人で抱くくらいの大木である。この欅も先祖が子孫のため植栽したものだという。当時の金で一本数万以上の値で業者が買いに来たが、祖母は受け付けなかったそうだ。彼が「私が帰らないと……」と言っていた意味が私にはよく分かった。
二、三日お世話になり、九州へ帰る日の朝、楠の母親は何度も私に頭を下げ、「またぜひおいで下さい。息子が少々頼りないから、どうか仕込んでやって下さい」と言い、祖母と並んで見送ってくれた。楠は東京駅まで送ってくれて、土産にと米と大豆の入った袋をくれた。

その後、昭和二十二年、結婚後の冬間近い朝のことであった。玄関戸が開いて、男の大きな声がした。

「東京から参りました楠といいます。班長さんはいらっしゃいますか」

妻が慌てて出迎えていたが、私は楠の声だとすぐ分かった。

「あいつ、連絡もしないで、いきなり訪ねてきた」

私は自分のことなど棚に上げて思いながら玄関に出た。すると、楠は真新しい軍の外套をつけて直立し、私に挙手の敬礼をした。

「どうしたんだ。急に九州まで来るとは、驚くじゃないか」

「私もそう思いました。家の者は止めましたが、これから九州を一周する予定です。まずは班長に会いたくなったので参りました」

と、昔ながらの童顔を赤くして言う。

「これは土産です。東京も何もありませんので米を持ってきました」

リュックサック一杯に詰め込んだ米を妻に差し出した。九州一周とは……。彼の家なら交通費他の諸費用の心配はないだろうが、何もこんな時代にと、無謀が少々気にかかった。

その夜は狭い四畳半の部屋で彼と枕を並べて寝た。話はすべてビルマ時代の戦場の思い出である。話しついでに、私を「班長」と呼ぶのも注意したが、彼はその後も変わらず「班長、班長」と呼んだ。

「私の祖母や母は班長のことを命の恩人と言います。私が故郷へ帰れたのも班長が私を連れて帰ってくれたからだと、戦地の話のたびにいつも口から出るからです。実際、私一人でしたら、あの国のどこかで飢え死にしていたかも分かりませんからね……」

何度もそう言われると、こそばゆい気持ちになる。私は小さい頃から、弱い人間には手を貸すよう教えられてきた。それが人間の当然のあり方だと思っている。しかし、楠の母や祖母の喜びように接すると、ビルマの赤い土での出来事が特別な記憶となって私に残るのである。

一泊した楠は妻の作った弁当を手にさげ、手を振り何度も振り返りながら、最寄りの駅へと向かって行った。

それから数年後、楠の妹から突然、私に手紙が寄せられた。数枚の便箋には、時候の挨拶や私の健康への気遣いが記された後、楠の近況が書かれていた。要約すると、兄が通常の様子ではないので病院に入れた、ということなのだが、それ以上のことは書かれておらず、私は文面の解釈に頭を悩ませた。

現在のように電話も行き届いていない時代である。「よし、行ってみよう」となったが、結婚後の家計の苦しさは、当時はどこもそうだが食糧の仕入れに消えていた。それでも妻も母も、私の状況について少しの不平もなく、「せっかく連れて帰った人だから、訪ねてゆっくりおいでなさい」と言ってくれた。

しかし、東京までの往復交通費がいくらだったか定かではないが、家に余裕がないのは明らかで、その工面に苦心した。何か売る物をと考えるが、戦災家庭にこれという物もない。

「そうだ、あの鞄がある」

これは、かつて日本軍のボルネオ攻略の際、町の露店に並んでいた革製の良い物で、いずれ帰国したら必要になるだろうと買い求め、満期で郷里へ帰る先輩に自宅への持参を願った物であった。

物の売買など人生初めての出来事である。真昼から闇市に鞄を売りに行くのは少々気恥ずかしさがあり、夕暮れを待って出かけた。露店を覗き、努めて好人物そうな主人を探す。一軒の店で鞄を見せ、「五百円でどうか」と持ちかけた。この値が高いか安いか全く分からないが、とにかく東京往復の旅費さえ出ればよいのである。幸い主人はその値で了解してくれ、私はそれを手に再び練馬を訪うことができた。

今回は前もって駅の到着時刻を知らせておいた。下車すると、毬栗頭の少年二人が懐かしそうな笑顔で私を迎えてくれた。祖母からの言いつけで来たようだ。相当の時間を待ったらしかった。

彼の家はあの時と少しも変わらなかった。早速、手紙の内容について切り出すと、母親がこう答えた。

「九州へ行く前から少し様子が変だと気がついていたんです。祖母も私も長女もしきりと止めましたが、『どうしても行く』、『班長に会いたい』と言って私達を困らせました。隣の伯父が来て、言って聞かせましたが、『絶対に九州に行く』と言って出発したんです。ご迷惑をかけましたでしょう」

「実のところ、私も九州一周の話を聞いて少々気がかりな点があったのですが、それ以外は平常と変わらぬ彼の態度に、戦場の話など一晩語り合って別れました。入院したと手紙にあったので、すぐにでも行ってやりたいと思い駆けつけたものです」

「どうか訪ねてやって下さい。復員して懸命に働いてくれていましたが、そのうち夜になると、幼い弟妹達を、物も言わずにいつまでも睨みつけるようになり、子供たちは怖がって、夜は床を替えて私の周りで寝るようになりました。役牛をむやみに叩いたりもするので私も恐ろしくなり、親戚の者と話し合って病院に連れて行きましたら早速入院となりました。せっかく助けていただいた命です。あの子の顔を見ると可哀想になって泣けてしまいます。何とか元に戻して下さい」

話を聞くうち、私は胸の片隅に疼きを覚えた。彼がビルマの松林の夜、涙を浮かべながら私に言った言葉を心の中で繰り返し考えた。

「私にはまだ幼い弟や妹らがいます。……どうしても帰らねばなりません」

その責任の過重がいつしか彼を追い詰め、ノイローゼが嵩《こう》じたのだろう。

「心配いりませんよ。あれだけの激しい戦場を生きてきたのですから、少々のことでは参らないはずです。明日、息子さんと会います」

翌日、私は彼の妹と日照りの強い中を自転車を踏んで病院に向かった。濃い緑の木立がある。自転車を押し砂利道を進むと、病室の窓が並んでいた。どの窓にも鉄柵が巡らせてある。およそ病院らしくない風景であった。

「あそこから兄が見ています」

指差す方向に、髪も髭も無精に伸びた男が、鉄柵に手をかけてこちらを見ていた。

「兄です。可哀想に……」

確かに以前の楠ではなかった。あんなに親を思い、弟妹を思っていた彼の顔ではなかった。私は砂利道から窓に近づいた。

「何をしている！　何だ、その様は……、しっかりしろ！」

確かこう怒鳴ったと覚えている。受付に申し出て彼のいる個室に案内された。男性の警備員が一人付き添って部屋に入る。彼にも一人、警備員が付いて私の傍に来た。

私は今度は優しく静かに、彼に分かるように伝えた。

「お母さんにそんなに心配かけるなよ。せっかく無事に家に帰ったというのに」

「兄さん、しっかりしてよ」

抱きつくように兄の背をさすって気遣う妹の姿に泣かされた。

「今晩ゆっくりビルマ時代を考えてみろ。あの苦しかったことを思い出すなら何でも出来るさ。せっかく持って帰った命だ。これからが俺たちの仕事だ。また来るからね……」

短い対面であったが、彼は素直に「はい、はい」と返事をした。何日も入浴していないのか薄汚れた彼の手を握り、病院を後にした。

その後、十日も経たないうちに妹さんから手紙が届き、あの面会から四、五日後に退院出来たという。

楠はそれから広い敷地内に家を新築し、妻を迎えた。十数年後に再訪すると元来の姿に戻っていて、私は何よりの喜びであった。

すでに祖母なる人も母なる人も、また私と病院まで自転車を踏んだ妹さんも若くして他界していた。妹さんの病因は結核だったらしいが、戦後の栄養不足と、兄を助けての努力が遠因になったのではないだろうか。その後、彼とは気候の見舞いと新年の挨拶状くらいであったが、それもいつしか欠けるようになり、疎通は何年も続いた。

いよいよ秋も終わろうとする朝のこと、電話のベルが響いた。受話器の向こうから低い声が伝わってくる。

「楠です。班長、お元気ですか。私はついに入院しました」

長く会っていなかったので病気のことなど全く知らなかった。力ない様子の彼に、私は病名も聞かず、

「頑張れよ、精神力だ。良くなる、良くなる」と励まして電話を切った。

これは今になっても悔いが残る。後日知った話だが、このとき彼は肺癌の末期状態であった。彼としては死期の迫るのを知り、私に最後の声を伝えたかったのだろう。それから二週間後、彼の長男から彼の死を伝える電話があった。

あの時、すぐにでも見舞ってやるべきであった。彼は私に会いたかったのだろう。病院の片隅の公衆電話で、メモを見ながら私に電話をかける彼の姿を思い描く時、本当にすまなかったと悔いる日もある。

もちろん、葬儀には参列した。病前と思われる写真が掲げてある。

「どうしたんだ、お前……」

僧侶の読経中に、私は彼との出会いから、二人して歩いたビルマの大地、タイ北部の径がと浮かんできた。ああ、あの時、彼は電話で私を案じていてくれたのだ。飛べばよかった、東京へ……。楠が例の遠慮気味

な声で私に電話してきたあの朝のことが、私の心を痛めつける。
天国の径も赤いだろうか。

山辺のこと

話は遡るが、練馬の楠から、近いうちに結婚するという手紙が届いた時のこと。挙式の日が記入されていなかった。彼らしく抜けたところが可愛い。祝電でもと思ったが、簡単な祝いの言葉などを短く返信しておいた。結婚式の案内状が届かなかったのは、ある意味では彼の思いやりであったのかもしれない。先にも書いたが、彼が私の家を来訪した際、貧しい暮らしぶりを見て、気を遣わぬようにという配慮ではなかったろうか。それゆえ「近いうちに」となったのだろう。

彼が結婚する。よかった。彼の妹と自転車のペダルを踏んで入院先を訪うてから十年余が経過していた。それから間もなく、私は長男の大学受験に連れ添って上京した。都電もうまく乗りこなし、都心から外れた彼の家に立ち寄った。先祖代々の土地に建つ豪華ともいえる彼の居宅の佇まいを見て、自分のことのように嬉しくなった。心の中で彼の努力を讃えながら、あの泥土の径を粘り強く歩いた彼の姿も思い出していた。

玄関を開けて声をかけると、小柄な婦人が応対に出た。楠の妻という。意外に年上に思えた。

「福岡から来ました。楠の戦友です」

と言うと、私のことを話に聞いていると言い、丁重に挨拶された。客間に案内され茶を頂いていると、廊下で声がした。

「なに、福岡から……」

野良着のまま現れた楠は、表情も体付きも逞しくなっていた。互いの近況を話し、健康を喜び合う。この十余年の間に、毬栗頭《いがぐり》だった弟達もそれぞれ分家し独立しているという。

「ところで山辺さんは結婚したでしょうか」

楠が尋ねる。

「結婚のことは何も聞いてないから、どうかなあ」

私は物足りない返事しかできなかった。それから二人で、山辺の思い出話にもひとしきり花を咲かせた。


山辺は前に二、三度、私の家を訪ねてきたことがある。

あれは昭和二十二年、私の結婚式の前日であった。当時は現在のようにホテルで挙式という時代ではない。何より、すべてのものが「統制」された、物のない時代であり、赤飯一つにしろ小豆を闇で求め、米を農村の知人を頼って少し分けてもらった。しかも戦災で家を焼け出されたため、挙式用の衣類もなかった。しかし、私には恥ずかしさはなかった。心の問題である。古い軍服を洗って、母に湯のしでもしてもらえばよいと考えていた。

そこへ突然、山辺が現れたのである。挙式の日取りは葉書で知らせていた。

「おーい、来たぞ」

玄関に山辺の声を聞き、私は驚いて出迎えた。彼は肩に大風呂敷を担ぎ、両手にもまた風呂敷を下げている。びっこの足にゴム草履姿が彼らしい。

「おいの親父が、こいも持ってゆけ、あいも持ってゆけ言うけん持ってきた。紋付も草履も、こん風呂敷ん中に入っちょる」

私はこれほどに人の真心を受けたことがあっただろうか。知らず知らず涙が重なる。

「こんは酒じゃ」

渡された風呂敷は何やらブヨブヨとしている。包みを開くと水枕であった。その中に酒を詰めてきたという。翌日の結婚式は四畳半二間の居宅の一室に友人七、八人が集まってくれて、島原の「どぶろく」で楽しい祝宴となった。

彼には他にも何かと世話になった。島原には名産の素麺があるが、季節になると再三送ってくれた。若い日に彼の実家を訪ね、古い藁葺きの家で十人家族の中に混じって、唐芋の粉で作った「六兵衛うどん」を食べたことも忘れられない思い出である。

東京に楠を訪ねた後年、山辺がひょっこり私の家にやってきた。何やら重そうな石を担いでいる。彼は勤めていた伊王島炭坑を定年退職したと言い、

「炭坑海底から掘り出した二万年以前の木の化石だ。自分の退職記念に持ってきた」

と、その石をくれた。私は有難くいただいて床に飾った。当時の定年だから五十五歳であったろうか、その折も妻女の話などは全く出なかった。彼は定年時に家を新築しているのだが、その報せもなかったので、何か人に言えない事情があるのだろうと思っていた。

しばらくは賀状のやりとりなどの交流は続いていたが、彼の家を訪ねることもなく、そのうち音信も途絶

えていった。

ある時、何故か彼のことが気になり、実家に手紙を出してみた。すると、跡取りとなった彼の弟から、「兄は病気治療のため福岡市内の娘の家に止宿している」という返事をもらった。

病気治療のため、しかも我が家からさほど遠くもない所である。電話の一本でもくれればよいのに……。私は早速、見舞いの大きな生鯛を求め、妻と共に彼が住まう家に出向いた。

そこは市内にある大規模団地で、番地を探すのに歩き回ったが、どうやら近づくと付近の公衆電話から電話をかけた。出たのは山辺の娘婿で、私が事情を述べて山辺の所在を確かめると、「義父を連れてまいります」と言う。やがて団地の階段を、男が片手を取られながら下りてきた。山辺であった。体格は以前とそう変わらない。むしろ少し太ったくらいだが、頼りない足取りは弱々しく老け込んだ印象を与えた。

私は山辺が私達夫婦の姿を探しあぐねていることに気付いた。眼をやられているのか……。

「おい、山辺」と呼びかけると、やっと位置が分かったようで身体を向けた。

「どうも、すみまっせん」

昔ながらの訛りは抜けていないが、視力の衰えは確かであった。

「俺が見えるか？　家内も心配して来ている。しっかりしろ。娘さん夫婦にあまり迷惑をかけるなよ」

少し語気も強かったと思うが、私は喝を入れた。かつて恩給局への抗議を強く語っていた時の気合いはどこに消えたのだろう。

山辺は私が来たことを喜び、私の手を握って泣いた。久しぶりの再会である。何か美味しいものでも食べさせてやりたくて、車に乗せて郊外のレストランへと走った。彼は家内とも打ち解け、車内では笑い声を上げていた。

店に入り、「何か好物は？」と聞くと、「何を食べても旨い」と言う。ついメニューを渡すと、「おいは見えんもんなー」と寂しそうに卓上に置いた。私は適当に選び、注文した。

山辺は元来、気は荒いが口数の少ない質《たち》である。この時も、ぼつぼつと話し始めた。眼疾は糖尿病からのもので、すでに長く病んでいるということ。福岡に専門のよい病院があると聞いたので、娘の家に世話になっていることなど、気弱にこぼす姿にかつての荒武者の面影はなかった。糖尿病から来る眼疾がやっかいなことは私も知っていたが、私は自分の知る限りの好運な例をあげて、「大丈夫、大丈夫、必ず良くなる」と励ました。料理が運ばれると、彼は皿の近くまで眼を持って行き、残さず旨そうに食べた。だが私は、彼がスプーンで必死に食い物を追う姿が悲しかった。

山辺の奥さんはどうしているのか……。眼も完全でない夫が、娘の元とはいえ一人で離れた地に行っているのだ。一緒に来ていないとすれば何か事情があるのか。聞きたいのが人情である。まして無二に近い戦友である。しかし、私生活に立ち入って心を傷つけてはならない。私はその質問を口にすることはなく、今に至るまで事情を知ることはない。

山辺を家に送ると、先ほどの娘婿が出迎えてくれた。またの再会を約束して別れた。

それからしばらくして彼の娘から連絡を受けた。病状が悪化し市内の病院に入院させたという。私は取り急ぎ見舞いに行った。看護婦に案内された病室は位置が悪いのか昼間でも薄暗い。蛍光灯の淡い光が、冷えきった部屋を余計に寒々しく感じさせた。

「おい、どうした。入院したのか」

戦友といえば、このくらいの挨拶である。山辺は私の声を聞き分けて起き上がろうとするが、すでにそれも無理のようであった。すでに視力は失われ、私の声を頼りに向けた顔は瞳が白く濁り、瞳孔は働いていなかった。包んできた見舞いの金子を手に握らせると、彼は包みを拝むようにして枕をまさぐり、そっとしまい込んだ。

「どうもすみまっせん」

彼の朴訥《ぼくとつ》さは昔と何ら変わっていない。彼の一命を救った時も、「どうもすみまっせん」。この一言が彼のすべてを表現していると思った。

見えぬ眼でしきりと私の姿を捉えようとしている。昼さえ暗い二坪足らずの病室で、ただ一人何を考え、盲目の眼で何を追っているのだろう。国のために戦って片脚を失い、その上視力までも奪われて……。彼が何をしたというのか。世の中には神も仏もないのか。どうか彼を救ってくれ……。怒りとも祈りともつかない複雑な思いが駆け巡る。

私は丸い安椅子に腰を降ろした。彼はよほど寂しい思いをしていたのか、いろいろな話をしてくれた。長男で祖父母から特に可愛がられたこと。勤めていた炭坑でのこと。また、彼の妹が私に非常に好意を抱いてくれて「あんな人の所に嫁に行きたい」と言っていたことなど、私の知らなかった話もたくさん聞かせてくれた。しかし、最後まで妻女の話は出てこなかった。

この時は、さほど病状が深刻だとは思っていなかったが、それからひと月も経たないうちに、彼の娘から山辺が亡くなったことを知らされた。確か団地の三階であったと思うが、訪ねた時は小箱に眠っていた。

私の古いアルバムに、山辺の入院先で看護婦に写してもらった小さな写真がある。見えぬ眼で懸命にカメラを見つめる彼の姿が、別れの記憶となって私の胸に留まっている。

山辺の墓は長崎市内を外れた山の旧坂に、天草の灘の風を受けるようにして建っている。二度目の墓参りの時、前年に種を蒔いたコスモスが開花したあとを見た。今も咲いてくれているだろうか。

共に生きた

生きている時間の中で、悲しみはその七〇%を占めると聞いたことがある。人は生まれて多くの人と巡り会い、新しい人間史を作り上げてゆく。

私が人生の中で最も人間愛を感じているのは、戦友の山辺と楠である。そのつながりは、命をさらけ出した戦場の体験から来るものであった。定められた縁がそこにあったのか、イラワジ河畔の死闘が私達の人間関係を育んでくれたのである。

復員後、町中に住んでいた私の家族は毎日が食糧難の哀れな日々を送っていた。売り食いしようにも、戦災家庭に物はなかった。そんな時、彼らの扶《たす》けをよく受けた。日本人のすべてが心も体も疲弊しきっていたあの時代に、彼らは良き友になってくれた。

楠は北に住まい、山辺は海を分けた南に住んでいた。私が中継点となり、それぞれの近況などを両者に伝えていたのだが、山辺の長い闘病生活で、いつしか片側通行となってしまった。

人を疑うことを知らなかった山辺。あまりにも素直であった楠。私は山辺や楠の告別式には参列したが、彼らの臨終の場に立ち会うことは出来なかった。せめて別れの一言を告げたかったと悔やまれる。肺癌で去った楠が私に電話した最後の声は、しっかりと私の耳朶《じだ》深くに残っている。あの時、もう少し優しく声をかけてやればよかった。だが、もうすでに声も手も彼らには届かない。

楠からもらった賀状が今も手許にある。

「班長、頑張っていますか。私も同様です。私の地区にはビルマ時代を語り合う人もいないので、一人で思い出しています。また、おでかけ下さい」

すでに紙は変色し半世紀の経過を物語るが、私のくたびれた脳細胞は今なお鮮やかに彼の姿を留めている。

ある夜、こんな夢を見た。関節をやられた山辺が這いながら赤い地表の上を遠のいてゆく。肺をやられた楠が「痛いです、痛いです」と泣き顔で遠ざかってゆく……。

ビルマの土は赤い。その土は私達が退いたタイ国境の山岳まで続いていた。私達が「生き続けたい」と願った執念の径でもあった。

イラワジ大河の戦闘に負傷後、タイ国チェンマイの患者集結地まで楠と歩いた距離、実に七〇〇キロ。魂は常に母を呼び、故郷との再会を熱望した。

二人の亡き友は今も三途の赤い径を歩き続けているのではないだろうか。

あとがき

よく生きてきたと思う。特に光るものもなく九十年、人間の生命を充分に生きたと思う。平成三年に私のガダルカナル戦、インパール作戦への参加を綴った『れっぱくのいのち』を出版、平成十四年に『赤い径の回想』というインパール作戦への参加と、負傷し、なんとしても生きて帰りたいと思い歩いた日々を綴ったものを出版した。これを整理し一冊にまとめたものが本書である。いわば、私の軍隊生活について再度整理したものといえる。

今日、戦争体験者はいよいよ少なくなった。戦争が終わって今年で六十六年になるのだから、いまさら戦争体験でもあるまいと思うが、私はなんとしても残しておこうと思った。一人でもいい、若者がどんな思いで戦争に臨んだのか知ってもらいたいと思ったのだ。つたない力ではあるが、どうやら纏《まと》めることが出来た。

大いなる後押しをいただいた海島社の西俊明社長に謝意を表して終わりたい。

平成二十三年六月十日

小島　正一

小島　正一（こじま・しょういち）
ペンネーム・小島笙。大正９（1920）年６月、北海道室蘭市で生まれる。東京を経て福岡へ。朝鮮金鉱山技術職に従事。昭和15年12月、福岡西部四十六部隊に現役入隊。昭和21年６月、終戦により復員。三菱化学入社。停年となり現在に至る。著書に『れっぱくのいのち』（ふりかえるビルマ事務局）『赤い径の回想』（生涯学習研究社）『ジャガタラお春』（海鳥社）がある。
現在、福岡県春日市春日原北町に在住。

そして、生きた
ガダルカナル作戦、インパール作戦からの帰還

■

2011年７月29日　第１刷発行

■

著者　小島　正一
発行者　西　俊明
発行所　有限会社海鳥社
〒810-0072 福岡市中央区長浜３丁目１番16号
電話092(771)0132　FAX092(771)2546
http://www.kaichosha-f.co.jp
印刷・製本　大村印刷株式会社
ISBN978-4-87415-822-7
［定価は表紙カバーに表示］